古典文獻研究輯刊

二六編

曾永義 主編

第 16 冊

民國以前學者對《山海經》的解構與重釋(下)

鄭芷芸 著

國家圖書館出版品預行編目資料

民國以前學者對《山海經》的解構與重釋（下）／鄭芷芸 著 --
初版 -- 新北市：花木蘭文化事業有限公司，2022〔民111〕
目 6+162 面；19×26 公分
（古典文學研究輯刊　二六編；第 16 冊）
ISBN 978-626-344-006-7（精裝）
1.CST：山海經 2.CST：研究考訂
820.8　　　　　　　　　　　　　　　　　　111009921

ISBN-978-626-344-006-7

古典文學研究輯刊
二六編　第十六冊　　　　　ISBN：978-626-344-006-7

民國以前學者對《山海經》的解構與重釋（下）

作　　　者　鄭芷芸
主　　　編　曾永義
總 編 輯　杜潔祥
副總編輯　楊嘉樂
編輯主任　許郁翎
編　　　輯　張雅淋、潘玟靜、劉子瑄　美術編輯　陳逸婷
出　　　版　花木蘭文化事業有限公司
發 行 人　高小娟
聯絡地址　235 新北市中和區中安街七二號十三樓
　　　　　　電話：02-2923-1455／傳真：02-2923-1452
網　　　址　http://www.huamulan.tw 信箱 service@huamulans.com
印　　　刷　普羅文化出版廣告事業
初　　　版　2022 年 9 月
定　　　價　二六編 23 冊（精裝）新台幣 62,000 元　　版權所有‧請勿翻印

民國以前學者對《山海經》的解構與重釋(下)

鄭芷芸　著

表目次

下篇：清代學者對《山海經》神話的理解與思辨

導言：清代學術視域下的《山海經》研究

　　清代，可謂是研究《山海經》最為鼎盛的時代，與之相較歷來諸朝，這個時期出現了大批針對該書的注疏、論著或隨筆等等的作品，成果極為豐碩。這或許與清代學術文化有著密切關連性所致，故本文在進入全面性考察清代文人學者理解《山海經》的特色分析之前，我們須在此先概略談談清代考據方法於《山海經》論學思辨開展上的治學精神，而這樣的議題更與當時的政治社會環境脫不了關係。

　　明朝覆滅之況，對清初政治學術思想起了莫大的反省與影響。特別是「陸王學派」的再興，明代學者逐漸輕視對經書原意的探究（既失精微），加以私人講學風氣盛行，個人自由的解經之舉，看在標榜以經書原意為宗的學者眼裡，認為皆是導致王學末流，束書不觀，漫談無根，成為陋習的原因。在政治學術上，能躬自反省的士人漸少，反倒是恣肆狂妄者漸多。〔註1〕使得明末清初有識之士，見其頹勢而加以撻伐，如陸隴其（1630～1692）曰：

> 王氏之學徧天下，幾以為聖人復起；而古先聖賢下學上達之遺法，
> 滅裂無餘。學術壞而風俗隨之，其弊也，至於蕩軼禮法，蔑視倫常。
> 天下之人，恣睢橫肆，不復自安於規矩繩墨之內，而百病交作。……
> 至於啟、禎之際，風俗愈壞，禮義掃地，以至於不可收拾。〔註2〕

〔註1〕此承清儒黃宗羲（1610～1695）所言：「明人講學，襲語錄之糟粕，不以《六經》為根柢，束書而從事於游談。」引自趙爾巽等：《清史稿・黃宗羲傳》（北京：中華書局，1977年2月），卷481，頁13105。
〔註2〕清・陸隴其：《三魚堂文集》，（臺北：臺灣商務書館，景印文淵閣四庫全書，1983年），卷2，頁2。

很明顯地，陸隴其將明朝敗亡的責任，完全歸咎於王學末流之學術偏失敗壞，致使不可收拾之境地。雖然，清人入關後，在學術文化上大抵沿襲明人崇儒重道的基本政策，但卻是基於穩定統治政權之需要。從康雍到乾嘉時期，學術界逐漸發展出以考證為治學方式，成為清代學術之主流，直至清末依然不輟。因它採用了漢代儒生訓詁考訂的治學方法，重證據羅列而不空談泛論，世人多以「樸學」、「考據學」而稱之，但考據學的大興，並不代表宋學於清朝處於完全的沒落。若參酌皮錫瑞「國朝經學凡三變」之所言，他認為清初為「漢宋兼采之學」，乾隆以後「說經皆主實證，不空談義理，是為專門漢學」，嘉、道以後為「西漢今文之學」，〔註3〕單論清代考據與研究思路一變而再變，表現了宋學與漢學彼此消長混雜的樣貌，也正因有著這樣的思想磨合，清代學術便已頗有科學性的研究視域，並往往產生屬於「當代的新意」。胡適便曾闡述陸王與程朱二學派的研究思路差異：

> （宋學）陸、王一派的學說，對解放思想的束縛是很有功的，但他們偏重主觀的見解，不重物觀的研究，所以不能得社會上一班人的信用。……程、朱的格物論注重『即物而窮其理』，是很有歸納的精神的。……陸、王的學說主張真理即在心中，抬高個人的思想，用良知的標準來解脫『傳注』的束縛。這種自動的精神很可以補救程、朱一派的被動的格物法。程、朱的歸納手續，經過陸、王一派的解放，是中國學術史的一大轉機。」〔註4〕

相較於宋明理學學派中談心性而「尊德行」的陸王一派，程朱學派注重博學致知、即物窮理的「道問學」研究法，較貼近清代考據學追本溯源的學術思路與理趣。然而，在我們稱讚清代樸學具有科學性研究方法的精神之餘，應不可抹煞過去陸、王學派的治學態度對「解放思想束縛」起了莫大功效的。縱使在解經時，常為了合理化個人的見解，不自覺犯下考據學者最為詬病的增字解經、望文生義等等研究之大忌，但平心而論，不再嚴守執著於考證研究，僅憑著個人的詮釋行為，其實也催生了人文主義的思想發展，可謂頗具現代詮釋理論之眼界。在這一論點上，其實早在清代大儒章學誠（1738～1801）於論及詩文評點問題時，也已有與胡適相近的思考，他認為：

〔註3〕清‧皮錫瑞，《經學歷史》（臺北：藝文印書館，1959年11月），頁64。
〔註4〕胡適：〈清代學者的治學方法〉，《清代學問的門徑》（北京：中華書局，2009年11月），頁313。

> 鄙意則謂就詩文而加評點，如就經傳而作訓故，雖伏、鄭大儒，不
> 能無強求失實之弊，以人事有意為攻取也；離詩文而為評論，如離
> 經傳而說大義，雖諸子百家，未嘗無精微神妙之解，以天機無意而
> 自呈也。〔註5〕

訓解語言文字並不代表完全不會失去原意，經傳內涵的道理，往往來自於人事與天機的探求，而天機亦是道之自然呈現，故離開經典也可以求得真理。章氏之說雖未指名道姓直指陸王心學，但也無疑讓長期被詬病的陸王學派得到較為公允客觀的評價。

然而，不論如何，清代考據學的治學立意與精神，最基本的依然是尊重經典文獻的內容，以不脫離原文的解義，不作過多而偏離原意或誇大的詮釋為原則。相較宋明理學家部分群體強調唯心解經的學術觀，清代考據學界幾乎砲口一致地抨擊某些宋明理學家闡揚「六經注我」的方式，那種不重視傳注、不作訓詁，甚至連原典文獻也不進行深讀的治學模式，看在致力於以訓詁來通經明義的清代樸學者眼裡，必是難以接受、認同的。大抵而言，清代考據學的治學基礎總秉持著「實事求是」的客觀精神，為古文獻進行校注，希冀求得原意。阮元曾言：「余之說經，推明古訓，實事求是而已，非敢立異也」〔註6〕之說，即可得證。其實，在時代稍早於阮元的錢大昕（1728～1804）、汪中（1745～1794）都是闡揚「實事求是」問學態度的考據學者〔註7〕，特別是活躍於乾嘉時代學者們的治學態度，也等於提供後繼學者另一條通經明道的途徑。

然而，在探究古代文本的真理時，所秉持的「實事求是」的精神，卻往往在梳理的過程中對前人考辨釋義的成果上產生「懷疑」與「批判」。正如黃宗羲（1610～1695）所言：「小疑則小悟，大疑則大悟，不疑則不悟。老兄之

〔註5〕清·章學誠：〈吳澄野太守歷代詩鈔商語〉，《章學誠遺書》（北京：文物出版社，1985年8月），頁109中欄。

〔註6〕阮元：《揅經室集·自序》（北京：中華書局，1993年5月），頁1。

〔註7〕錢大昕曾言：「惟有實事求是，護惜古人之苦心，可與海內共白。」參見清·錢大昕，《二十二史考異·序》（上海：上海古籍出版社，2004年4月），頁1；此外，汪中在〈與巡撫畢侍郎書〉一文中也提到：「中少日問學，實私淑諸顧寗人處士，故嘗推六經之旨，以合於世用，及為考古之學，惟實事求是，不尚墨守，所為文恆患意不稱物，文不逮意，不專一體。」參見清·汪中：〈與巡撫畢侍郎書〉，《汪中集》（臺北：中央研究院文哲研究所籌備處，2000年3月），頁286。

疑，固將以求其深信也。彼泛然而輕信之者，非能信也，乃是不能疑也。」
〔註8〕考證貴在能先以懷疑而產生思考，思考則能開啟通往窮理的門徑〔註9〕，
故「因疑而致慮」是許多乾嘉時代學者進行研究的起始動機。那麼，研究過
程中對前人所下的結論而產生的反思，不啻是批判思潮的一種解讀視域。清
代乾嘉學術的批評風氣，並非是惡意強烈的批判，誠如清儒錢大昕曾於〈答
王西莊書〉所言：

> 學問乃千秋事，訂訛規過，非以訾毀前人，實以嘉惠後學。但議論
> 須平允，詞氣須謙和，一事之失，無妨全體之善，不可效宋儒所云：
> 「一有差失，則余無足觀」耳。〔註10〕

錢大昕的說法，充分反應出清代這批樸學家良好的學術態度，更難能可貴的
是「非以訾毀前人，實以嘉惠後學。」這種不諱聖賢、師長、學友的意見，做
出公允批評，雙方互有包容，使得清代學術的愈顯精良，若非如此，則無張
澍作〈與郝蘭皋戶部書〉評郝懿行《山海經箋疏》之論〔註11〕；更無皮錫瑞
（1850～1908）辨古文《尚書》之偽，致使乾嘉以降著作冠蓋雲集，歷朝莫
之見。

　　這樣的學術風氣，當然也直接影響到《山海經》神話的研究方向。綜觀
清代學人研究該書的立場，基本上可從四庫館臣對《山海經》的評論中約略
得知概貌：

> （山海經）晉郭璞注。卷首有劉秀校上奏，稱為伯益所作。……觀
> 書中載夏后啟、周文王及秦、漢長沙、象郡、餘暨、下巂諸地名，
> 斷不作於三代以上，殆周、秦間人所述，而後來好異者又附益之
> 歟？……古有此學，如《九歌》、《天問》皆其類云云。則得其實矣。
> 郭璞注是書，見於《晉書・本傳》。隋、唐二志皆云二十三卷，今本
> 乃少五卷，疑後人並其卷帙，以就劉秀奏中一十八篇之數，非闕佚
> 也。……舊本所載劉秀奏中，稱其書凡十八篇，與《漢志》稱十三

〔註8〕清・黃宗羲：〈答董吳仲論學書〉，《黃梨洲文集》，（北京：中華書局，1959 年
　　　　1 月），頁 434。
〔註9〕此引陳垣（1880～1971）之說，原云：「考證貴能疑，疑而後能致其思，思而
　　　　後能得其思，思而後能得其理。」引述來源參見陳垣：《通鑑胡注表微・考證
　　　　篇第六》（北京：中華書局，1962 年），頁 98。
〔註10〕錢大昕：〈答王西莊書〉，《潛研堂文集》，收入陳文和主編，《嘉定錢大昕全集》
　　　　（南京：江蘇古籍出版社，1997 年 12 月），頁 603～604。
〔註11〕清・張澍：《養素堂文集》卷 14，清道光刻本。

篇者不合。《七略》即秀所定，不應自相牴牾，疑其贗托。然璞序已
引其文，相傳既久，今仍並錄焉。書中序述山水，多參以神怪，故
《道藏》收入太玄部・競字號中。究其本旨，實非黃、老之言。然
道里山川，率難考據，案以耳目所及，百不一真，諸家並以為地理
書之冠，亦為未允。核實定名，實則小說之最古者爾。〔註12〕

觀其提要之說，四庫館臣藉判斷《山海經》作者或成書的年代，兼略考版本
卷數之異變、文獻聚散之情形。見解不同於以往圖書目錄之分類屬性大多將
它列為「地理古史」類〔註13〕，四庫館臣直接將《山海經》置於子部「小說
家」之屬，此舉是否受到胡應麟「《山海經》古今語怪之祖」的見解所影響
雖不得而知，但從「書中序述山水，多參以神怪」、「案以耳目所及，百不一
真」的批評，四庫館臣對於看似著錄山水地景百物，實際上卻摻雜神異志怪
的《山海經》敘述內容，頗不以為然。班固言及「小說家」者為「街談巷語，
道聽途說者之所造也。」此流派多以記錄民間小里之街談巷語，匯而成冊。
爾後，延伸成凡具有志怪、傳奇、雜錄等的文字作品皆被視為小說。《四庫
全書總目提要》將其內容視為街坊異聞，無不在於其內容之詭譎難辨，非傳
統經史類曉以大義的那般雅正之外，最關鍵的仍是對經中所記載的古史地理
資料持保留態度，甚至是懷疑而不信的，將其「荒誕不經」的內容作為文學
的想像。

　　然而，《山海經》卻也正因清代考據學盛行的原因，在私自對其他典籍進
行闡釋物件，離章斷句，解釋古語古詞之原文時，仍是無法脫離以《山海經》
作為參考的對象。追究其因，上古史料之缺乏，在清代尚未有大量地下出土
資料可參照的情況下，縱使非出於大禹、伯益之手，仍是屬於西漢古籍，用
之為其他先秦兩漢典籍做相互徵引，屢見不爽，依然存在於清代眾多校讎學
大家的作品裡。例如：孫星衍之於《尚書今古文注疏》、俞樾之於《群經平議》、
郝懿行之於《爾雅義疏》、孫詒讓之於《周禮正義》、陳逢衡之於《竹書紀年集
證》等等，甚至到了清末光緒年間以張之洞（1837～1909）為首所編纂的《書
目答問》，以「古無史例，故周秦傳記體例與經、子、史相出入」〔註14〕的理

〔註12〕清・永瑢、紀昀等編纂：《欽定四庫全書總目》第 4 冊，卷 142，頁 2785。
〔註13〕如《隋書・經籍志》、《新唐書・藝文志》、《舊唐書・藝文志》皆將其列於「地
　　　　理類」。
〔註14〕清・張之洞：《書目答問》（上海：商務印書館，1933 年 5 月），頁 55。

由將《山海經》列入「古史」類，等於將該書內容評判為具有「真實歷史」的存在價值。整體而言，清代學術思想雖不若明代學風自由開放而略顯保守，然而，隨著各家轉引互證之際，也帶動了專治《山海經》研究風氣，不少學者打破了四庫館臣一概認定的「百不一真」，在講求證據的考據學術下，必然也利用證據充分證明了《山海經》並非全然的虛構胡謅之書。本被列為小說巷議的《山海經》，更逐漸受到大眾的關注，致使其相關注本作品的產值量大，非前朝諸代可比矣，可以說，清代專研於《山海經》的著作數量之多，可見從官方到民間各自有著對該書的觀察與考實之面向，亦可謂呈現出閱讀活動的多元樣貌。

第一章　清代前期《山海經》神話敘事的解構與重釋

　　清朝本以「樸學」見長，一般認為其考據學風之嚴謹非前朝所可比擬。然而，要在自有的傳統學術背景之下，將其研究視野轉移至類似《山海經》這類詭譎不明的書籍時，卻讓他們皆不得不跳脫了原本的解讀視野，分別擁有屬於自己的解釋特色。此外，再從「神話學」的角度觀察，乾隆朝以後西學進入中土的影響加劇，顯然推動了後來清末民初時期中國現代神話學研究的重要契機，「茅盾等人引進了現代西方神話學的核心觀念及其理論（包括分類）體系；而顧頡剛等人則主要繼承了本土傳統解經學的支流」。〔註1〕換言之，傳統學術所實施的考據方法並未隨著清朝覆滅而消失，它不但依然存在古籍文獻的研究中，甚至進入從上世紀初便逐漸於學術界嶄露頭角的中國神話學的研究視域裡。在那個對神話學研究仍算是啟蒙的階段，引進西方現代神話觀念及其理論，結合本土傳統的實證方法，進而重構中國古代的神話系統，是不應忽視這之間帶有的連鎖效應以及緊密關係。清代作為民國的前朝，其《山海經》注本可說是民國以後神話研究的推手，例如袁珂的《山海經校注》便廣泛徵引汪紱、畢沅、郝懿行等清人之說，可見一斑。

　　《山海經》進入清朝以後，有本可徵的全面研究，首以吳任臣於康熙年間撰寫的《山海經廣注》為先，後被《四庫全書》收錄，成為繼郭璞《山海經

〔註 1〕呂微：〈現代神話學與經今、古文說——《尚書·呂刑》闡釋的案例研究（摘錄）〉，《中國民間文化的學術史觀照》（哈爾濱市：黑龍江人民出版社，2004年9月），頁2。

傳》之後，唯一收入的研究著作，當然別具意義；至雍、乾年間汪紱的《山海
經存》與乾隆朝中晚期畢沅的《山海經新校正》，是清代盛世僅有的三部《山
海經》注本，展現了《山海經》研究於康乾盛世時期的學術概況。而這時期的
大清帝國版圖最廣、政經局勢相對穩定、民生活動頻繁，相對於嘉慶以後的
《山海經》注本或論著，受到外來因素的影響是較少了許多。因此，保持著
傳統解經方式與思考下所寫的注本，觀察他們的梳理與詮釋結果，如何去合
理化書中之詭譎，又有怎麼樣的創新答案。甚至，傳統考據學與西方神話學
這兩條理應不可能交會的平行線。

第一節　吳任臣《山海經廣注》：釐清「類物」敘述語境的差異

　　康熙年間刊刻發行的《山海經廣注》，在編纂上刻意將「整理」與「論說」
作分述，此乃其特色也。吳任臣（1628～1689），清朝史學家、藏書家。本名
吳志伊，後將其名與字改替互換，號托園。一生筆耕不輟，好讀奇書。曾舉博
學鴻詞科，因精通天官、樂律、奇壬之書，後擔任《明史·曆法》之纂修官。
吳氏愛書，故家中藏書豐富，並廣泛搜求史料，進行研究，學識淵博。藏書印
有「志伊父」、「仁和吳任臣印」等。治學態度嚴謹，博學多才，清代思想家顧
炎武便曾言：「博聞強記，群書之府，吾不如吳任臣。」〔註2〕可見其推崇之
心。吳氏著作豐富，為人樂道，作品《禮通》、《周禮大義補》、《春秋正朔考
辨》、《山海經廣注》、《南北史合注》、《託園詩文集》和《十國春秋》。《四庫全
書》收入吳任臣《山海經廣注》之書，評其「於名物訓詁，山川道里，皆有所
訂正。雖嗜奇愛博，引據稍繁」、「然持摭宏富，多足為考証之資」〔註3〕從
《四庫全書》僅收錄郭注本與此本，明代楊慎與王崇慶等注本皆不收的情況
來看，可見在四庫館臣心中，吳任臣的《山海經廣注》評價堪稱正面且頗受
肯定。

　　吳任臣於《山海經廣注·序》言：「居恒讀《山海經》，每怪注多缺畧，
因泝厥源流，撮其梗概，為《雜述》一卷。徧羅載籍，仍冠以郭注，為《廣

〔註2〕清·顧炎武：《亭林詩文集·廣師篇》（臺北：臺灣中華書局，據《四部備要》
　　　　原刻本校刊，1966年3月），卷5。
〔註3〕清·永瑢、紀昀等編纂：《欽定四庫全書總目》第4冊，卷142，頁2785～
　　　　2786。

注》十八卷。又取舒雅繪本，次第先後，增其不備，為《圖像》五卷。」
〔註4〕就因為《山海經廣注》的價值在於全本皆引經據典，用以詳考博物名
屬，所以也使得該書中的「按語」針對《山海經》涉及神話內容的部分，去進
行評議和分析的情況反而罕見。可以說「吳注解經文不加評論的作法，恢復
了古代注釋家的傳統，也基本符合後來乾嘉考據學的規範。」〔註5〕吳任臣對
《山海經》的主觀論述，則主要見於〈山海經廣注序〉、〈山海經圖跋〉與〈讀
山海經語〉中（《四庫全書》版本未收錄）。我們若從其圖像目錄分類與所收
錄情況來看，可約略窺探吳氏對書中所述之異，如何界定其義。他於〈山海
經圖跋〉曰：

> 右《山海經圖》五卷，凡一百四十四圖：為靈祇者二十，為異域者
> 二十有一，為獸族者五十有一，為羽禽者二十有二，為鱗介者三十。
> 奇形怪物，靡不悉陳；異獸珍禽，燦然畢具。中間若肥虫遺（音同
> 「維」）與肥遺攸分，蠻鳥與蠻鼠迴別；以至桃水之魚骨，子桐水之
> 魚骨，字同音異；而浮玉之鹿，倫山之羆，三危之鷗，又與世所稱
> 曰鹿、曰羆、曰鷗者有殊。咸為分形析象，用辨微芒。昔人識疏屬
> 之尸，知一足之鳥，審駿馬之狀，證孟婆之神，往往載諸史籍，以
> 為美譚，即此圖而循覽周回，亦庶幾遇物能名，無庸冥索矣。舊舒
> 雅咸平圖十卷，計二百四十二種，今登其詭異，以類相次，而見聞
> 所及者，都為闕如（原刊本為「闕加」，蓋為訛字）云。〔註6〕

依跋文中所言，北宋時人舒雅〔註7〕所繪製的《山海經圖》繪本共有 242 種，
而清人吳任臣刪減成 144 幅圖，附於《山海經廣注》卷前。擷取標準以「登
其詭異，以類相次」，至於「見聞所及者，都為闕如」，透過吳任臣「去蕪存
菁」，僅保留「詭異」之舉，即可視為他甚為注重經典中所列舉的詭譎形象，
而這些亦是《山海經》神話中異物神人之形象也。例如，從後文「吳任臣版本
《山海經圖》圖錄表」所列之「靈祇類」中，多是具有獸身人面多頸首，且行
舉怪奇的神靈型態。所以言「咸為分形析象，用辨微芒」，對於《山海經》中
眾多奇異詭譎之化物，即使「字同音異」，卻不能輕易視為「等同」。吳氏小心

〔註4〕清・吳任臣：《增補繪像山海經廣注》（清乾隆五十一年金閶書業堂刻本）。
〔註5〕陳連山：《山海經學術史考論》，頁 148。
〔註6〕清・吳任臣：《增補繪像山海經廣注》。
〔註7〕舒雅（？～1009），字子正，南唐時登狀元。入宋後，被舉薦入昭文館。見元・
　　脫脫等：《宋史・舒雅傳》（北京：中華書局，1977 年 11 月），卷 441，頁 13041。

翼翼透過神話內容的敘述來進行各自的形象分析，藉以分辨其中毫芒差異，也因此得以窮神辨物，直接肯定了《山海經》的博物價值。

表 6：吳任臣版本《山海經圖》圖錄表〔註8〕

靈祇 （計二十）	犳、陸吾、神光鬼、驕蟲、計蒙、蓐收、相柳、英招、帝江、泰逢、蠱圍、形天、燭陰、奢比、天吳、貳負之臣、九鳳、雨師妾、雷神、彊良。
異域 （計二十一）	羽民國、讙頭國、厭火國、貫胸國、交脛國、三首國、長臂國、三身國、奇肱國、長股國、無臂國、一目國、柔利國、聶耳國、毛民國、梟陽國、氐人國、小人國、一臂民、三面人、釘靈國。
獸族 （計五十一）	狌狌、類、九尾狐、猾褢、羬、羬羊、豪彘、鹿蜀、猼訑、長右、猺、蠱雕、葱聾、獿如、麙羊、土螻、天狗、讙、駮、臛疏、山獋、驒馬、驒、舉父、猙、猰㺄、蠻蠻、鳥鼠同穴、諸犍、諸懷、狍鴞、天馬、飛鼠、獂、從從、獙獙、狓狓、馬腹、并封、騶吾、旄馬、辣辣、羆、朱獳、蠪姪、蠜、獜、乘黃、夔、跊踢、雙雙。
羽禽 （計二十二）	鶹鴳、瞿如、橐𩇯、鳧徯、畢方、鵸鵌（餘）、寓鳥、鴅（鴅）、顒、鸍、蠻蠻、鴟、人面鴞、竦斯、鴛鶥、鶇、蜚鼠、跂踵、𩿨鳥、酸與、駮鳥、鸚鳥。
鱗介 （計三十）	旋龜、赤鱬、鮭魚、鰠魚（下記「桃水」）、蠃魚、鯈魚、鰼鰼魚、鯥魚、肥蟥、文鰩魚、冉遺魚、駕魮魚、何羅魚、長蛇、鱳魚、肥遺、鮆蟵、鮯鮯魚、鰠魚（下記「子桐水」）、化蛇、三足龜、陵魚、鮨魚、人魚、珠蟞魚、薄魚、鳴蛇、飛魚、巴蛇、應龍。

除了對「詭異」圖像的重視外，吳任臣在《山海經》所記的神話敘事的理解上，另外發現《山海經》對於「地理方位」在敘事語境間的差別性。他在〈讀山海經語〉中寫道：

〈禹貢〉導山，以兩條四境為敘；《山海經》紀山，分東西南北中五經。……若「大荒」為「海內」之外地，「海外」又「大荒」之外表，經文具在，茲不概悉。山勢原于西北，故〈禹貢〉導山以岍歧為首，地脈由于南轉，故伯益作經以讙山為先，自北條、北境、南境至南條、北境、南境應江河兩戒之說者，〈禹貢〉之法也。自南山而西山而北山而東山而中山，合地氣右行之說者，《山海經》之序也。〔註9〕

〔註8〕清‧吳任臣：《增補繪像山海經廣注》。
〔註9〕清‧吳任臣：《增補繪像山海經廣注》。

上段摘錄之文，主要是吳任臣將《山海經》與〈禹貢〉的敘述視野進行比對。《禹貢》的體裁屬於地志，被視為古今地理志之祖。它與《山海經》有個共通點是皆被托古於夏禹治水的神話傳說。吳任臣於此提及的「導山」之說，來自於〈禹貢〉的開疆闢土的理想。「導山」之所指，即按照從北向南的順序，採取列舉山名的方式，把中國的山系分為由西向東延伸的四列，並於其中兼記錄物產、土壤地質等資訊。由此，藉以用來劃分天下為九州，這是撰寫者理想中的政治區塊，亦是先秦重要的疆域劃分之思想。至於，《山海經》的地理敘述則以籠統的「方位」與「方向」進行陳述。吳氏甚至認為《山海經》依「地氣」自然之理，而呈右行（順時針）順序之循環來進行敘述山川地理、博物、奇人異事、巫祀文化等等富有神秘色彩的內容。換言之，吳任臣注意到敘述語境的不同，也呈現出該二書成立的作用與動機更是有所差異的。因此，相較〈禹貢〉的務實對策，吳氏提出《山海經》的所述奇異怪誕內容的方位背景載體是與「地氣」相襯，如此抽象而無形的理解，可見《山海經》在吳任臣的視域裡，是具有神秘性的。

　　肇因於此，吳氏藉由發現《山海經》地理方位的描述情況，有別於其他史籍地理志需秉持著敘述嚴謹的鋪陳方式進行撰寫，對比〈山經〉、〈海經〉、〈荒經〉各經的敘述模式，便能輕易察覺到各經之間對於地理方位的里程計算上，顯現出彼此敘述的矛盾情況。吳氏云：

> 經內道里遠近，或有以首山起數者，或有隨地計程者，亦間有詮次不倫者，義例繁多，罔歸一定，矧代越久遠，簡冊淆錯，往往而有，約畧言之……又〈海內〉諸經所載，高柳代中，東北土也，乃與流沙、崑崙並見〈西經〉；大夏、月支西北隅也，竟與雷澤、都州同登東籍，非惟地絕廣輪，亦且風同牛馬。凡此皆循文測義，未容臆斷者也，姑為闕疑，以俟君子。〔註10〕

吳任臣作《山海經廣注》時，或許是深受當代校讎學風影響，對於《山海經》中著墨甚多的地理說明作逐一考證，也因此發現書中於方位敘述上有不一與錯亂的情形。據此，他歸結出三種，即「以首山起數者」、「隨地計程者」與「詮次不倫者」三類。如〈五藏山經〉中，「南山經之首曰䧿山。其首曰招搖之山，臨于西海之上。」此為所謂以「首山」分述來表示彼此方位資訊；又比方「又西六十里，曰太華之山，削成而四方，其高五千仞，其廣十里……又西

八十里，曰小華之山，其木多荊杞。」此處〈西山經〉之計數，皆為就地起步而算里程數之法，又是有別於前者；至於經中類似「東胡在大澤東，夷人在東胡東。（海內西經）」、「西北海之外，大荒之隅，有山而不合，名曰不周負子。（大荒西經）」之所述，籠統而不明，西北海之外多遠？大荒為何處？大澤為哪湖澤？東方又多遠，是否正東方向？蓋因省略敘述之多，再加上年代久遠而錯簡散亂，今欲一一審視經中所言道里計程與地理方位紀錄，當然也造成志伊先生所言的「詮次不倫」的局面了。

　　上述針對方位的語境陳述，也可視為一種將地理紀錄轉化為加重「類物」神秘色彩的手段。這或許也是為何〈大荒四經〉、〈海外四經〉、〈海內四經〉與〈海內經〉的敘述內容，總是比起〈五藏山經〉多了些神秘且詭譎的色彩，使其所展現的內容更趨向於神話之型態。此外，吳氏還認為《山海經》於地理描寫上的「異述」不僅是極有研究價值的，更意識到《山海經》中諸多「同名異物」的特殊情況，提出「（山海經）經中物類繁賾、稱謂易淆，有名同而實異者」〔註11〕、「析類相求，庶無鶉雞之譌，蝘蜓之誤矣」〔註12〕之見，認為，以往學者多在這些類物疑慮中進行分類探求。實際上若彼此間差異甚小的物種，也許可以單純視為同一類，倒是不必要辨別出其中的些微差異。

　　綜觀吳任臣對《山海經》神話敘事的理解，雖主要仍圍繞在「博物」議題的求證上，延續了以往窮神辨物的問學精神，但卻不應忽視他於「分形析象」、「以類相次」的研究方法。或者說，類似於分類、歸納等方法的產生，就是為了達到窮神辨物的目的。再者，若稍加觀察這些大量的徵引文獻內容，可以體會作者一邊廣羅蒐集文獻的同時，一邊研讀、思考它們與《山海經》文本關連性的用心。誠如前文所言，吳任臣的《山海經廣注》注本正文部分雖較不涉及個人主觀論述，但在多達上千條注文中，仍可於字句用語間發現帶有他個人對徵引文獻的看法以及對神話情節的解讀。除了針對物類的考釋、地理的調查之外，吳注在解讀《山海經》文本時另有兩項特色：其一，是自評所引文獻，這類型的按語於《山海經廣注》中為數不少。例如，〈大荒南經〉中記述的「大荒之中，有山名曰去痤。南極果，北不成，去痤果」，吳氏雖於按語徵引明代王崇慶《山海經釋義》：「去痤者，去志也。去志不果，知進而不知退也」之說，卻駁斥王氏將「去痤之山」視為寓言的思考，認為應作山

〔註11〕清・吳任臣：《增補繪像山海經廣注》。
〔註12〕清・吳任臣：《增補繪像山海經廣注》。

名；〔註13〕又如，〈大荒東經〉記載「有易殺王亥取僕牛」一事，吳注雖引明
代學者胡應麟《少室山房筆叢》中認定《山海經》附會《竹書紀年》的看法，
然而就胡氏斥該經文「非《竹書》有此文，後世莫能覺其偽然」〔註14〕之立
場予以駁斥，認為胡氏所言「亦非實錄」，這或許涉及到古今本《竹書紀年》
的差異問題而造成胡、吳二人認知上的不同所導致，卻也明顯看出吳任臣在
羅列各種資料過程時，卻會對該資料本身稍作評判，反而不在按語中為真正
的原典釋義。此種撰注的書寫風格，即使是乾嘉時期考據學者，如後文將探
討的畢沅《山海經新校正》，則多在徵引文獻過程裡，歸納、析論而直接於注
文按語提出個人對神話情節的解讀情況是不同的。

　　其二，對具有歷史性神話情節的內容掌握度高，則直接於注文按語裡進
行釋義。吳任臣在《山海經》中大凡遇到可以從歷史角度解決的部分，便會
直接於該注文中展現個人的主觀看法，而這也是在最為客觀書寫的《山海經
廣注》注文中，最能看到作者視域和獨斷一面之處，此類按語相對而言所佔
比例甚希。例如：以《漢書・西域傳》記載「安息長老傳聞條支有溺水、西王
母，亦未嘗見也」以及唐人駱賓王的〈兵部奏姚州破逆賊諾沒弄楊虔柳露布〉
一文，來認定西王母不但未能發現，並且那所謂「豹尾虎齒」與駱賓王露布
文所述的貫匈一樣〔註15〕，或許是接受正朔的域外之民族。《漢書》是史籍，
「露布」是真實發生的新聞訊息事件，都屬於歷史性的文獻資料；同樣的情
形，亦發生在處理《山海經》「帝王世系」的議題上。如〈大荒南經〉記載「士
敬子曰炎融，生驩頭」之語，吳任臣分別引《路史》、《蛙螢子》的世系說法，
經過比較、推演之後，重新梳理他個人所釐清推斷的世系順序：「驩兜（頭）
帝鴻之冑，士敬之孫，炎融之子，而顓頊之出也」〔註16〕，表現了作者自己
的主觀解讀立場，而這應與他原來擅長的史學領域有關。

　　總的來說，吳任臣整理歷來諸說、引經據典的資料彙整方面的努力是
有目共睹的，可謂開啟清代《山海經》研究的重要一扇窗，而繼起的汪紱
則在前人研究的基礎框架下，重新地進行解讀神話、詮釋神話文本的研究
視域。

〔註13〕清・吳任臣：《增補繪像山海經廣注》。
〔註14〕清・吳任臣：《增補繪像山海經廣注》。
〔註15〕此處分別採自於吳注〈大荒南經〉的「西王母」按語和〈海外南經〉的「貫
　　　　匈國」按語之說。
〔註16〕清・吳任臣：《增補繪像山海經廣注》。

第二節　汪紱《山海經存》：以「重構」掀開神話情節的深層意象

　　汪紱（1692～1759），字燦人，號雙池，又號重生。安徽婺源人。汪紱喜愛博覽群書，著書十餘萬言，兼旁及百家九流，學識淵博。汪紱生平清苦，少時家貧，讀書稟母教導，不曾從師讀書。母逝，則傭於江西景德鎮為畫碗之役，期間仍精研不綴，至乾隆年間中秀才。然其不尚舉業，一生未經仕途，致力於著書講學。〔註17〕《清史稿》稱其：「務博覽，著書十餘萬言，三十後盡燒之。自是凡有述作，凝神直書。自六經下逮樂律、天文、地輿、陣法、術數無不究暢，而一以宋五子之學為歸。」〔註18〕著作繁多，著有《書經詮義》、《易經詮義》、《詩經詮義》、《春秋集傳》、《禮記章句》與《山海經存》等書。所作之《山海經存》，全書共九卷〔註19〕，不同於以往圖、文分卷，《山海經存》採以圖配文的方式，隨附於卷中，頗有隨時可作參照之旨趣。本書內容除對文意字詞進行考釋之外，亦對神怪內容多有理解與闡釋，是清初以來對《山海經》進行全方面注疏作解的重要作品之一。比較可惜的是，《山海經存》正式刊刻出版的時間甚晚，汪紱雖乾隆時人，但肇因其大部分的著作於生前並未公諸發行，多是汪紱身後由其後輩陸續刊刻，《山海經存》更是遲至光緒二十一年才刻印成書，原籍刊刻前便已遺失其中卷六、卷七，由後學補之。〔註20〕汪紱生前多貧困，雖著述不殆，但多自學為主，較不受當時學術風氣之治學方法，很能反映在他的著作之中。身後歷經數代，遭遇清末戰火綿延，書冊易於散亂，造成無暇及早印行等等因素，遂使得同為乾隆朝的郝懿行，甚或道光年間舉孝廉方正的陳逢衡皆不知其書，未曾閱覽，這當然是各自於

〔註17〕趙爾巽等：《清史稿·汪紱傳》卷481，頁13152。

〔註18〕趙爾巽等：《清史稿·汪紱傳》卷481，頁13152。

〔註19〕與以往《山海經》分卷體例不同。分〈山經〉五卷、〈海外四經〉合為一卷、〈海內四經〉合為一卷、〈大荒四經〉合為一卷、〈海內經〉一卷，如此共分而九卷。

〔註20〕此言依據時曼成作《山海經存·跋》所云：「汪雙池先生未刻遺書二十餘種，藏於婺源余鄉賢公秀書家二百餘歲矣。其元孫彝伯明經始出其書於長安，趙展如中丞倡捐集貲，次第刊行……曼成與明經交最久，嘗讀其大父蕭山年丈所編《汪先生年譜》，知汪先生工繪事，貧，傭於江西景德鎮畫瓷。……考其圖，較吳氏、郝氏本本為尤詳。顧缺六、七兩卷，明經有遺憾焉，與其友查子圭繪以補之。」見清·汪紱：《山海經存》（光緒二十一年據汪紱立雪齋原鈔本石印）。

著作中隻字未提汪紱《山海經存》的原因。

綜觀雙池先生對於《山海經》的研究，不同於吳任臣的《山海經廣注》正文僅「補充歷來資料」作解，《山海經存》一書雖亦延續摘錄前人之說，卻因未加標明注家之名，搓揉混雜前人之說的結果，使得注文來意不清，而筆者檢視其言之初，必須要不斷地來回檢核其他前人之注本，才能真正確認汪紱案語之所在，此乃考據學者之忌也。但摒除此陋習，汪紱在考經立言時，大多能引證論述，著重人情事理的邏輯合理性，並兼有「己意」之語，其範圍擴及地理、義理、釋義與校釋等方面，觀詳內容，可說包羅萬象，相較前人校注《山海經》的研究方法，汪紱可稱極具創新。是以，筆者於此僅針對雙池先生所作的神話解讀，大致利用「拆解」神話、「重組」神話與「代換」敘語詞彙等等的研究原則進行解讀，茲以其研究理路中的剖析與思辨，分析如下。

一、解讀人形獸身：將俗信與神話作連結

〈五藏山經〉列為《山海經》之前章，基於該文體書寫的敘述模式，研讀者在分析上向來多從地理方位著手，藉以考證其虛實。然而，汪紱卻首先注意到〈山經〉中所言「其神狀○○」頗為特殊的敘述語言。例如：〈南山經〉的「其神狀皆鳥身而龍首」、「其神狀皆龍身而鳥首」、〈西山經〉的「其神狀皆羊身人面」、〈北山經〉的「其神皆蛇身人面」、「其神狀皆馬身而人面」、〈東山經〉的「其神狀皆人身龍首」、「其神狀皆獸身人面載觡」等等描寫山神的述語，都有其固定的語境存在。〈山經〉中言「其神」也，歷來諸公注本皆略而不提，倒是汪紱於開篇之初思考〈南山經〉「䧿山之首」山神「其神狀皆鳥身而龍首」時，另有新解：

> 其神之狀，蓋祭山之尸為此狀。如《周禮》方相氏，蒙雄皮，黃金四目，執戈揚盾，及蔡邕謂：「祭蠟迎貓者，為貓尸；迎虎者為虎尸」之類是也。〔註21〕

汪紱引《周禮》中的「方相氏」作為理解〈山經〉神話中所述的山神形象。但是，「方相氏」之型態並非「鳥身龍首」，據《周禮》所述「掌蒙熊皮、黃金四目、玄衣朱裳、執戈揚盾，帥百隸而時難，以索室驅疫。」〔註22〕為方相氏

〔註21〕清・汪紱：《山海經存》。
〔註22〕清・孫詒讓：《周禮正義》，頁2493。

之形象，汪紱引此例寓意何在？事實上，汪紱藉方相氏「扮神」（或尸）之舉而行巫事祭神的例子，來論〈山經〉中凡言「其神狀」為「人」與「獸」二元混形，應是由「人」經變裝而來的。「其神狀」後文緊接著「其祠之禮」的祭品內容，表明整個宗教文化的內涵，《山海經》原本充斥著「山神」神話的詭譎形象，因汪紱的解讀而更貼近常民文化中。

這樣的扮神文化，其來有自，古時多以「尸」為稱。所謂「尸」，在先秦時特指祭典禮儀中，用活人代表亡者接受祭祀供養的風俗。如在《禮記》中，記載了曾子問孔子「尸」一事：「祭必有尸乎？若厭祭亦可乎？孔子曰：『祭成喪者必有尸，尸必以孫，孫幼則使人抱之，無孫，則取於同姓可也。』」〔註23〕可見在春秋時代，代表亡者受祭的「尸」，通常由亡者的孫輩充當，假如孫子年紀太小，就叫人抱著行禮，如果沒有孫子，就找同姓的人來代表。此外，於《儀禮・特牲饋食禮》言「尸」的行為更是生動：「主人再拜，尸答拜。」〔註24〕所以「尸」並非如神主牌那樣僅供人參拜而用，甚至可以與生人互動，似乎想表現出亡者如生的擬態。「尸」文化淵源已久，今已不傳，唐朝宰相李華（約715～778）就此而論於〈卜論〉中曾云：「夫祭有尸，自虞夏商周不變。戰國蕩古法，祭無尸。」〔註25〕他推論至戰國時代以後，「尸」的俗信文化消逝於常民生活中。基於此，汪紱為「山神」神話系統的解讀，也恰巧間接證實《山海經》中，的確有很大的篇章當為先秦典籍是毋庸置疑的。

又如原〈西次三經〉所記：「又西三百五十里，曰玉山，是西王母所居也。西王母其狀如人，豹尾虎齒而善嘯，蓬髮戴勝，是司天之厲及五殘。」此文是《山海經》首次出現「西王母」的神話敘述，而汪紱在其形象的解讀上更顯立體：

> 西北地寒，人多戴貂皮於首，因以為飾，此豹尾或亦此類，未必人而生尾也。《竹書紀年》：「穆王五十七年（應為汪紱誤寫，實為穆王十七年），西王母來見，賓于昭宮。」又「舜時，西王母使人獻玉環。」〈禹貢〉有崑崙貢織皮，蓋西王母者，崑崙君長而女主，亦西

〔註23〕清・孫希旦：《禮記集解》，頁542。

〔註24〕清・胡培翬：〈特牲饋食禮第十五〉，《儀禮正義》，（臺北：臺灣中華書局，據《四部備要》原刻本校刊，1966年3月），卷34，第75冊。

〔註25〕唐・李華：〈卜論〉，《李遐叔文集》（臺北：臺灣商務印書館，1987年12月），卷2，頁12～14。

戎之國也。後世援引以為神仙，誤矣！司天之屬及五殘，言司其政

刑也。〔註26〕

以西北氣候環境來做合理的推論，認為西王母是穿戴著獸紋毛皮服飾的西方
部落之主。不同於〈山經〉中「山神」的神秘性，汪紱藉由《竹書紀年》記載
舜、周穆王與西王母相遇一事，認定應是具有「文化」意識和行為的人，所以
〈西次三經〉中描寫的西王母並非「其狀如人」之異獸，而是貨真價實的人
類。況且，在〈大荒西經〉中對西王母的描寫為「有人戴勝，虎齒，有豹尾，
穴處」，從敘述句中以「人」稱之的說法，再再顯示西王母實屬人類的依據。
或許擁有文化行為的西王母，是西方某一部落的女性統治者，即使神話情節
中說她有「司天之屬與五殘」近乎神奇的力量，卻僅是指對其部族所擁有的
統馭刑罰的權力。在神話情節的敘述裡，同樣是「動物＋人」的混合型態，汪
紱卻能藉由細微的觀察，經過將情節拆解（打散神話內容而片段化）後，再
進行重組（嵌入他者說法）與之相互串連，在抽絲剝繭下得出獨到的見解，
從他在詮釋「其神‧人獸混合」之形象理解上，可以看得出是非常具有西方
神話學的研究思考的〔註27〕。畢竟，在許多神話中不斷出現的人獸變形情節，
正是一種遺俗〔註28〕，更是提醒我們勿忘神話故事底層之下，本具有保留著
先民原始思維的珍貴存在。

二、神話情節的改譯：以「換字釋義」來探求敘事的合理性

　　這項方法亦常用於訓詁典籍上，也是汪紱解讀《山海經》的另一項特
色。由於，汪氏處於清朝考據學已然盛行的時代，當然也知道純粹的義理推
衍，是無法深掘隱藏在文本底下的真相。所以，在《山海經存》裡，仍可以看
到他處處引經據典，並兼以地圖、或寰宇西學作為推論地理方位依據的筆
觸。除此之外，由於《山海經》作為漢前古籍，其流傳至清代已超過兩千年之
久，書中文字或脫訛，或語焉不詳，或過於精簡晦澀，使得後人在進行閱讀
時不易著手。歷來注家各有其自詡的破譯方式，而汪紱便利用改字方法，來
順理他所能了解的神話述語，我們在《山海經存》一書中有多處可以看到運

〔註26〕清‧汪紱：《山海經存》。
〔註27〕例如：神話與圖騰研究、人類學派的神話學等等的神話研究方法都會去涉
　　　　及到人獸混合形象、人獸身體變形的議題。
〔註28〕楊利慧：《神話與神話學》（北京：北京師範大學出版社，2009年7月），頁
　　　　210。

用此法的案語，有以形釋義者，或以聲訓義者，甚至直接義訓者。茲略舉數則如下：

1. 〈中山經〉：「桑封者，桑主也，方其下而銳其上，而中穿之加金。」

   《山海經存》解「封」曰：

   「此復言桑封之制也，方下以安宅，銳上以象山，中穿空之，象山以虛受澤之意，加金飾以金也，以桑木為之。案此則封當作卦，卦亦音主，其主形如圭，故曰『桑卦耳』。又凡祠山皆言其神狀，此不言者，惟以主依神，故無異狀也。」〔註29〕

2. 〈中山經・中次十二經〉：「封於太山，禪於梁父。」

   《山海經存》解「禪」曰：

   「此言王者於太山之上，封土為壇，以祭告於天；又於梁父山除地為墠，以祭后土。此後世封禪之說所從起也。蓋因名山生中於天，古王者巡狩四嶽而柴望祭告，此禮之常。後世乃誇張其事而失古人之意，且惑於符讖，勞民傷財多矣。」〔註30〕

3. 〈海內經〉：「洪水滔天。鯀竊帝之息壤以堙洪水。」

   《山海經存》解「息」曰：

   「息，生也。廢生物之土地，以塞洪水，所謂汩陳五行，績用弗成也。不待帝令，所謂方命圯族也。舊說迂怪不通。」〔註31〕

由上文事例觀之，顯然汪紱擅改古書文字，並非經由嚴謹的考證校定而來，他的「換字釋義」反而有自由心證之感。然而，我們若不受原有考據學的框架思考，汪紱在理解《山海經》的艱澀簡語時，採取以他字代換原文的方式，他的目的其實很單純，也不過就是為了求更好的理解，以完成個人的合理化的詮釋解析。所以，透過字詞改變延伸的解讀內容，汪氏多能提出一番道理，或有臆測之實，但仍不至於過度。比如說在例1中對於「桑封」的解釋，郭璞原來已解為「言作神主而祭以金銀飾之也」〔註32〕，但「桑封」為何可被稱「神主」的原因郭氏卻未有說明。汪紱透過原經文對該物的型態敘述為「方

〔註29〕清・汪紱：《山海經存》。
〔註30〕清・汪紱：《山海經存》。
〔註31〕清・汪紱：《山海經存》。
〔註32〕清・郝懿行：《山海經箋疏》。

其下而銳其上，而中穿之加金」之說法，的確形似玉圭樣式，只不過該材質非玉石而是木質之別。然而，「封」與「圭」的原本字義本就迥然不同，故汪紱揣測為或前人錯訛。此外，又釋「封」字為「卦」字之訛字，「卦」字與「圭」字在古音裡又極其相近，依此斷言為以桑木作成的圭狀牌位，以象作神而膜拜之。其後，又補以「凡祠山皆言其神狀，此不言者，惟以主依神，故無異狀也」為證據之二，此地以「神主」取代扮「尸」，所以無「其神狀」之述語實屬必然，於此觀之，更是前後呼應了汪紱先前所論證「尸」俗的解釋。

　　汪紱利用「換字釋義」的研究方法，有時補足了前人的見解，更多的時候是為了闡釋自己所能認同的神話情節的原則，簡單來說，便是敘事的「合理性」，並且，這項合理性最好還要保有「常理」或「道理」二要素。然而，當專注於故事文本的合理與否時，神話本身所具備的恣意幻想，便易於轉向還原歷史或社會現象的詮釋視域。筆耕至此，暫且提醒一事，筆者於本章開篇之初，即有引述前輩學者闡釋中國古代文人針對神話故事的思考模式，當他們面對其中「不合理」的情節時，在加以排斥或完全否定之前，會試著先給予合理的解釋，使其符合常民經驗，而這便是中國傳統文人的神話研究之思路型態。汪紱也不例外，對於神話本身的荒誕情節，再給予批判之前，會先歸咎於前人不識其意而錯解，並試圖找出神話與現實社會該有的緊密關係。如前文所列舉的例 2 與例 3 之處，可見其實。以例 2 所敘述之事，汪紱論封禪之禮亦從換字來看。將「禪」字代換「墠」字，在解釋上雖皆是指「封禪制」，但仔細探究卻大有不同。封禪之禮，最初見於《管子・封禪篇》，但今已散佚。張守節《史記正義・封禪書》解曰：「此泰山上，築土為壇以祭天，報天之功，故曰封。此泰山下小山上，除地報地之功，故曰禪。言禪者，神之也。」〔註 33〕又《說文》云：「禪，祭天也。」〔註 34〕等等解釋紛說云云。汪紱顯然承《史記正義》之說，認為所謂「封禪」儀式，是古代王者因崇敬自然天地而進行祝禱祭祀。所以，《禮記・祭法》曰：「是故王立七廟，一壇一墠。」〔註 35〕墠，本身便是指用來祭祀的場地。或許是先秦時稷下學派的陰陽學影響，又或者歷經漢時符籙讖緯之風所致，反而強加諸於政治正統性之寓意於其中，為設祭壇祭儀而過於鋪張其事，遂失古人崇敬自然之美意。

〔註 33〕參見（日本）瀧川龜太郎著：《史記會注考證》，頁 482。

〔註 34〕東漢・許慎撰，清・段玉裁注：《說文解字經》，頁 7。

〔註 35〕清・孫希旦：《禮記集解》，頁 1198。

汪紱作這樣的神話釋義，反映了神話與社會現實的緊密關係。藉由推敲封禪的原意，斥責後人的誇飾，這是屬於利用神話情節進行「道理」的勸誡，頗有其趣。

最後，例3針對「息壤」之「息」字，以「生」字代換，汪紱遂解為「廢生物之土地」，是將這則神話合理導向歷史化的解讀步驟。郭璞言：「息壤者，言土自長息無限，故可以塞洪水也。」〔註36〕其原意是將「息壤」視為能自生長而永不耗竭的土壤，歷來多肯定此說。然而，汪紱卻駁斥郭注之說。他認為，息壤，便是「生壤」，既為生壤，便可供生物依憑所居、耕土自食。換言之，就是指提供食物來源的活土。然而，鯀卻不斷挖掘人們賴以為生的土地，施作築堤，阻斷洪水，長久下來必受君臣百姓之非議。此舉乃違背天理自然的運作，所以言「績用弗成」，導致治水失敗，而這也就是為什麼在《尚書·堯典》中有著堯批評鯀言「方命圮族」的記載：即說明了鯀因不遵從命令，才使得族人受到危害。大抵而言，汪氏通過《山海經》這則「鯀竊息壤」的神話敘事，透過換字的方法，將自己的歷史視野強壓在神秘情節之上，於是有關鯀的神話系統便輕易轉譯成符合《尚書》所言的古史記載，這是神話敘事在合理的框架下，藉由文本述語的詮釋，使故事情節符合於「人間常理」規則的歷史遊戲裡。

歸結而論，汪紱透過對神話敘述的剖析與解讀，當然有其盲點存在。畢竟任意的對字詞進行改換，或重組神話情節，是容易過度臆測而妄言，所以，雖然站在為探求神話底蘊和真相的立場上，我們對於汪紱的解釋的確仍須保有一定的懷疑，但卻可以觀察汪紱的神話詮釋過程，看著他如何回溯華夏先民之所見，並試著幫我們找出其他神話文本的隱藏精髓。如此一來，《山海經》在他的解讀之下，不再是單純紀錄地理、異獸、植被、物產之分布，而是一部將先民文化、歷史、社會型態、信仰等等通過神話的層層包裝，流傳後世的「人為作品」。自此以後，研究《山海經》的風氣如雨後春筍般愈來愈受到矚目，自吳任臣以下，如前文已提及的汪紱、畢沅、郝懿行、孫星衍、陳逢衡、俞樾等等學者都相繼為《山海經》進行專文或專書之論述。除前文所述的汪紱，因遲至道光年間始刊刻，使後繼者都不知此《山海經存》的存在。這時，較為汪紱晚出的畢沅《山海經新校正》，成為乾嘉以來研究《山海經》的重要參考著作。

〔註36〕清·郝懿行：《山海經箋疏》。

第三節　畢沅《山海經新校正》：「原型」與「再譯」的多重結構

畢沅（1730～1797），字纕蘅，亦字秋帆，為乾隆朝及第狀元，亦是著名經學者。歷官陝西巡撫、陝甘總督、湖廣總督等重職。〔註37〕畢沅為人稱譽的是他汲引後進，愛才尤篤，《清史稿》稱其「沅以文學起，愛才下士，職事修舉。然不長於治軍，又易為屬吏所蔽，功名遂不終」〔註38〕，雖官職位居顯赫，卻於不善治軍，是其為官之缺憾。然而，畢沅於治學上的成績卻極為非凡，他在仕宦之餘勤於學術研究，他精通經史，旁及語文學、金石學、地理學，並善詩文，一生著作頗豐。更在其幕僚的襄助下，編纂了許多價值極高的著作，尤其在經學與史學、諸子學等方面作出了很大貢獻，如《續資治通鑑》、《墨子注》、《道德經考異》、《晏子春秋注》及《呂氏春秋注》等，都是極佳的注本，在清代學術裡可成一家之言。

畢沅對《山海經》的研究，首重考據，對於所考名物經義的史地連結關係甚為重視，雖廣徵博引，卻仍融會諸家說法，去蕪存菁。此外，他又藉由任職陝甘總督和湖廣總督要職之便，親訪探查各區地質地貌、山川河道〔註39〕，畢沅自言：「沅不敏，役於官事，校注此書，凡閱五年。自經傳子史百家傳注、類書，所引無不徵也。其有闕略，則古者不著，非力所及矣。」〔註40〕言語中盡顯視《山海經新校正》為其得意自信之作。這部利用公餘時間，歷時五年才完成的作品，堪稱精良，案語間更匯以個人之見聞作為論證，這點雖與明代楊慎的研究理路相似，但與之相比的是更為嚴謹的文獻比對與校讎考證的學術工作。無怪乎孫星衍於《山海經新校正》作後序讚曰：「其〈五藏山經〉郭璞、道元不能遠行。今輔其識者，奚啻十五？恐博物君子無以加諸。」〔註41〕一部除了有文獻考證之外，又佐以實境的田野調查，孫星衍讚美之詞雖甚，但若以畢沅注本對後世的影響層面觀察，仍可稱得上名符其實。

書名提為「新校正」，可見畢氏原意此注本以「校讎」為基礎，並針對《山

〔註37〕趙爾巽等：《清史稿·畢沅傳》（北京：中華書局，1977 年 2 月），卷 481，頁 10976。
〔註38〕趙爾巽等：《清史稿·畢沅傳》卷 481，頁 10978。
〔註39〕清·孫星衍：〈山海經新校正後序〉，《山海經新校正》（臺北：新興書局，1962 年 8 月，頁前提字「潘重規教授借給家藏原本影印致此以表謝忱」），頁 140。
〔註40〕清·畢沅：《山海經新校正》，頁 3。
〔註41〕清·畢沅：《山海經新校正》，頁 140。

海經》內容進行字詞辯證，審訂篇目和卷次是否有錯簡之處。畢沅對此書嚴謹的態度，成為最有系統逐一考證《山海經》篇目問題的學者。藉由釐清篇目議題，他也給予《山海經》極為肯定的評價。畢沅甚至堅信作為先秦古籍的《山海經》，至少〈五藏山經〉是出於禹、益之手，所以具有一定程度的合理性、史實性。〔註42〕非但如此，由於畢沅視其出於古代聖王之手，故認為《山海經》具有不可忽視的神聖性，其地位或可與儒學經典等同，是以該書內容具有上古史觀的參考價值，此說等於否定了朱熹、胡應麟等學者對於〈山海經〉的批判。〔註43〕因此，當他面對書中怪誕與神異時，一律以「合理化」的詮釋視野來對待文本中的神話情節，並且大量引用經史之說來解釋神話，使之歷史化。例如畢沅針對〈大荒西經〉記載的「老童生祝融」，後又言「顓頊生老童，老童生重及黎」一文提出看法，此處可以看到他大量引用經史諸說，進行合乎常理的歷史推測：

> （畢沅曰）《史記》云：「高陽生稱，稱生卷章，卷章生重黎。重黎為帝嚳高辛居火正。帝嚳命曰祝融。共工氏作亂，帝嚳使重黎誅之而不盡。帝乃以庚寅日誅重黎。」徐廣云：「譙周曰：老童即卷章。」

〔註42〕事實上，劉歆原校定本十八卷與《漢書‧藝文志》著錄十三篇的卷數不合，歷來學者不是沒有發現，只是僅止於序跋或注文中提及而帶過。然而，畢沅致力於此，遍覽各代公私家藏諸本，遂作〈繪圖《山海經》古本篇目考〉一文，進而提出《山海經》各篇的撰寫背景，也是首先具體提出《山海經》非一時一人一地之作的學者。他認為：〈海外四經〉與〈海內四經〉皆是周秦時代的作品，因為其中的敘述語境，有依圖而述之感；至於〈荒經〉以下五篇是劉歆補述〈海外〉、〈海內〉之作；而〈五藏山經〉才是真正古人所言禹、益所作。原文據：「《山海經》作于禹、益，述于周、秦，其學行于漢，明于晉，而知之者魏酈道元也。〈五藏山經〉三十四篇，實為禹書。禹與伯益主名山川，定其秩祀，量其道里，類別草木鳥獸。今其事見于《夏書‧禹貢》、《爾雅‧釋地》，及此經〈南山經〉已下三十四篇。……二書皆先秦人著，夏革、伊尹又皆商人，是故知此三十四篇為禹書無疑也。〈海外經〉四篇、〈海內經〉四篇，周秦所述也。禹鑄鼎象物，使民知神奸。按其文有國名，有山川，有神靈奇怪之所際，是鼎所圖也。鼎亡于秦，故其先時人猶能說其圖以著於冊。劉秀又釋而增其文，是〈大荒經〉以下五篇也。〈大荒經〉四篇釋〈海外經〉，〈海內經〉一篇釋〈海內經〉，當是漢時所傳；亦有《山海經》圖，頗與古異，秀又依之為說，即郭璞、張駿見而作贊者也。」見清‧畢沅：《山海經新校正》，頁1。
〔註43〕朱熹認為《山海經》乃源於仿〈天問〉之作；胡應麟則以「古今語怪之祖」稱之。其說分別見於南宋‧朱熹：〈記山海經〉，《全宋文》第217冊，頁301～302；明代胡應麟部分參見〈四部正譌下〉，《少室山房筆叢‧丁部》，頁412。

《索隱》曰：「少昊氏之子曰重，顓頊氏之子曰黎。今以重黎為一
人，仍是顓頊之子孫者，劉氏云：少昊氏之後曰重，顓頊氏之後曰
重黎，對彼重則單稱黎，若自言當家則稱重黎。」案《左傳》：「重
為句芒木正，黎為祝融火正」此重少昊之子偶與老童之子同名，非
一人也。譙周以卷章為即老童，卷老童章字相似亦或然也。〔註44〕

透過《史記索隱》、徐廣《晉紀》與《左傳》對重黎神話的解釋，在對照之下
得出重黎世系的錯訛混同之情形。《史記》認為重黎為一人之名，是帝嚳的火
官，號為祝融。然而，司馬貞卻指出重黎為二人，只因皆為顓頊之後代，故合
一而稱，實應區別為二人，畢沅整理諸說，試著釐清「少昊」、「顓頊」、「老
童」、「重」及「黎」的世系關係。又如極具神話色彩的「西王母」，在談其具
有「是司天之厲及五殘」之行為時，畢沅卻如此解：

（畢沅曰）《博物記》云：「老子云：『萬民皆負西王母，惟王、聖
人、仙人、道人之命，上屬九天君。』」其說蓋因於此耳。《史記・
索隱》云：「穆天子傳與西王母觴于瑤池，譙周不信此事，而云『余
常聞之，代俗以東西陰陽所出入，宗其神，謂之王父母。或曰地名，
在西域。』」案周說是也。司古文多借為祠或其國好祠陰陽之神，故
名西王母與。又《淮南子》言：「羿請不死之藥于西王母」，則是其
國有學仙延年之術。厲如《春秋傳》晉侯夢大厲是也。〔註45〕

畢沅贊同譙周所言，認為「西王母」傳說被好事者過於誇大，西王母在其名
稱之中，便已冠上方位的概念，譙周視為西域地名，邏輯可通。至於《淮南
子》記載后羿向西王母請不死之藥的神話，其實是指后羿到「西王母」（國）
這個地方求延年之術，看得出畢沅以客觀經驗重新的為《山海經》進行理解，
是他在校注中最為著力之處。綜觀《新校正》一書，可以感受到畢沅對經史
地理之考究。舉凡《山海經》中提及的山川水系部分，引文出處大多不脫離
史地群書，如酈道元《水經注》、《史記》、《漢書・地理志》及《後漢書・郡國
志》等等；至於難理解的神話怪誕，則多用先秦群經諸子之說，委以佐證，這
點與吳任臣《山海經廣注》有很大的不同。

畢沅曾言：「《山海經》未嘗言怪，而釋者怪焉。」〔註46〕認為《山海經》

〔註44〕清・畢沅：《山海經新校正》，頁131～132。
〔註45〕清・畢沅：《山海經新校正》，頁55。
〔註46〕清・畢沅：《山海經新校正》，頁3。

所言荒誕不經的內容，皆未有「怪」奇之處，並批評以往視《山海經》為荒誕不經者，是因為這些歷來注解家的解釋出了問題。除了言談之間盡顯自信外，也表現出畢沅對《山海經》的推崇。依此，畢沅在面對《山海經》神話的敘述時，將之視為上古史的紀錄，並堅守「言實非怪」的解讀立場，產生他個人獨特的神話解讀思路。我們在《山海經新校正》中，可以發現畢沅極具創見的考察方法，透過分析書中各個混合的敘述角度，從而區別出《山海經》神話敘事堆疊下，「原始敘述」與「再譯敘述」的釐清。當畢沅在為《山海經》進行篇目考時，發現《山海經》其實是雜揉混合了原經文與後人解釋的文字，因此才顯現出文句零碎、語意不清、邏輯難通的敘述現象。因此，如何從今本《山海經》中還原所謂的古本《山海經》，就必須分離出文中敘述視角的差異。畢沅在《山海經新校正》中便梳理了不同的敘述視角，藉以抽離劉歆定本前的《山海經》（32篇）與「解釋《山海經》本」的區別，除了試圖還原神話的最初記實之外，也一一破譯了敘述體間的差異，筆者歸納數項，整理如下：

一、《山海經》中混雜先秦時人的零碎註解

例如：

1. 〈西山經〉：「燭者百草之未灰，白蒂采等純之。」
   畢沅解曰：「此亦周秦人釋語舊本，亂入經文，今別行。」〔註47〕

2. 〈中山經〉：「桑封者，桑主也，方其下而銳其上，而中穿之加金。」
   畢沅解曰：「此條疑周秦人釋語舊本，亂入經文，今別行。」〔註48〕

3. 〈中山經〉：「此天地之所分壤樹穀也，戈矛之所發也，刀鎩之所起也，能者有餘，拙者不足。封於太山，禪於梁父，七十二家，得失之數，皆在此內，是謂國用。」
   畢沅解曰：「『自此天地之所分壤樹穀也』已下當是周秦人釋語舊本，亂入經文，今別行亞字。案《史記‧封禪書》：『管仲說：封泰山七十二家，記者十有二，自無懷氏至湯、周武王，知此非禹言也。』」〔註49〕

〔註47〕清‧畢沅：《山海經新校正》，頁49。
〔註48〕清‧畢沅：《山海經新校正》，頁80。
〔註49〕清‧畢沅：《山海經新校正》，頁103～104。

以上三則，畢氏皆認為並非最原始的《山海經》內容，而是周、秦時人依原文
所作的解釋文字。例 1 中「燭者百草之未灰，白蒂采等純之。」之文，很明
顯的是專門解釋前文「祠之用燭」的「燭」字；又如例 2 中「桑封者，桑主
也，方其下而銳其上，而中穿之加金。」一文，也是接在前文「縣嬰用桑封」
的「桑封」二字作解釋。畢沅發現，在整個〈五藏山經〉的敘述模式中皆以白
描式的地理陳述而書寫，而在例 1、例 2 文中為前文單詞再行解釋的敘述語
顯然是非常突兀的，頗有「註釋」之感。因此，他大膽的推論它們的寫作年代
晚於各自之前文，故言當為周秦之時。〔註 50〕

更甚者，如畢沅於例 3 文例中加以詳述非原經文的理由為「此天地之所
分壤樹穀也……是謂國用。」這段類似文末結語，在畢沅眼裡是補述前文「禹
曰：『天下名山，經五千三百七十山，六萬四千五十六里，居地也。言其五藏，
蓋其餘小山甚眾，不足記云……。』」〔註 51〕之說，是把《山海經》中的「禹
曰」視為真正出於大禹之說法。因此，禹在疏通治水後，遂定天下山水疆域。
文後接續「此天地之所分壤樹穀」之說，在敘述語境有明顯的轉折，解釋上
述的物產疆域是上古時代由禹劃分天地山川之事，不像原陳述者的說法，而
後在言封太（泰）山「七十二家」之說，更不可能是禹、益時代可知悉的歷
史，因此判定為周秦人為古本《山海經》所做的解釋再譯的文辭。

二、《山海經》中摻有後卷「補述」前卷的現象，展現讀者的當代 視域

例如：

4.〈大荒東經〉：「有波谷山者，有大人之國。有大人之市，名曰大
人之堂。」

畢沅解曰：「此似釋〈海內北經〉大人之市也。」〔註 52〕

5.〈大荒西經〉：「大荒之中，有山名曰常陽之山，日月所入。」

畢沅解曰：「此似釋〈海外西經〉形天葬常羊之山也。」〔註 53〕

這也是畢沅發現各卷的撰寫年代不同的關鍵。〈大荒經〉所述內容很多與〈海

〔註 50〕筆者推論，畢沅所謂「周秦人釋語舊本，亂入經文」這樣對敘述語的判定，
　　　　概是因其所言往往可從《周禮》、《詩經》中獲得關連性而得此結論。
〔註 51〕清・畢沅：《山海經新校正》，頁 103。
〔註 52〕清・畢沅：《山海經新校正》，頁 126。
〔註 53〕清・畢沅：《山海經新校正》，頁 132。

內〉、〈海外〉等經所載籍的神話情節重疊，如例 4 中〈大荒東經〉言及「有
大人之市，名曰大人之堂」與前卷〈海內北經〉描述的「大人之市在海中」
〔註 54〕增添了大人之市的說法，雖未對「市」與「堂」述語轉換進行說明，
但或許在撰者的時空裡，所謂「大人之堂」的說法是存在的。在神話的傳播
中，經由歷來不斷地詮釋動作，很多時候不但無法破析原意，反而更加撲朔
迷離。例 4 的「名曰大人之堂」便是一個很具體的流傳現象。晉朝郭璞為此
注曰：「亦山名，形狀如堂室耳。大人時集會其上作市肆也。」〔註 55〕若單純
僅看〈大荒東經〉的筆墨語意，很難直接理解「大人之堂是一座山」的訊息，
除了郭璞聽聞當時的說法或自我理解之外，推敲其時代可能的原因，或依《山
海經圖》而述。換言之，〈大荒東經〉是〈海內北經〉的理解；郭璞又針對二
者所言內容再行解釋，層層疊疊皆是不同時代神話理解的投射。又例 5 中，
畢沅認為〈大荒西經〉所提及的「常陽之山」便是〈海外西經〉中記載形天神
話情節裡，最後被葬的「常羊之山」，只是〈大荒西經〉補充了常陽山的「日
月所入」的地理資訊。畢沅注意到〈荒經〉以下東、南、西、北四卷所敘述內
容，與〈海內〉、〈海外〉經陳述多有重疊，且敘述角度多有「另解」或「補
充」的語境之感，證明了《山海經》各篇敘事角度的多重切換，是來自於相異
面向的詮釋和解讀，使得載錄的神話情節反而走向神秘的境地。

從前文所列舉的兩種敘述角度觀察，二者雖存有差異性，依然是過去的
閱讀者面對原典的文字用語時，透過自我理解所幻化而成的新詮釋，很顯然
地，這些敘述模式仍保有當代閱讀者的前見。然而，《山海經》神話敘事的多
重性不單如此，這讓在字句間總是謹慎檢視的畢沅，也發現有著不同的描述
對象：

三、《山海經》中具有不同性質的敘事體對象

例如：

6. 〈海外南經〉：「地之所載，六合之間，四海之內，照之以日月，
經之以星辰，紀之以四時，要之以太歲，神靈所生，其物異形，
或夭或壽，唯聖人能通其道。」

畢沅解曰：「列子湯問篇『夏革曰大禹曰六合之閒』云云凡四十七

〔註 54〕清・畢沅：《山海經新校正》，頁 118。
〔註 55〕清・畢沅：《山海經新校正》，頁 126。

字，正用此文。夏革，湯臣。則經為禹書，無疑也。此蓋圖首敘
詞，故《淮南子‧墜形訓》亦用之。」〔註56〕

7. 畢沅解曰：「詳本文是說圖之詞，必古所傳。《山海經》有水道圖
文，有云象郡、云長城，知是秦人所著，而其所見之圖，則是禹
鼎也。」〔註57〕

文字的描述再怎麼具體，依然不若圖像來得寫實，面對文字的排列組合，我
們往往需要多一點的想像與思考，相較之下，當《山海經》中出現類似「圖
說」的表達情境時，斷裂式不連貫的語境，則造成閱讀上的困難。簡而言之，
這完全肇因於《山海經》敘述對象不同的關係。比起朱熹初步提出的「述圖
說」，畢沅更是精準地指出《山海經》具有「原典」、「補述」與「述圖」三種
敘述體混合存在的文本。如例6的〈海外南經〉以其首段所記的「神靈所生，
其物異形，或夭或壽，唯聖人能通其道」而言及聖王之德慧，看似頗有哲理
的敘述句，卻道盡《山海經》所載錄的物「異」，非一般生活經驗可理解，而
是需要像聖人那樣的智慧與經驗才能理解其狀其形的一切因由。故郭璞注云：
「言自非窮理盡性者，則不能原極其情狀」〔註58〕蓋因於此。觀本段文之敘
事模式，頗有於〈海外經〉前提作前序之用，畢沅認為「此蓋圖首敘詞」其用
意在此。若按照畢沅的思考理路將〈五藏山經〉視為禹、益所作，再經《列
子‧湯問》明言的「禹說」作為佐證，而得出此乃出於古本《山海經圖》文字
之結論，使得《山海經》內容的描寫對象又增添了透過圖像或直觀或轉化的
敘述空間。

然而，所謂的古本《山海經圖》又是什麼樣貌的神話文本載體？真正的
上古時代，三代以前真有可能留下這麼多大量的圖畫之作嗎？在前文列舉的
例7中，為了完整解釋敘述體的可能面貌，「詳本文是說圖之詞，必古所傳」
認為凡有述圖之語，便是前人（秦人）將所見「禹鼎」古圖的樣貌描繪下來，
畢沅此論為《山海經圖》提供來源的依據。當然，畢沅直指《山海經》中的
「禹作」之說是仍有疑慮的。事實上，僅從所謂「唯聖人能通其道」之敘述角
度，便不難理解絕非出自於原作之口，反倒是他者引當代思潮而或作評語，
或作小序議論之詞。所以，不單只有「《淮南子‧墜形訓》亦用之」，連《列

〔註56〕清‧畢沅：《山海經新校正》，頁104。
〔註57〕清‧畢沅：《山海經新校正》，頁125。
〔註58〕清‧畢沅：《山海經新校正》，頁104。

子‧湯問》亦藉商湯與其臣夏革的對話，來闡述該作者的學術思想，成言而記之情況堪稱普遍。〔註59〕

　　綜觀畢沅之研究，除卻緊守「禹益作」的堅持，從現代神話敘事學的立場來看，他功在為《山海經》區別神話文本中「原形」與「再譯」的多重敘事模式，成為首先進行分卷界定撰者年代的學者，堪稱《山海經》文獻版本研究之濫觴。現代神話學家對於「神話」敘事的表達方式，大致認為應屬於一種複合型的敘述結構，先民藉由不同的神聖語言，在時間的長河中，層層堆疊出多重面向的敘事體系。簡而言之，神話是藉由口傳、書面或圖像等手段來達到經年累月得以傳承的目的。然而，相較於口傳神話的變動性，以記錄為主的書面或圖像的神話模式雖寄望於它的恆久不變之效益，卻在書寫體制的錯解誤認等可能的變因下，使其成為敘事結構體的一環。承此邏輯，《山海經》中的神話情節必然也有多重的敘述特徵，這也造成歷來試圖還原《山海經》所述真相的學者，彼此所得到的解讀結果往往差異甚大的原因之一。或者說，他們秉持著各自的學術視域和前見，在所處不同的時空環境背景的影響下，自然詮釋出個人能認同的真相。若以今觀古，當畢沅在為的《山海經》進行篇目考時，卻能從中發掘該書所記述的字句間具有多重敘事性，著實令人驚嘆佩服的。

　　大凡清代學者所推崇的「樸學」不但是一種哲學觀，也是一種具體的研究方法與原則。依此，極力探究文獻原意的多數清代學者，儘管他們為後來

〔註59〕《淮南子‧墜形訓》曰：「墜形之所載，六合之間，四極之內，照之以日月，經之以星辰，紀之以四時，要之以太歲，天地之間，九州八極，土有九山，山有九塞，澤有九藪，風有八等，水有六品。」以此專論空間地理之構成；至於《列子‧湯問》則以記載商湯問夏革天地萬物生成之事，而開啟對話：「（湯問）大禹曰：『六合之間，四海之內，照之以日月，經之以星辰，紀之以四時，要之以太歲。神靈所生，其物異形；或夭或壽，唯聖人能通其道。』夏革曰：『然則亦有不待神靈而生，不待陰陽而形，不待日月而明，不待殺戮而夭，不待將迎而壽，不持五穀而食，不待繒纊而衣，不待舟車而行。其道自然，非聖人之所通也』。」藉以闡述瞬息萬變的天地萬物，縱使脫離認知經驗的常理，本就無足為奇，故萬事萬物不可單憑有限的耳聞目見來臆斷其是非有無的結果。由此可知，不論《淮南子‧墜形訓》或是《列子‧湯問》皆引用「地之所載，六合之間……要之以太歲」作為各自文章的論理的依據。可以見得在秦漢之際，此空間思維為當時普遍被大眾所接受。參見劉文典：《淮南鴻烈集解》（北京：中華書局，1989 年 5 月），頁 130；楊伯峻：《列子集釋‧湯問》，頁 162。

的研究者提供了較為詳實可徵的資料，但卻使得他們在相關研究上未能盡情踏入較屬個人批判與經驗的解讀活動之中，這或許來自於對經學的禮遇和尊重之緣故。是以，當他們面對如《山海經》這類的玄幻、詭譎及神秘不定時，能否依然秉持著嚴謹的考證而去尋求真理，可以想見應是極具有挑戰性的。依前文所述，對照吳任臣、汪紱及畢沅三位清朝前期的學者，在為《山海經》解經的過程裡，可以看到他們似乎不約而同地欲找出證據來論斷《山海經》內容的虛實；另一方面，又不得不朝向個人已然成形的視域下進行闡釋。

由於，樸學學風一向以「無徵不信」的求實態度，並綜合其他古籍文獻、民風異俗、實用知識等等互作參照比較，使得能考辨其真偽實情與內涵，同宋儒一般，遂走向疑古。崔述（1740～1816）在其《考信錄‧提要》中曾言：

> 大抵戰國、秦、漢之書皆難徵信，而其所記上古之事尤多荒謬。然世之士以其傳流日久，往往信以為實。其中豈無一二之實？然要不可信者居多。乃遂信其千百之必非誣，其亦惑矣！〔註60〕

在崔述看來，所謂古史考信必需有憑有據，但是所載諸多看似光怪陸離之事，難道其中就沒有真實歷史的存在嗎？此疑慮的提出，概可揭示了當時乾嘉時代學者面對古史與神話取信與否的困局，那是一種矛盾的解經過程，基於對經學的推崇，本應作為例證的先秦文獻卻不能輕易用於佐證，心理上必定會掙扎材料來源的取捨。例如，梳理五帝之史蹟，常見神格化的五帝與聖賢化的五帝二者不同的文獻資料，當面對神話情節在主述強調其神通力的敘述語境時，凡是重視考辨證據的樸學者，要不就是全然摒棄不用，要不然就是轉化神通力的意義。前者如崔述〔註61〕，後者如汪紱、畢沅。畢沅晚出汪紱幾十載，他身處於乾嘉考據學最盛行的時代，因此將其定名為《山海經新

〔註60〕清‧崔述：《考信錄提要》（北京：中華書局，《叢書集成初編》第 145 冊，據畿輔叢書本排印初編，1985 年），頁 7。

〔註61〕從《考信錄》一書中可知，崔述徹底否定各種有關三皇五帝的傳說。此說法一提出，也等同試圖打破過去以來被傳統儒學者信奉的古史系統。例如，他提出「古無三皇五帝之說」的概念，稱「義、農以前未有書契，所謂三皇、十紀帝王之名號，後人何由知之？」亦言：「蓋三皇、五帝之名本起於戰國以後；《周官》後人所撰，是以從而述之。」由此可證。參見清‧崔述：《補上古考信錄》（北京：中華書局，《叢書集成初編》第 142 冊，據畿輔叢書本排印初編，1985 年），頁 2～4。

校正》，可以發現畢沅對該書的用心與期許。書中不難發現處處以嚴謹的校勘法，進行辨偽、考定篇目，力求正本清源，目的是為了要找出隱藏在神話原型裡的古史敘事，畢沅與汪紱對待光怪陸離的神話情節時，態度顯然是一致的。

　　而吳氏、汪氏、畢氏三人在樸學甚為輝煌的時代，理應不被重視的《山海經》卻都吸引了他們的視線。理所當然地，從各自研究的著作中可以輕易發現三人在處理《山海經》的研究方法與思路上，其背後也緊密連結著清代學術風氣的視域。在西方神話學未引入以前，過去中國古代學術所強調的理性思辨與尊重歷史的研究傳統，導致他們並不認同光怪陸離的「神話即是歷史」的思考模式。觀察神話的敘事模式、推衍神話的建構過程，一直以來是神話學研究的核心議題，對照細探康乾時代此三位校注者他們的研究過程不啻也是如此。雖深受理性且實用主義的規範而進行研究，但極具科學性的考據方法，卻反而讓他們更不自覺地邁向神話學大門。例如：考證字音、字句、語意，就能處理《山海經》敘述語境的解讀；使用校勘法的方式，亦能梳理出神話文本的流變情況；對篇目與內容的辨偽研究，更可分離出神話原型與後人詮釋的文本差異。清代《山海經》研究自吳任臣、汪紱、畢沅三人作注之後，熱潮並未減弱，繼起的郝懿行、陳逢衡、俞樾等等以專書注疏或專文的方式，持續辯證研究《山海經》裡的各種神話情節或史地資訊〔註62〕。這也證明了在清代樸學視域下，《山海經》的神話研究具有劃時代的成就與意義，在往後的新、舊學術文化交織間為《山海經》神話研究帶來更加多元化外顯與內涵。

〔註62〕如郝懿行作《山海經箋注》、俞樾撰《讀山海經》、陳逢衡的《山海經彙說》以及呂調陽（1832～1892）的《五藏山經傳》等等，其中有考證古史，亦有針對《山海經》所記山川、物產之地理資訊作古今對照。諸如種種，皆可稱繼承了乾嘉考據學風而所呈現出複雜卻新穎的研究樣貌。

第二章 清代中後期學者對《山海經》的考辨與重釋

　　研究《山海經》的「語怪」者，除了追尋原意之外，很多時候也重視它的流變歷程。致使故事隨時空環境變遷再三翻轉出繁雜不一的解釋現象，擴展說者與聽者（讀者）間的個人詮釋。「詮釋」，不僅是為了重建神話文本的「原意」，更要闡釋出它於當代的「新意」，這往往帶有著多元且開放的思考模式。而誠如前章所論，康乾時期的學者雖秉持著較為保守的考據方法，來理解《山海經》所記的神話敘事，但卻依舊得出令人驚艷的成果。清代對於《山海經》的研究，可以說是橫跨整個朝代，這是歷來諸朝所不能及的，甚至於嘉慶以後，關注《山海經》的熱潮並未有一絲消減的情況，反而更加地熱烈。本章聚焦於對《山海經》釋義有重大進展的郝懿行、陳逢衡以及俞樾三位活躍於清中葉以後的學者，逐一分析考察他們如何面對書中荒誕不經的「語怪」立場，更是如何經歷解構到重釋的閱讀過程，再經由著書立說，各自展現個人的詮釋結果。

第一節　郝懿行《山海經箋疏》：考據研究下的神話理解與認同

　　郝懿行（1757～1825），字恂九，一字尋韭，號蘭皋，山東省登州府棲霞縣人。為清代乾嘉時期著名學者，善訓詁考據之學。生於書香世家，自幼耳濡目染，十九歲時入縣學讀書。乾隆五十一年（1786）入國子監，嘉慶四年

（1799）得進士，並授戶部主事。為人恬淡自守，安於貧賤，不慕榮利，《清史稿·郝懿行傳》曰：

> 懿行為人謙退，訥若不出口，然自守廉介，不輕與人晉接。遇非素
> 知者，相對竟日無一語，迨談論經義，則喋喋忘倦。所居四壁蕭然，
> 庭院蓬蒿常滿，僮僕不備，懿行處之晏如。浮沉郎署，視官之榮悴，
> 若無與於己者，而一肆力於著述，漏下四鼓者四十年。〔註1〕

依其記載，郝氏少言沉靜，視官場如浮雲，一生致力於創作，所關注的學門領域甚廣，尤擅經義之研究，整體而言其學術視野與哲思涵蓋經學、史學、訓詁、校勘學、博物學等方面。代表作有《爾雅義疏》、《春秋說略》、《易說》、《書說》、《山海經箋疏》、《竹書紀年校正》、《鄭氏禮記箋》、《詩經拾遺》、《汲塚周書輯要》、《荀子補注》、《宋瑣語》、《晉宋書故》、《寶訓》以及《蜂衙小紀》、《筆錄》、《筆記》與《詩文集》等等，已刊和未刊者合起來約有六十餘種。而他的妻子王照圓（1763～1851）亦是訓詁學家，夫妻二人時常就《詩經》內容「以詩答問」，逐日累積，遂成《詩問》七卷，堪稱當時文壇佳話。郝氏最讓後人讚賞的代表作是《爾雅義疏》，此書歷時十六年得以完成，可見足以煞費心血之處，是清代考據學研究的經典著作。

　　《山海經箋疏》是郝懿行針對《山海經》所做的「箋」與「疏」。其中的「箋」，乃古書注釋的一種。古人治學，講究師承，學有所宗。對前人說法，從而引申發明叫作「箋」。〔註2〕「箋」、「疏」的文體屬性是為文注釋的形式，這種「隨文釋義」的特徵是除了針對其內容進行解釋詞義之外，「還要校勘文字、標明音讀、疏通文意、詮釋用典、考證典章制度、分析語法、揭示修辭手段等」〔註3〕。但不同的注釋書，在注釋的內容方面各有其側重之處，注釋的體裁樣式也會不同，所呈現的風格或於傳注、或以章句義疏為核心，或有專注於音義辨析者。而《山海經箋疏》的內容偏重於解釋字、詞、句的含義以及考證名物典章制度等等，由此，也可看出郝氏撰寫的企圖心，其精良的注述以及盡量維持撰注者不偏不倚的立場，使得《山海經箋疏》甫一面世，即深受當時人的推崇，不啻也成為《山海經》研究的里程碑之一。

〔註1〕趙爾巽等：《清史稿·郝懿行傳》第43冊，卷482，頁13245。
〔註2〕吳楓：《中國古典文獻學》（臺北：木鐸出版社，1983年9月），頁71。
〔註3〕黎千駒：《現代訓詁學導論》（武漢：華中師範大學出版社，2008年7月），頁125。

一、清人對《山海經箋疏》的高度評價

　　郝懿行的《山海經箋疏》可稱是歷來研究《山海經》專著的集大成。《山海經箋疏》撰寫於嘉慶八年，耗時五年時間，終至嘉慶十三年完成。該書廣徵博引，並作嚴謹考訂。在乾嘉時代特定的樸學學術風氣之下，郝氏的《山海經箋疏》處處顯示其精實的考據功夫。書中全面性地闡述他對撰著者、成書時代、篇目構成與其存目之類型等等的看法，並且，更在同朝前輩吳任臣、畢沅的《山海經》研究成果的發展基礎上進行辨析名物，剖析語意，是以該書兼採二家之所長，〔註4〕展現郝氏對《山海經箋疏》的用心與期許。此作品甫一出世，即廣受同朝時人之好評。同樣活躍於嘉慶朝的散文家劉開（1784～1824）〔註5〕便曾言：「余覽郝氏《山海經箋疏》而不能已！」〔註6〕一讀起《山海經箋疏》便欲罷不能的他，更為此以駢文體撰寫〈跋郝氏山海經箋疏〉一文，文中特別列舉數則郝氏詮釋的神話敘事之解讀，如「女媧之腹（腸）」、「䓵草與帝女尸」、「魚婦偏枯非體廢」、「湘妃於洞庭則出入有風」等等，言其所論精彩絕倫。故曰：「凡經之所載，郭氏既備言之矣！若乃詭類殊品，窮色極聲，雖分拆其根源，未盡證以故實，故郝氏重為疏以明之。」〔註7〕認為郝懿行補足郭氏對於「神話敘述」的未盡之言提供了相應而完善的解答。除了前文提及的劉開，同樣給予《山海經箋疏》高度肯定的亦有清代大儒阮元。

　　阮元（1764～1849）是乾嘉時期著名的經學家，他致力於文獻整理、刊刻圖書，為後世對於文獻的聚散與整理方面貢獻良多。加之官居顯赫、精研而博學，為同朝學人所倚重，往往發覺精良作品，便為其刊刻成書，對於文獻圖書與知識之推廣，實有領導之功。《山海經箋疏》便是由阮元於嘉慶十四

〔註4〕郝懿行於〈山海經箋疏敘〉曰：「今世名家則有吳氏、畢氏。吳徵引極博，泛濫於群書；畢山水方滋，取證於耳目。二書於此經，厥功偉矣。至於辨析異同，梳正訛謬，蓋猶未暇以詳。今之所述，並採二家所長，作為箋疏。」參見於清・郝懿行：《山海經箋疏》。

〔註5〕劉開，清朝文學家，字明東，又字方來，號孟塗，安徽桐城人。曾拜姚鼐為師，與同鄉方東樹、上元管同、上元梅曾亮並稱「姚門四大弟子」。道光元年（1821），受聘赴亳州修志，患暴疾而逝。著有《廣列女傳》20卷、《論語補注》3卷、《駢文》2卷，其餘作品收錄成《劉孟塗詩文集》，共14卷。

〔註6〕清・劉開：〈跋郝氏山海經箋疏〉，《劉孟塗集》駢體文卷2，清道光六年姚氏檗山草堂刻本。

〔註7〕清・劉開：〈跋郝氏山海經箋疏〉，《劉孟塗集》。

年（1809）由揚州琅嬛仙館刊刻而成，他於〈刻山海經箋疏序〉云：「郝氏究心是經，加以箋疏，精而不鑿，博而不濫，粲然畢著，斐然成章。余覽而嘉之，為之梓版以傳。」〔註8〕堪稱實質地肯定該書的價值，並為其刊刻而推廣。顯而易見地，郝懿行頗受阮元之提拔，在該書出版前夕，另協助郝氏進行嚴謹地審定校勘之工作。協助校定者共十七人，除主持者阮元之外、尚有孫星衍（1753～1818）、臧庸（1767～1811）、姚文田（1758～1827）、王引之（1766～1834）、吳鼐（1755～1821）、鮑桂星（1764～1826）、宋湘（1756～1826）、陳壽祺（1771～1834）、塗以輔（？～1821）、程國仁（1764～1824）、張業南（生卒年不詳）、徐名緻（生卒年不詳）、馬瑞辰（1782～1853）、孔繼墣（生卒年不詳）、嚴可均（1762～1843）、阮常生〔註9〕（？～1832）、牟廷相（生卒年不詳）。名單一字排開，多是當時樸學大家，使得該書精審編輯之況，不下言語。郝懿行對《山海經箋疏》的用力之深，阮元的極力推崇，也無怪乎同朝藏書家錢泰吉（1791～1863）特別讚許《山海經箋疏》曰：「其考訂精密，亦在吳氏廣注、畢氏校本之上」〔註10〕可見一斑。

《山海經箋疏》所受到的高度評價並非僅來自於民間友人的褒譽，事實上自從嘉慶十四年由阮元進行首次刊刻之後，到了光緒朝期間仍陸續進行重刻，除了反應市場接受度頗高之外，甚至於光緒十七年（1891）由上海五彩公司石印的《欽定郝注山海經》中更有光緒帝親撰之文，附於卷首正文前：

〈上諭〉

據聞郝懿行學問淵博，經術湛深，嘉慶年間，海內推崇。所著《春秋比》、《春秋說略》、《爾雅義疏》、《山海經箋疏》各書精博，邃密足資，玫證所進之書，即著留覽，欽此。〔註11〕

由此可知，從官方到學界，皆極為推崇此注本，除了郝懿行學識名揚於世之外，他費勁心血完成的作品皆被世人視為研究精實嚴謹的碩果，是以流傳甚廣，並多次為其重製刊行。〔註12〕是以，時序走向了民初，郝懿行入《清史

〔註8〕清・郝懿行：《山海經箋疏》。
〔註9〕阮元之子。
〔註10〕清・錢泰吉：《甘泉鄉人稿》卷9（清同治十一年刻光緒十一年增修本）。
〔註11〕清・郝懿行撰：《欽定郝注山海經》（光緒十七年上海五彩公司石印據郝氏遺書本校刊）。
〔註12〕《山海經箋疏》自嘉慶十三年撰成之後。翌年，則由阮元為其撰序並刊刻發行。爾後，郝氏去世，其妻王照圓「輯其遺書，以求彰顯於世」，故為其遺稿進行整理，再由時任順天府東路同知的郝氏之孫聯薇統整編製成《郝氏遺書》

稿·儒林》時，享譽盛名的《山海經箋疏》也理所當然地記載於史冊之中，並補以評述：

> 其《箋疏山海經》，援引各籍，正名辨物，事刊疏謬，辭取雅馴。阮
> 元謂吳氏廣注徵引雖博，失之蕪雜；畢沅校本，訂正文字尚多疏略；
> 惟懿行精而不鑿，博而不濫。〔註13〕

大抵可悉，《山海經箋疏》的寫成，的確成為清代研究《山海經》的經典。《箋疏》的完成在於文字考訂、訓詁和史料互證等方面，可稱得上是乾嘉時期考據學研究的極高水平，這些多可從郝氏另一著作《爾雅義疏》的考據研究中看出端倪。

二、嚴謹的考據與對神話的研究態度

　　郝懿行為《山海經》進行考訂時所參詳的書籍，並未如吳任臣所引書籍之類型那樣地雅俗並用且書目雖廣卻雜，而是回歸校讎學者最為嚴謹的治學模式——從字義字音間切入，來進行文字的釋義，所用多以《廣雅》、《說文》、《爾雅》等小學類書目；當面對古代史地真相的難題時，則多引用「五經」、「史傳」類屬之書，彼此徵引互校而比對。同樣都屬於乾嘉時代樸學潮流的學術背景之下，郝氏之注解與畢沅《山海經新校正》相較，縱使畢沅於其考訂上已堪稱為審慎嚴謹，並且亦取得重大的成就，然而，在許多細節上仍有訛誤或語焉不詳之處，使得以畢注作為主要援引說法的《山海經箋疏》，也在考證訂訛時往往會將解讀視域通過畢沅的眼界，進行更深入的探析。另值得一提的是，郝懿行在考據工作方面有所成果之餘，對於神話等光怪陸離的情節，亦有可評議之處。清代經學家宋翔鳳（1777～1860）曾為郝氏《爾雅義疏》提序，他於序文裡談到了郝氏面對《山海經》中的怪異敘述時的態度，曰：

> 翔鳳昔在嘉慶辛未，滯迹京邸，始識先生，時接言論。每致商榷，

刊行；其他專著以外的詩文、筆記等由周悅讓編成《曬書堂集》，於光緒四年付梓，至光緒十年告竣，即清光緒十年東路廳署刻本。幸有此舉，使之流傳而不致散佚。其他版本陸續於晚清時再版，其中多依《郝氏遺書》之版本印製。以目前能見之刻本，有清嘉慶十四年儀征阮元的原刊本、同治四年東路廳署刊遺書本、光緒八年東路廳署重刻遺書本、光緒十二年上海逯讀樓校刊本、龍溪精舍叢書本、《四部備要本》等等，民國以後，多依上述刊本，擇其適宜，各自影印發行。

〔註13〕趙爾巽等：《清史稿·郝懿行傳》卷482，頁13245。

　　　　輒付掌錄，不以前修而輕後生。時所纂《山海經箋疏》，不涉荒怪，
　　　　而惟求實，是已行於世。《爾雅》則未卒業。〔註14〕

據宋氏之言，《山海經箋疏》雖完成於《爾雅義疏》之前，但在其審慎的校勘
下，力求精實的態度，始終如一。此外，宋氏特別提到郝懿行在撰寫《山海經
箋疏》時，秉持「不涉荒怪，而惟求實」的態度進行研究，然依其語意，乍看
之下明言郝懿行凡遇神話怪異的敘述內容，則略而不提，或不言其怪，僅求
實證。是以今時普遍學者多依宋氏之言，而多將焦點放在郝氏對《山海經》
的考證方面去進行探究。不過，宋氏這段話是當時一般序文常用的寫作筆法，
再談及該作品時，往往會針對原著者早已出刊的其他作品概略簡介或補述。
由於，我們無法從此段序文得知是否為郝懿行與之論學時親口談及自己的創
作理路，宋翔鳳僅是摘錄其言；抑或是他為了替《爾雅義疏》撰寫序文，而自
行看過郝氏另一作品《山海經箋疏》的評述，再加上二人在學術上原有的商
討，使得宋氏感受到郝懿行的研究頗為嚴謹，進而在〈爾雅義疏序〉中，提起
已出版的《箋疏》為例，若此，則宋翔鳳瀏覽《山海經箋疏》有多麼的深入也
就不得而知了。撇開這件摸不清的歷史真相，我們或許可從考據學研究視域
上來瞭解「不涉荒怪，而惟求實」這句話中的「求實」之意。

　　「實」在樸學裡，應視為考證之實。清代乾嘉時期樸學學風，不務空談，
唯以可信的史料為依據，藉其資料作綜合分析以求得合理和客觀嚴謹的結論，
故稱為「徵實之學」。依此，所得證的「實」，與其說是「真相」，不如說是「得
證結果」。從另一角度看，明代以後的考據學研究，追求的不見得是事實，而
是有沒有文獻依據。「徵實」指的不一定是事實上如何，而是在文獻紀錄上能
有所依憑。今日我們觀察郝懿行所撰寫的《山海經箋疏》，的確可以發現此一
現象，該書內容並非不涉及《山海經》之神怪內容，而是不去辯證、考實怪異
的內容是否「真實存在」，不去論述該神話情節的「合理性」，而是以「徵實」
之法求得《山海經》神話情節本身的故事理解。當我們回歸於《山海經箋疏》
原典時，可以輕易發覺郝懿行尊重原典文本的文獻字句，依其原文立場探求
古人思考面向的可能解釋。從郝懿行在談及自己另一作品《爾雅義疏》時，
便能看得出他的整體研究思路：

　　　　餘田居多載，遇草木蟲魚有弗知者，必詢其名，詳察其形，考之古

〔註14〕清・宋翔鳳：〈爾雅義疏序〉，收入於晉・郭璞注，宋・邢昺疏：《爾雅注疏》，
　　　　頁 622。

書，以徵其然否。今茲疏中其異於舊說者，皆經目驗，非憑胸肊，
此餘書所以別乎邵氏也。〔註15〕

正所謂「必詢其名」，大凡遇不熟悉之草木蟲鳥魚等動植物時，必定會根據文
中所記載的原名，詳加觀察，在名稱、形體與物類之間再三考察斟酌，並且
「考之古書」得其「徵」是否依憑有據。郝懿行將此研究視域置於詮釋光怪
陸離的神話文本類型，如此，也不致流於過渡的臆測與衍生，更能藉此導向
回歸神話文本的原意。從這裡我們可以瞭解郝氏之注經，是以一種立足在原
文本的文字上做解讀，他不再去質疑「其神」是否存在的問題，而是認同祂
在神話文本中應有且實質的存在意義。所謂的「不涉荒怪」，若真為出自郝懿
行親口之說，那麼，其表達的語意應當是指「不去處理《山海經》所記載的荒
怪存在的問題」，那是一種對神話情節採取「默認」的研究心態。

　　筆者於此，提出幾項出自於《山海經箋疏》的例子來進行佐證，以闡述
郝懿行對於神話文本所採行的默認行為，而正因為擁有如此研究視域，讓他
可以跳脫無謂及無解的神怪辯證，進入更為全面、深入的詮釋解讀，這樣的
神話默認視域在《箋疏》中，隨處可見。例如，郝氏在解讀「昆侖之丘」時，
針對《山海經》文本載曰「是實惟帝之下都」一說而進行解讀，他從郭璞說法
中得到啟發：

〔郭璞注〕：

天地都邑之在下者也。《穆天子傳》曰：「吉日辛酉，天子升于昆侖
之丘，以觀黃帝之宮，而豐隆之葬，以詔後世。」言增于昆侖山之
上。〔註16〕

〔懿行案〕：

今本《穆天子傳》作「而豐□隆之葬」，闕誤不復可讀。或據《穆天
子傳》昆侖丘黃帝之宮，以此經說，即黃帝之下都。非也。〈五藏山
經〉五篇內凡單言帝，即皆天皇五帝之神，並無人帝之例。帝之平
圃、帝之囿時，經皆不謂黃帝，審矣。〔註17〕

郭璞引用《穆天子傳》記載「天子升于昆侖之丘，以觀黃帝之宮」一說而推
論〈西山經〉中所講述的「帝之下都」是指黃帝於下界居住之處。然而，郝

〔註15〕趙爾巽等：《清史稿·郝懿行傳》卷482，頁13245。
〔註16〕清·郝懿行：《山海經箋疏》。
〔註17〕清·郝懿行：《山海經箋疏》。

懿行卻反對這樣的解釋，他認為凡〈五藏山經〉所言的「帝」（僅以一字稱的「帝」），都是天神類屬的「帝」，即「天帝」，非人也。郝氏這樣的說明，頗得其理，原因在於綜觀〈五藏山經〉之全文，有稱「帝」者，亦有稱「黃帝」者。除了〈海外〉、〈海內〉各四經與〈大荒〉以下五經之外，觀現今通行之本，〈山經〉中唯有〈西山經〉載「黃帝」事蹟，內容分別為「黃帝是食是饗」、「黃帝乃取崑山之玉榮，而投之鍾山之陽」。若「帝」＝「黃帝」，則直言「帝」即可，何以另有「黃帝」之說？郝氏又以「天皇五帝」為神的觀點，與「黃帝」為人帝做一區別，故駁斥郭璞之說。郝懿行解讀「天帝」與「人帝」之別，也表現出並未否定「天神」於《山海經》的存在意義，甚至是肯定實質存在的。這也等於駁斥了畢沅於《山海經新校正》認為「郭云帝，天帝，非也。帝者，黃帝。《莊子》云：「黃帝遊于赤水之北，昆侖之邱是也。」〔註18〕之說法。

又如談到西王母具有「司天之厲及五殘」的行蹟時，有別於郭璞「主知災厲五刑殘殺之氣也」的詮釋，他更以「星體」之說，重新解讀：

> （懿行案）厲及五殘皆星名也。李善注〈思玄賦〉引此經作司天之厲，蓋誤。〈月令〉云：「季春之月，命國儺（難）。」鄭注云：「此月之中，日行歷昴，昴有大陵積尸之氣，氣佚則厲鬼隨而出行。」是大陵主厲鬼。昴為西方宿，故西王母司之也。五殘者，《史記‧天官書》云：「五殘星出正東，東方之野。其星狀類辰星，去地可六丈。」《正義》云：「五殘，一名五鋒，出則見五方毀敗之徵，大臣誅亡之象。」西王母主刑殺故又司此也。〔註19〕

很顯然地，郝懿行並不太認同郭璞的解讀。郭璞雖以「氣化」的概念詮釋「厲」與「五殘」，卻並未說明為何如此作解？後文僅大量引述《穆天子傳》、《竹書紀年》等文獻作為有關西王母事蹟資料的補充，這看在清代考據學家的眼裡頗不以為然。是以，如前文已提及的汪紱，視其為域外母系部落之主；而畢沅則以西王母為西方域外之國而駁郭璞之說。但不論是汪紱還是畢沅，都將西王母視其為人類、國族的具體存在，西王母「非神」的觀念是顯見的。然而，郝懿行卻另有思考。他循著神話情節原典的說法，默認原典中「司天」的敘述，西王母具有的神性是不爭的事實，所以不需要去質疑西王母的存在性

〔註18〕清‧畢沅：《山海經新校正》，頁54。
〔註19〕清‧郝懿行：《山海經箋疏》。

質，而是依其敘述情節去理解「厲」與「五殘」到底是什麼？在《箋疏》中郝氏首先思索的面向是：西王母既然有「司天」之力，那麼「厲」和「五殘」必定是與天有直接的關連性。故他注意到「厲」與「五殘」的概念，很可能來自於星辰。何謂「厲」？在傳統文獻裡，時有以「厲星」之說來喻刑殺之意，但不見以「厲」為名的星體，與其說是名詞，不如說是以「厲星」作為形容詞之用，與「厲氣」用法相似。在郝懿行的詮釋視域裡，他似乎是將二者連結，並以鄭玄注《月令》「命國難」的解釋，從「昴有大陵積尸之氣，氣佚則厲鬼隨而出行」之說，將大陵星屬昴星系統之一的既定事實，並引俗信之說，認為該星體掌管厲鬼之氣，在「昴為西方宿」的認知之下，更推測出大陵星即《山海經》所稱的「厲」。此乃為尸氣聚集之處，其氣若逸散，厲鬼則出。西王母所處西方，剛好對應昴星，所謂的「司厲」能力，在郝氏的詮釋之下，因其掌管昴宿，故順理成章地成為掌管厲鬼（鬼界）的神祇。

至於「五殘」，郝氏援引《史記・天官書》所言：「五殘星，出正東，東方之野。」其《正義》云：「見則五方毀敗之徵，大臣誅亡之象。」至少在唐人的觀念裡，五殘星的出現具有破壞殺戮的觀感，往往預示著人間即將有災禍，所以五殘星可視為召示災難警訊的凶星，五殘星雖屬東方之星，與西王母所在之地相反，然而，因其刑殺性質，或在俗信上與西王母相近，遂為西王母所掌管之星。

除上述所舉二例之外，又如在《箋疏》中談及〈東山經・東次三經〉所敘述的「無皋之山，南望幼海，東望榑木，無草木，多風。是山也，廣員百里」之地理現象時，郭璞與畢沅在此皆未多作釋義，然而，郝懿行卻在此解為「東極多風，爰有神人，來風曰俊，處東極以出入風也。」很顯然地，其詮釋靈感來自於〈大荒東經〉所記的「名曰折丹，東方曰折，來風曰俊，處東極以出入風。」〔註20〕的說法，是以將「神人」的出現，解釋此地多風的原因。

另外，郝懿行亦對〈中山經〉載錄的「帝之二女」條目作詮釋，他引唐代《初學記》言「帝女居之」說法，認為其「不言二女，可知帝女為天帝之女」，並直指為「天帝二女」。再以古書敘述用語之判斷，將其視為與「『帝女化為䔄草』、『帝女之桑』之類，皆不辨為何人也」作同屬性延伸。換言之，在郝氏的概念裡，「帝女」既可變成䔄草或桑木，其「化物」的神異，

〔註20〕清・郝懿行：《山海經箋疏》。

則代表具有神人（神之子）的身份，並非單純的「堯二女，舜二妃」的人類型態。〔註21〕

　　走筆至此，透過郝氏的敘述，當他為神話情節解讀的同時，亦投射出個人的詮釋視域，即是——區區人類何德何能去職司寰宇星辰？郝懿行的思考視野以「帝」有掌管天上亦有掌管人間的區別，故認為有所謂「天帝與人帝」之分，在他的觀念裡，黃帝與人間的關係更是要來的緊密；另一例子中的西王母，透過調查所職司的屬性能力，以得其解，使得郝氏的研究視野最終仍圍繞著該為「非人為神」的故事型態與角色；又或是多風之處，即遠古先民認為的風神「俊」的存在所使然；神人掌管天地自然之運行，對於自身的形體變化易不足為奇，所以「帝女化物」，乃「非人」可行之。諸如種種，像這樣不反對神性思維的解讀視域，在《箋疏》中展露無疑。事實上，從郝懿行其他的作品裡，可以理解他對神靈之事是據信的。例如：他曾於〈書白衣觀音神呪後〉文中，見世俗之人不少誇大神靈其事而昧於民，頗不以為然，認為人應以至誠之自性心面對神靈，於是慨然曰：「然觀音度世，亦常身現靈異，吾聞佛之教能化千萬億身，以濟眾生，是則神靈之說亦未嘗無。」〔註22〕這段話很顯現出郝氏對神靈存在認可的立場。基於此，郝懿行面對《山海經》的神話情節，以「默認的前見」為詮釋的起點是有跡可尋的。也因此，他在闡釋書中描述的「神異」情節上，遵從經文的內容，不擅改，不批判，不去計較怪異的真實性，此舉，雖秉持著客觀的考據傳統，但並非多數的樸學大師皆可以做到公允的批判與釋義，郝氏的《山海經箋疏》研究，確有別於清代其他考據學家的解經特色。

〔註21〕郝懿行認為：「《初學記》八卷引此經作『帝女居之』，不言二女，可知帝女為天帝之女。如言『帝女化為䔄草』、『帝女之桑』之類，皆不辨為何人也。……《竹書》云：『帝舜三十年，葬后育於渭。』注云：『后育，娥皇也。』；《大戴禮記·帝繫篇》云：『舜娶于帝堯之女，謂之女匽氏。』女匽或即為娥皇也；《藝文類聚》十一卷引《尸子》云：『妻之以媓，媵之以娥。』娥，即女英也。《海內北經》云：『舜妻，登彼氏。』一曰登北氏。然則舜有三妃，娥皇先卒，何言二妃留處江湘？假有此事，其非帝堯二女亦明矣。且舜年百有餘慶，正使二妃尚存，亦當年近百歲……。」考量到上古人物可能的年齡、生卒問題，並與其他先秦古籍相對照，得出不符合人類歲數與壯年期的常理經驗。參見清·郝懿行：《山海經箋疏》。

〔註22〕清·郝懿行：〈書白衣觀音神呪後〉，《曬書堂集》文集卷4（清光緒十年東路廳署刻本）。

三、認同神靈異物的無所不化與變形的生命力

　　誠如前文所論，郝懿行對神話所採取的態度基本上偏向於「默認神話情節的存在」，而這與同為乾嘉時代考據學盛行的畢沅視《山海經》為「未嘗言怪，而釋者怪焉」的「前見」是截然不同的。後者因為將神話情節視為古史的呈現，故而易將光怪陸離的情節轉譯成人的行為，尋找「合理性」，以符合人類的行為模式；郝懿行則以回歸神話的原意基礎上做闡釋，當他觸及變化無常的神靈異物時，則尋其不可思議的自然延伸。換句話說，《山海經》凡言「變化」、「幻化」等類屬敘述出現時，郝懿行便依其「變形」的情節去解讀。筆者觀察《山海經箋疏》全文，大致可釐清出郝懿行解讀「幻化」時的特別強調出神靈具有「無所不化」的行為。我們可透過郝氏在詮釋「精衛填海」神話時所展現的思考面向而得知。原記載在〈北山經・北次三經〉的精衛故事，其敘述為：

> 發鳩之山，其上多柘木。有鳥焉，其狀如烏，文首、白喙、赤足，
> 名曰精衛，其鳴自詨。是炎帝之少女，名曰女娃，女娃遊于東海，
> 溺而不返，故為精衛，常銜西山之木石，以堙于東海。〔註23〕

在這則有名的故事裡，郭璞並未對其中文意多作詮釋，僅對文字作音訓之解。至於郝懿行在精衛故事中除了詳列其他文獻徵引之情況外，似乎是有感而發，突如其然地提出自己的見解，其云：

> 堙當為𡍱，見《說文》。《文選注》引此經。銜作取，堙作填。唯
> 〈魏都賦注〉引此仍作堙。《列仙傳》載炎帝少女追赤松而得仙，
> 是知東海溺魂，西山銜石，斯乃神靈之變化，非夫仇海之冤禽矣。
> 女尸之為䔄草，亦猶是也。《藝文類聚》九十二卷引郭氏讚云：
> 「炎帝之女，化為精衛，沈形東海，靈爽西邁，乃銜木石，以填攸
> 害。」〔註24〕

後人詮釋這則神話時常言精衛「徒設在昔心」〔註25〕，或持報復之心，欲填平滄海；或作「寓言」，稱精衛不願後人步入此後塵，所以發揮人溺己溺之大愛，以訓世人。諸如云云，郝氏多認為乃屬臆測之言，他引漢籍《列仙傳・赤松子》稱「赤松子者，神農時雨師也。……隨風雨上下。炎帝少女追之，亦得

〔註23〕清・郝懿行：《山海經箋疏》。
〔註24〕清・郝懿行：《山海經箋疏》。
〔註25〕龔斌校箋，《陶淵明集校箋》，頁347。

仙，俱去。」〔註26〕的說法，言精衛本就隨赤松子得道成仙，所以遊於東海並非以溺魂挾冤而幻化為鳥，而是神靈變形之故，故無所不化。是以，後引郭璞《山海經圖讚》稱精衛化為精衛且「靈爽西邁」，作為補證，精衛自性變化，乃神性所現也。在神話傳說中，有時是本身即為神靈者，有些是修道成仙者。如前文的「精衛」，郝懿行以《列仙傳》的典故來詮釋精衛的神靈變形；此外，他亦針對〈海內西經〉中記載的「在八隅之巖，赤水之際，非仁羿莫能上岡之巖」的聖賢事蹟思考其意，最終將這則神話詮釋成「此經仁羿，即《楚詞》仍羽人，言羽化登仙也。」〔註27〕可見不論是神人所化，或是修道而化，可以觀察到郝懿行仍帶有尊重或相信神仙思想的研究視域。

今本《山海經》中，對於開天闢地神話記載量並不多。時人所知的盤古開天、女媧補天等等的神話情節，皆不見於《山海經》。唯一的「女媧」敘事，僅有載籍於〈大荒西經〉中所言的「女媧之腸」的詭譎敘述：「有神十人，名曰女媧之腸，化為神，處栗廣之野。橫道而處。」〔註28〕郝懿行《箋疏》曰：

> 《說文》云：「媧，古之神聖女，化萬物者也。」《列子・黃帝篇》
> 云：「女媧氏，蛇身人面，而有大聖之德。」《初學記》九卷引《帝
> 王世紀》云：「女媧氏，亦風姓也。承庖犧制度，號女希，是為女
> 皇。」《史記索隱》引《世本》云：「塗山氏女，名女媧也。」《淮
> 南・說林訓》云：「女媧七十化。」高誘注云：「女媧王天下者也，
> 七十變造化。」《楚詞（辭）・天問》云：「女媧有體，孰制匠之？」
> 王逸注云：「傳言女媧人頭蛇身，一日七十化，其體如此，誰所制匠
> 而圖之乎？」今案王逸注非也。〈天問〉之意即謂女媧一體，化為十
> 神，果誰裁制，而匠作之言，其甚巧也。郭注腹字。《太平御覽》七
> 十八卷引作腸，又引曹植〈女媧讚〉曰：「人首蛇形，神化七十，何
> 德之靈。」〔註29〕

郝懿行藉東漢學者王逸（生卒年不詳）於《楚辭章句》中解釋〈天問〉「女媧有體，孰制匠之？」之說法，來傳達他個人對於女媧能「化」的思考。傳說中

〔註26〕據傳西漢・劉向撰，王叔岷校箋：《列仙傳校箋》（北京：中華書局，2007 年
　　　　6 月），頁 1。
〔註27〕清・郝懿行：《山海經箋疏》。
〔註28〕清・郝懿行：《山海經箋疏》。
〔註29〕清・郝懿行：《山海經箋疏》。

「女媧造人」，是人類出現在大地的起點。然而，在開天闢地的那個時空裡，女媧又是從何而來？在王逸的解讀下，將屈原提問的女媧問題意識，解讀為「其形體是何人所制？又為何而制？」王逸的解釋看起來是傾向一個（不知何者的）造物者來創造出女媧，但郝氏則認為〈天問〉並非在追問最終創造者，而是突顯出女媧的幻化之神妙而已。後藉曹植（192～232）〈女媧讚〉之言，更對女媧的神聖性表達讚嘆之情。總的來說，郝懿行雖未對「女媧之腸，化為神」做出有別於他人的新見解，不過仍藉解讀屈原〈天問〉中對「女媧」的疑問，呈現出他個人的看法，即——對女媧具有無所不化的神奇及形妙生出一股景仰的心情，而這也正是郝懿行在進行神話解讀的立場上，認同神靈的「無所不化」是不需再作過度的質疑與轉譯。

在《山海經箋疏》中，郝氏對神靈自然變化的思考與陳述，大多呈現在各種變形神話情節裡。除上述二例之外，其他如〈大荒西經〉中所載錄的「魚婦」神話，郝氏也提出他個人不同的思考與問題意識。魚婦之說在《山海經》的紀錄為：「有魚偏枯，是為魚婦，顓頊死即復蘇。風道北方來，天乃大泉水。蛇乃化為魚，是為魚婦，死即復蘇。」〔註30〕郭璞注曰：「言其人變化也。」又云：「《淮南子》曰：『后稷龍在建木西，其人死復蘇，』其中為魚，蓋謂此也。」這是一則很標準的死而復生神話，描述藉身體變形來延續生命的故事類型。在現代學界，我們對於魚婦神話的解釋大多採用近人袁珂的說法，他認為：

> 據經文之意，魚婦當即顓頊之所化。其所以稱為「魚婦」者，或以其因風起泉湧、蛇化為魚之機，得魚與之合體而復蘇，半體仍為人軀，半體已化為魚，故稱「魚婦」也。后稷死復蘇，亦稱「其半魚在其閒」，知古固有此類奇聞異說流播民間也。〔註31〕

傳言中有一種魚的身子半邊乾枯，被稱為魚婦，是古代帝王顓頊死亡後，又立即復生而變化的。至於何時會發生呢？就是當風由北方吹來時，從天上湧出如泉水般的大水，此時蛇就會變化成魚，「魚婦」於是成形。而死去的顓頊就是因此趁蛇魚變化未定時，乘機藉復生成半人半魚的魚婦型態，此說頗有把魚婦敘述成「人魚」之樣貌，並且把顓頊化為人魚的形象做緊密的結合。不過，郝懿行卻另有想法，他於《箋疏》曰：

〔註30〕清‧郝懿行：《山海經箋疏》。
〔註31〕袁珂，《山海經校注》，頁 417。

> 郭注龍當為隴，中當為半，並字形之譌。高誘注《淮南・墜形訓》
> 云：「人死復生，或化為魚。」即指此事。然則魚婦豈即顓頊所化？
> 如女媧之腸化為十神者邪。〔註32〕

除了補正郭注「其中為魚」的「中」字，因為「半」的訛字之外，他更是注意到郭璞於註解該神話時，並未將顓頊與魚婦連結一起，郭注僅是將「人死化為魚婦」的說法謄入注文之中。並未對「顓頊死即復蘇」與「蛇乃化為魚，是為魚婦」的說法做因果性的解讀。再者，郝氏亦再次強調高誘（生卒年不詳）注《淮南子・墜形訓》：「南方人死復生，或化為魚，在都廣建木間」〔註33〕所針對南方俗信的說法，故言「然則魚婦豈即顓頊所化？如女媧之腸化為十神者邪？」《山海經》所稱的魚婦，豈是顓頊所變化之故？想必還是如女媧之腸化為十神那樣的例子，是有靈之物（人／神／物）的自行變化而成。換言之，在郝氏的詮釋視域裡，顓頊若能死而復生，不需依賴複雜的蛇化魚的過程，如同神靈之無所不化是難以被限制其變化形制的。

綜合郝懿行對神靈幻化或變形的解讀視域，當他解經時所遇到詭譎的神異敘述，並不會刻意避之或尋找近於「人事」的合理性，既是神靈，具非凡能力，本實屬自然。是以，郝氏於《山海經箋疏》文末解讀〈海內經〉最末段「洪水滔天。鯀竊帝之息壤以堙洪水，不待帝命。帝令祝融殺鯀于羽郊。鯀復生禹。帝乃命禹卒布土以定九州。」〔註34〕這個眾人耳熟能詳的大禹治水神話時，其注曰：「伯禹腹鯀即謂鯀復生禹，言其神變化無方也」〔註35〕直白的說明神靈之化萬物，本就變化無窮，沒有固定的形式與規則，靈活呈現且捉摸不定。郝懿行的詮釋模式，也可說是對過去特別重視歷史合理性的解釋者做一個反思。若太過糾結於經中所述的詭譎變異情節，如：「怎麼變的？」、「為何而變？」或是「真的能變？」，譬如種種的思考前見，那麼便難以真正做到公允、尊重的對待原典，解讀原典。所以，《山海經》中描述「無所不化」的神話情節，在郝懿行看來實不需過度帶入必須符合人類行為的解釋，而是應順著該故事敘述情節的合理發展，不管是對於遠古時代先民的信以為真，抑或是近人對神靈的型態想像，所謂的自然幻化、無所不化是可以理解的。

〔註32〕清・郝懿行：《山海經箋疏》。
〔註33〕劉文典，《淮南鴻烈集解》，頁150。
〔註34〕清・郝懿行：《山海經箋疏》。
〔註35〕清・郝懿行：《山海經箋疏》。

四、詮釋≠校訂：判定〈大荒經〉為「詮釋」活動下的產物

關於《山海經》篇目問題，郝懿行並不讓畢沅專美於前，他在此問題意識上也發展出令人驚嘆的看法。當然，雖說考訂各篇章之間的承載關係，至古及今，畢沅仍可稱之集大成者，然而，郝懿行藉畢沅考訂篇目之成就基礎上，再次提出極具創新的觀點，即——就畢氏認定的〈五藏山經〉以下各篇互為前卷的「補述」篇章之說法，郝氏更進一步提出「詮釋」的概念。這個觀念，來自於他針對〈大荒東經〉卷前之首中，針對郭璞所言的「皆進在外」一說的觀察：

> 據郭此言是自此已下五篇，皆後人所述也。但不知所自始，郭氏作注亦不言及，蓋在晉以前，郭氏已不能詳矣。今考本經篇第，皆以「南西北東」為敘，茲篇已後則以「東南西北」為次，蓋作者分別部居，令不雜廁，所以自別於古經也。又〈海外〉、〈海內〉經篇末，皆有「建平元年四月丙戌」已下三十九字，為校書款識，此下亦並無之，又此下諸篇大抵本之〈海外〉、〈內〉諸經而加以詮釋。文多淩雜，漫無統紀，蓋本諸家記錄，非一手所成故也。〔註36〕

郝氏歸結郭璞之言，同意畢沅對卷與卷之間的相承補述關係的判斷。郝氏本就認為「〈五藏山經〉五篇，主於紀道里、說山川，真為禹書無疑矣」〔註37〕，所以同畢沅之看法，〈山經〉以下皆非「禹書」。那麼，到底要如何看待各篇章的從屬關係呢？郝懿行在這裡便將〈大荒經〉的補述，視為後人「加以詮釋」而來。「加以」二字，深究之下，頗有其趣。從語言學觀察，它表示一種「加諸」、「加乘」、「附加」等等的概念，這也表示屬於「延伸而解讀」的說法。至於「詮釋」，顯然地並非僅是西方文藝思潮下才有的產物，在中國古代本來就存在著對於解釋經典活動的表意方式。郝懿行在此使用「詮釋」二字來表明〈大荒〉四經的存在是頗具意義的，這也展現了他極具創新的見解。例如：他注意《山海經》各篇的次第問題，從「南西北東」到〈荒經〉的「東南西北」的差異，進而提出該書「作者分別部居，令不雜廁」是有別於原經之所述，更是古人不想以此混雜原述，在提出個人的解讀之餘，也保留了原典的內容。更由此，發現〈海內〉、〈海外〉經篇末有證明其此八卷為經過「校書」行為的文章款識，但〈大荒〉四經卻無。據此，郝懿行在此辨明了「詮釋」與「校訂」的解經差異，更強化了《山海經》各卷於解讀視域下近似「同心圓」

〔註36〕清‧郝懿行，《山海經箋疏》。
〔註37〕清‧郝懿行，〈山海經箋疏敘〉，《山海經箋疏》。

圖層模式的類比關係，郝氏此說，堪稱絕妙精論。

從現代神話學角度來看，我們可以說，郝氏的神話詮釋思維頗具前瞻性，他甚至提供我們另一條研究路徑去觀察：從「詮釋文本」的視野來觀察〈大荒經〉與《山海經》各卷間的關係，只可惜後人多未注意到郝懿行此研究論述，使得他對文本解讀的諸多思路，幾乎埋沒在他的考據研究之中。

歸結而論，郝懿行是一位在進行考證的當下，盡力讓自己處於客觀立場的考據學者，誠如他於〈自敘〉中言：「凡所指摘，雖頗有依據，仍用舊文，因而無改，蓋放鄭君康成注經不敢改字之例云。」〔註38〕如此注經的態度，使得在《箋疏》之中，看不太到他個人強烈的主觀詮釋或批判。特別是針對地理、物產、動植物、異獸或古史等等的釋義上，多參考經史或類書相關的文獻資料作為徵引，這點與畢沅撰寫《山海經新校正》時的立場幾乎是一致的，此乃乾嘉時期考據學者於研究思路上的共同特徵。然而，郝氏也一樣會遇到畢沅撰注時的情況，就是當面對詭譎的神話情節，並且在無法利用常理的經驗法則下作評判時，個人的詮釋視域就會成為主要評注的判斷依據，這也是各家解經時所能表現出個人特色的主要來源之一。也由於郝懿行在文字訓詁的校訂上之精良與嚴謹，前輩學者多針對此特色而評述，反而忽略了他個人對於經典文本的解讀面向，相當可惜。但另一方面，也表示了他的《山海經箋疏》乃為當時考據學風下，符合當時學風期許的佳作，正如他於〈自敘〉文末所言「計：創通大義百餘事，是正訛文三百餘事」〔註39〕的自信，溢於言表，不但為清代《山海經》學術研究立下空前的成就，更與畢沅同為民國以後研究《山海經》學者們，提供最佳的參考經典。至此，郝氏之後，為《山海經》從事考據的研究嘎然而止，後人多另闢新的研究視域和途徑，可見其精彩與珍貴。

第二節　神話合理化的重釋：陳逢衡《山海經彙說》

陳逢衡（1778～1855）〔註40〕，字履長，一字穆堂，江蘇省江都縣人。

〔註38〕清・郝懿行：〈山海經箋疏敘〉，《山海經箋疏》。

〔註39〕清・郝懿行：〈山海經箋疏敘〉，《山海經箋疏》。

〔註40〕另有一說，在張慧劍編纂的《明清江蘇文人年表》所載：「江都陳逢衡一八五五年死，此年年六十三。」故出生年亦有可能是西元1792年。張慧劍：《明清江蘇文人年表》（上海：上海古籍出版社，1986年12月），頁1475。

道光元年舉孝廉方正，力辭不赴。其父陳本禮（1739～1818），好藏書，為清代著名的藏書學家，所建藏書樓稱「瓠室」，內藏書冊數逾十萬卷。〔註41〕因此，使得陳逢衡自幼多沈浸書室之中，且對仕途官道不感興趣，一生致力於研讀述作。《清史稿・藝文志》著錄其書有《竹書紀年集證》50 卷、《逸周書補注》22 卷，《補遺》1 卷、《穆天子傳補正》6 卷。其他著作另有《讀騷樓詩》2 卷、《續博物志疏證》10 卷、《補遺》1 卷以及《山海經彙說》4 卷等等。另編纂的《英吉利紀略》（後收入於魏源編著的《海國圖志》中），可謂是最早介紹英國各大圖書館概況的著述之一。後人將他與其父陳本禮之部分作品編入《江都陳氏叢書》（又稱《陳氏叢書》）中。作為本文主要觀察的《山海經彙說》則並未收入，以單行本刊行於世。

　　陳逢衡撰寫的《山海經彙說》，共 4 卷，刊刻於道光乙巳年（1845），卷末註明「維揚磚街清蓮巷內柏華陛刊」，即是於揚州所刊刻。這部作品有別於其他傳統注本的「依文而述」方式，更不若一般筆記叢談的散篇結構，以一「議題」做篇名，大量為該議題進行歸納與辯證。其文間，各依所列的研究議題展開陳述，過程中問題意識的提出與列舉引證邏輯明確。然而，如此別出心裁且罕見的研究論著卻未被時人所重視，以致發行量少，流通不大，甚至幾乎不見該書之評議，使得今日該刻本世所罕見，這與汪紱《山海經存》刊刻甚晚而不被世人熟識的情況不同。揚州於清代，乃人文薈萃之地，於此處刊刻的《彙注》卻詢問度不高，若欲追究原因，則難以定論。或許與《山海經箋疏》的風行，早已具有指標性，後人大抵依其言而不再關心其他論述；抑或陳逢衡未有官職在身，亦非大儒學者，其說雖言之鑿鑿，極富批判性格，終不具知名度〔註42〕；再者，加之道光朝中晚期的政經局勢受內憂外患侵擾，

〔註41〕　參見清・劉壽增纂、清・劉汝賢等修：《光緒江都縣續志》卷 24，《中國方志叢書》第 26 號（臺北：成文出版社，1970 年，據清光緒 9 年刊本影印），頁1136～1137。

〔註42〕　北京師範大學教授趙宗福先生曾針對此一情形做出說明，他認為：「由於作者一生未仕，晚景淒涼，加之他（陳逢衡）對當時及前代名流觀點進行了不留情面的批判，因而其人其作不為當世的主流文化所認可。」該說或有理之處，卻仍須注意到所謂「不留情面的批判」的主流文化問題。清代乾嘉考據學的風氣另有一文化特色即是「訂訛規過」，在此過程中，文人之間的評論語氣頗具嚴厲，如郝懿行的《山海經箋疏》之作成，即有同朝時人張澍之批判。倘若原因真的源自於陳氏過於批判前人學者，那麼，應當更容易受到他人的反論與抨擊，而今日卻幾乎不見相關評論文章存世。是以，筆者認為歸咎原因可能涉及陳氏的自身背景與當時政經局勢與文壇風氣的變化，遂言難以定

西學東漸，大眾所關注的事物遂廣，不如以往乾嘉時期考據學者多以治古籍
為首要，種種因素，都是可能造成《山海經彙說》僅此一刊本，不再重印的原
因，甚為可惜。縱然如此，卻不應忽略《彙說》具有高度現代研究方法論的嶄
新視野，在其治學思路上，呈現完整性的研究架構，更能提出不少精闢的獨
到見解，成為中國古代傳統文人於《山海經》研究論著裡的特例與新意。依
此，筆者將從該書中的自序、治學精神、立論陳述、方法論切入，帶出陳逢衡
於解讀《山海經》神話內容時所呈現的詮釋視域之所在。

一、「因疑而致慮」:《山海經彙說》的神話理解與其治學精神

如前節已述，歷來有關《山海經》的研究成果，各有其專著或雜談，而
清人郝懿行《山海經箋疏》的問世，世人皆謂其考證詳實，立說精確，是繼畢
沅之後重要的注本，故該書成為研究《山海經》注疏類中的一堵高牆，後進
學者多難以望其項背。此說並非嘉慶以後的《山海經》研究，已趨於頹靡不
振，相反地，當時的學者在深受《山海經》詭譎神秘的內容所吸引的同時，除
了參照前輩考證的成果並配合閱讀外，也開始思索《山海經》其他的研究途
徑。著述時間大半在道光朝的陳逢衡便是如此，他所撰寫的《山海經彙說》，
共作 4 冊 4 卷，是陳氏後期的作品。該書自道光二十五年刊行時，便已有附
自序二篇，分別寫於道光二十年（1840）與道光二十三年（1843）。二序所著
內容大不相同（本文暫稱〈序〉與〈補序〉）。首〈序〉簡述自己的學術歷程、
中間談及自己研究《山海經》時所產生的問題意識與動機、從中表達出欲重
新定義《山海經》存世價值的企圖心。字句間，我們可以注意到他最初研究
《山海經》的方式與治學態度，陳氏於其〈序〉言:

> 偶有所得，輒書於紙，隨得隨錄，故無先後次序，名之曰《山海經
> 彙說》。說之云者，非若注書體例。故不嫌旁徵博引，曲致其詳，以
> 佐成其義。〔註43〕

既是「隨得隨錄」，非注本體例，所記的是當下所發之研思和兼抒批判式的議
論。今日觀察《彙注》之編目，每卷開頭前各有獨立之目錄，目錄並未按照傳
統注經方式羅列，也未依《山海經》原卷編目依序論述，果誠如所言，這也是

論。關於「訂訛規過」的清代學風，詳見後文。有關趙宗福之說，參見其作
〈清代研究《山海經》重要成果的新發現（上）〉，《大陸雜誌》，第 102 卷第
1 期（臺北：大陸雜誌社，2001 年 1 月），頁 47。

〔註43〕清·陳逢衡:《山海經彙說·序》，道光二十五年刻本。

《山海經彙說》的撰文體例與其他同時代研究《山海經》的學者大相徑庭的主因之一。

《山海經彙說》有別於前人以注本體例之方式來研究《山海經》，而是將欲考辨的文本對象作類型化的梳理，一一命題，加以闡釋，至於呈現的論述型態與架構從《山海經彙說》總目的編排便可明瞭，茲就其目錄羅列於下，作為參照：

表 7：陳逢衡《山海經彙說》編目表

卷　數	項　目
卷一（14 條）	《山海經》是夷堅作、《山海經》多述《神農經》中語、可以禦火凡十見、可以禦兵凡五見、可以禦凶凡六見、可以禦百毒可以禦疫凡一見、可以毒鼠凡二見、可以毒魚凡一見、《山海經》占驗已開後世〈五行志〉之先、西王母、人魚、鳥獸情狀、鳥獸異形、鳥獸音與鳴不同。
卷二（19 條）	《山海經》多紀日月行次、九日居下枝一日居上枝、一日方至一日方出、帝之二女、盡十六人、夏后啟儛九代、夏后開上三嬪於天、怪、行天操干戚而舞、鵸鵌（鵌）／狌狌、鑿齒、窫窳、渾敦無面目是識歌舞、女丑、相柳／相繇、魚婦顓頊、黃鳥、巴蛇吞象、碧。
卷三（27 條）	山海經所載諸國姓氏已開世本氏姓篇之先、羽民國、讙頭國、厭火國、三苗國、戴（戴本作载，今從畢本）、貫胸國、交脛國、不死民、岐舌國、三首國、周饒國、長臂國、三身國、一臂國、奇肱國、丈夫國、巫咸國、女子國、軒轅國、白民國、肅慎國、長股國、無臂國、一目國、柔利國、深目國。
卷四（21 條）	無腸國、聶耳國、跂踵國、大人國、毛民國、離耳國、梟陽國、少昊國、小人國、司幽國、黑齒國、困民國、卵民國、釘靈國、氐人國／互人國、流黃酆氏／流黃辛氏、女和月母之國、朝鮮、東胡、天毒、鬼國。

從編目中之羅列，洋洋灑灑共計 81 項條目，看得出《彙說》一書可稱得上是《山海經》研究領域裡頗具創新視野之大作。從〈卷一〉第一個標題「《山海經》是夷堅作」，便顯示出陳逢衡是以「議題」劃分來展開對《山海經》的研究。其中有作異物情狀闡釋者、有作資料歸納分類者，亦有作成書背景論斷者。種種類型之所見，我們發現陳逢衡於治《山海經》的過程是一種打破原典的卷目編排，以綜述統整的方式進行神話的解讀。誠如陳氏於道光二十三年《山海經彙說・補序》所言：

> 予則見有不合《山海經》者，必指而出之，考厥指歸。凡有數事：一曰離合其句讀，於事之當分屬者，則分之。於事之當聯續者，則合之。庶眉目分清，一望可見；一曰展玩前後體例、書法，以為證

　　據；一曰止讀經文，以經關注，如土委地，不解自明；一曰按之情

　　理，徵之往籍，以觀其會通，往往有出人意計之外，可與古人相視

　　而笑者。以是解書，宜無誤矣。〔註44〕

此〈補序〉的內容，主要是陳逢衡談及自己如何為《山海經》進行研究的方法論綜述，文中羅列四項研究法則，我們可以由此處清楚認識陳氏的整體研究視野。首先，陳逢衡在觀察《山海經》的敘述時，提出「不合」的概念。所謂「不合《山海經》者」，指的是不符合陳氏心中《山海經》定義的補述，也就是歷來解讀《山海經》文意的傳注疏箋類屬之釋義文獻有不合者。換言之，歷來的注經學者成為他批判的首要對象，這當中包含了郭璞、朱熹、楊慎、郝懿行等著名的學者。陳逢衡採取的研究態度，主要圍繞在一一考詳徵實，使之釋義回歸到《山海經》真正的原始意涵，即所謂的「考厥指歸」的核心價值，也等同於陳逢衡神話解讀的詮釋視域。（筆者按，事實上，每一位為經典古籍作註解的學者，在進行校注的過程中，本就秉持著近似於「考厥指歸」的研究高度與理想，唯一的問題，便是「指歸」的走向各有所異，換言之，這個「指」字，即表現出歷來神話解讀者的詮釋觀。）

　　其後的四個「一曰」之陳述，則為四種研究方法，每個方法都是為了達到「考厥指歸」這個真正目的：首項方法稱透過「離合句讀」的判讀，再依原文本的敘述事件來劃分類屬，一一作「庶眉目分清」；再使用第二種方法，即透過《山海經》各卷中常出現同物不同描述的敘事模式，故以「前後體例書法」作為立論可徵引的證據，如此便可一目了然《山海經》中各篇卷有重複的原因與所敘述實情之理解；第三種方法，即是回應一開始所稱的「考厥指歸」，由於陳逢衡自始自終認為「《山海經》本文，明白通暢，全無怪異之處」〔註45〕，問題皆出自於郭璞為首以下歷朝諸子對《山海經》的謬解，故言「止讀經文，以經關注」，糾正後人以註解來解讀經文的閱讀障礙，應回歸到原典文獻裡；凡遇事理不明究理時，則需第四項方法「按之情理，徵之往籍」來進行。很顯然地，陳氏把重點放在「按之情理」此四字上。所謂「情理」即符合人事之情狀道理，因此，《山海經》中所有關於詭譎神怪的敘述，都應該朝向人情事理去看待，並配合先秦兩漢古籍之實例，才能得其正解而不偏離原意。

〔註44〕清‧陳逢衡：《山海經彙說‧補序》。
〔註45〕清‧陳逢衡：《山海經彙說‧序》。

　　整體而論，陳氏所提出的四項方法不外乎仍扣緊在「閱讀原文‧合於情理」的研究核心，但不能否認的是這並非是他的專利，絕大多數的明清學者（特別是清代），乘考據學的風行，無不一以經文為主，雖然陳氏所言有過於武斷之處，但卻不影響他極具有邏輯性的釋義過程與其頗呈現創新視野的詮釋結果，而該書擁有這樣的成就與過去清代的治學背景有著極密切的關連性。另一方面，《山海經彙說》之所以能面世，主要來自於陳氏其他前作的陸續的完成，正如其〈序〉文所言：「惟取世人厭棄不閱之書，寢食其中，幸所著《竹書紀年》、《逸周書》、《穆天子傳》、《博物志》次第告成，可以無憾」〔註46〕，很能理解他在進行辯證以及校訂前作諸書時，早已藉《山海經》先秦文獻的價值，用以作為資料的徵引，因此，想必本對《山海經》有所鑽研。再者，陳逢衡既然身為樸學者，則清人治學的氣度與論學自然也發生在陳氏身上，最明顯的便是因「實事求是」的治學態度而產生「因疑而致慮」的研究理路。這也是《山海經彙說》的成書樣貌之所以特別的主因。

　　因此，從《山海經彙說》中觀察陳逢衡對於郭注的批判，更是有賴「不諱聖賢」此風盛行之故。活躍於清代中晚期學界的陳逢衡，其忝為乾嘉考據學之末流，在進行研讀古籍或為字裡行間釋義的過程中，免不了帶著樸學之前見，而觀察著《山海經》所載錄的神話情節。在《彙說》中，「因疑而致慮」的學術理路表露無遺。陳氏於其〈山海經箋疏序〉曾言：

> 因念《山海經》一書，蘊埋剝蝕，咸目為怪異而不之覿，為可惜也。然是書之棄置不道，一誤於郭氏景純注，務為神奇、不測之談，並有正文所無，而妄為添設者；再誤於後之閱者，不求甚解，譌以傳譌，而此書遂廢。自郭氏注後，雖有楊升庵《補注》，亦甚寥寥，大都不出郭氏範圍；又加以胡應麟之攻擊，而此書直同於方朔之《神異》、郭憲之《洞冥》、祖台之之志怪矣。余不揣固陋，平心澄慮，但見《山海經》本文，明白通暢，全無怪異之處。爰就吳氏志伊任辰、畢氏秋帆沅、郝氏蘭皋懿行三家所注本，疏通證明，一一究出郭氏之誤。〔註47〕

陳氏閱讀各家傳注、釋義，發現多沿襲郭璞之說，若有差異，亦僅作微調修正，多不跳脫郭璞立說之範圍。致使後世訓解者或抨擊之，或志怪之，使之

〔註46〕清‧陳逢衡：《山海經彙說‧序》。
〔註47〕清‧陳逢衡：《山海經彙說》卷1。

偏離本意，《山海經》學遂不顯於世。陳逢衡以「不揣固陋，平心澄慮」的治學態度，重新檢視著《山海經》，換言之，他的研究前提是不信首位創傳且年代較近於漢朝的郭璞之說，蓋因其釋義時往往浮誇《山海經》神奇的面向；另一方面，卻又反對胡應麟言之鑿鑿地對該書的批判。再者，更視該書為「明白通暢，全無怪異之處」，可見於陳氏的觀念裡《山海經》所記乃為「實情」，非「虛妄」之事。此說，明顯承自畢沅《山海經新校正》「《山海經》未嘗言怪，而釋者怪焉」的觀點。

　　誠如〈自序〉所述，從《彙說》中的確能清楚看到他的研究理路與脈絡。陳氏喜讀書，每遇疑惑，動輒提筆旁記，假以時日便針對前賢之說一一提出反證，而所論方式，皆以另起草「筆記」之文體，隨書而論，並針對《山海經》原文所述產生「疑問」，然後逐一檢閱前賢的說法，再行「懷疑」之思辨，最後陳述「批判」與「己見」。此乃為一完整的治學態度，充斥在《山海經彙說》中。例如，陳氏在解讀「西王母」故事時，先陳述西王母於《山海經》文本的原始記載，接續列舉「豹尾虎齒而善嘯」、「蓬髮戴勝」、「梯几而戴勝」、「有人戴勝，虎齒，有豹尾，穴處，名曰西王母」等等西王母的形象後，展開觀察前人之說法：

> 郭注〈西山經〉引《穆天子傳》：自「吉日甲子」至「眉曰西王母之山」與今本《穆天子傳》大異，余有說見《穆天子傳注補正》；吳任臣於〈西山經〉注曰：「案《老君中經》、《集仙錄》、《諾臯記》、《書記洞詮》諸書云：『西王母九靈大妙，龜山金母也。姓緱氏，名婉妗，一云姓揚名回。與東王公共理二氣，乃西華之至妙，洞陰之極』。」其說甚誕，不足據也。……胡應麟《筆叢》曰：「經稱西王母豹尾虎齒，當與人類殊別。」考《穆天子傳》云：「天子賓于西王母，觴于瑤池之上，西王母為天子謠，天子執白圭、玄璧、錦組、百純，組三百，西王母再拜受之。」則西王母服食、語言，絕與常人無異，並無所謂豹尾、虎齒之象。〔註48〕

在陳氏的前見裡，本就視《山海經》非怪誕之書，所以即便他轉述吳任臣《山海經廣注》之徵引，也是認定所謂「共理二氣」之神奇事蹟乃「其說甚誕，不足據也」；後又批判胡應麟於《少室山房筆叢·三墳補逸下》只因西王母於《山海經》的敘述姿態與「人類殊別」，就認定為「非人」的存在物是錯謬胡謅之

〔註48〕清·陳逢衡：《山海經彙說》卷1。

說。陳逢衡的治學是頗具邏輯性的，既然前人引《穆天子傳》作為釋義的依據，他便由同一文獻反駁之。以今本《穆天子傳》確有記載的「觴于瑤池之上」、「西王母為天子謠」的行為事蹟，提出能飲能食、亦能與身為人類的周穆王溝通無礙，則絕對與人無異，非獸類神怪也。從上述的研究過程，可以看見陳氏的「批判」論述，大抵圍繞著前人的研究結果作為立足點，最後再行自我的陳述與定見，使得《山海經彙說》全篇論述大多鏗鏘有力，說法易使人信服。

在經過陳逢衡自述的研究方法與旨趣的觀察中，仍是不跳脫認定《山海經》非怪誕，而是寫實作品的前見。所以，他緊緊踩住這個立場，在畢沅的論點之中再深化符合人情事理的解釋。從另一個角度觀察，但凡秉持此立場之學者，在解讀上自然也朝向神話歷史化，抑或轉譯成常民文化的「合理」詮釋視域中，而這點亦是《山海經彙說》無法擺脫的解釋規則。

二、詮釋《山海經》為「夷堅作」的合理性

陳逢衡既然秉持著「因念《山海經》一書，蘊埋剝蝕，咸目為怪異而不之觀，為可惜也」之心態，兼又批判郭璞「務為神奇、不測之談，並有正文所無，而妄為添設者」，可以想見在陳氏的視域裡，並不能用怪奇詭譎這頂帽子強加在《山海經》上。所以，他為了證明《山海經》的合理性，除了一一駁斥歷來注家之說外（尤以郭璞為最），更利用許多研究方法來解決所謂「詭譎」的難題。然而，在進行議論核心前，為了使其說有所憑據，則必須為《山海經》的撰寫背景做一個釐清與界定，陳逢衡便為此下了諸多功夫著墨於《山海經》的作者問題。他從《列子‧湯問》篇中所說的「大禹行而見之，伯益知而名之，夷堅聞而志之」來推斷《山海經》的作者應為「夷堅」。原因之一，在於「親見」、「命名」與「聽聞」此三種詞彙表現出時間的差異性。陳氏觀詳其中而得出獨特見解：

> 夫謂之曰「聞」，則非禹、益同時人。可知其前五篇，或係大禹、伯益時所遺留簡冊，夷堅從而述之，故無甚怪異。其下篇次所述，則皆夷堅手訂，按圖而記者也。厥後又有周末戰國時人續錄之語，故紀及文王葬所與湯伐桀之事。今一概連接成文，遂致後人之疑議。〔註49〕

―――――――――――――――

〔註49〕清‧陳逢衡：《山海經彙說》卷1。

所謂「聞」者，表示夷堅是透過前人轉述而得知，若套用在西方詮釋學的理論，禹的「行而見之」與益的「知而名之」，此二者若可稱為是發現並進行講述或遺留圖資的人（口述傳播），而夷堅不啻就是詮釋者（記錄）了。在下筆記錄的頃刻，禹、益所見所名的實際情況可能因夷堅的擇其精要，導致呈現出今日所見前五篇即〈五藏山經〉之樣貌。據此陳氏援用《列子‧湯問》的說法，終得出他別出心裁的核心想法，即稱夷堅乃「按圖而記」作《山海經》也！陳氏以此為據提出該作者並非「禹益」，而是「夷堅」的說法，使得之後的論述多依憑此說而進行。更甚者，由於夷堅距離禹、益時代已有差距，故他應是依照禹、益所留下來的資料或圖畫而進行陳述的，而此番「按圖而記」之創見，更為他在《山海經》的辯證過程裡起了決定性的作用。凡是在書中遇到詭譎奇異的敘述，近乎以「按圖而記」的方式批判後人理解之錯謬，進而提出符合人事常理的詮釋與判定。

　　除此之外，陳逢衡堅持「夷堅說」的原因之二，也是因歷來注解家與研究學者在判別《山海經》究竟是否能成為古史文獻的依據時，縱雖稱「禹益作」，卻也陷入該書出現記載夏啟之後歷史的窘境。稱夷堅所作，在陳氏眼裡似乎可一舉解決書中歷史記載紛亂的問題：

> 茲訂為夷堅所作，則凡書中記禹父之所化與夏后開等事，無庸疑義。或謂夷堅是南人，其書流傳楚地，至屈子作〈天問〉時，多採其說而問之，實通論也。故自〈海內東經〉以上，俱以「南西北東」為次之，居然可見。至〈大荒經〉則以「東南西北」為次之，顯是另一人手筆。畢氏沅謂〈大荒〉諸經俱是釋前文之事，未為確證。夫解說前文，必有疏通證明之事，今但見重複誕妄，未見為釋前文之義，蓋戰國時人轉相述錄。今並合為一書，有如〈玫工記〉之附於周官，又如《爾雅》創自周公，厥後孔子、游、夏之徒，續而成之，今一概名《爾雅》。《山海經》之為後人附益，不信然歟！〔註50〕

若為夷堅作《山海經》，則鯀的死後復生、物態幻化的語境問題，以及啟開夏代之事等等自然是可記錄的。再者，陳逢衡認為夷堅可能是南方人，所以他撰寫的《山海經》文本流傳到後來的楚地，直接影響到屈原的〈天問〉，大抵或聯想，或推敲出屈原見《山海經》文中而不解，故發〈天問〉之思，使得該

〔註50〕清‧陳逢衡：《山海經彙說》卷1。

內容「多採其說而問之」的情況。

陳氏之說倒頗有幾分道理，此推論一出，也間接駁斥了朱熹、胡應麟認為《山海經》乃援〈天問〉而作的說法。其次，他雖站在同畢沅、郝懿行二人的立場，以各卷編目順序的差異來判斷〈大荒經〉非原書內容，乃後人竄入之外，更藉由〈大荒經〉以下各卷的行文風格所呈現「重複誕妄，未見為釋前文之義」的內容，言「解說前文，必有疏通證明」，故非畢氏所稱的「後人釋語」。顯然此非夷堅所作之篇章，乃由後人隨書附益而來。今日觀詳〈大荒經〉以下各卷內容，其內文敘述比起〈五藏山經〉更增添了不少神秘感，似乎頗合於陳氏之說。

誠然，以「夷堅」為作者，是據《列子》之說而來。然而，此說尚有疑慮之處。除了〈湯問〉篇的陳述對象，並未指名道姓就是《山海經》之外，也由於《列子》之成書，以及身為偽書的存疑與否等等的辨偽問題，都讓陳氏的一番論調難以達到絕對的穩固性。〔註51〕因此，其所堅稱的「夷堅說」仍是有待商榷的。或許陳氏只是要找一位能符合知道春秋以前三代事蹟的古代人物，以將〈海外〉、〈海內〉諸經的撰寫時代納入與〈五藏山經〉同等地位、同個時代的意圖。據此，筆者稍加推論其原因，只因〈海經〉與〈山經〉的「南西北東」編目命名方向順序相同，故應視作同個時代下的產物，既然是同個時代，那麼，理應也該是同個作者，只不過恰巧《列子》給了陳逢衡一個可以借代的人物。換句話說，這不啻是進行「合理化」詮釋的最佳實例。這樣的研究思考面向也隨著〈《山海經》是夷堅作〉之首篇，逐次開展，筆者針對其「如何作合理性的詮釋？」議題對《山海經彙說》進行文本觀察，大致可釐清出其他數項將神話合理化的詮釋方法，試作歸納分析之。

〔註51〕關於《列子》的辨偽問題，歷來雖各有歧異，但大致上仍多視其已非《漢書·藝文志》所著錄的原本《列子》。楊伯峻綜合他人說法，推論出：「此書訛作於張湛以前，張湛或許也是上當受騙者之一。馬敘倫《列子偽書考》說：『蓋《列子》晚出而早亡，魏、晉以來好事之徒聚斂《管子》、《晏子》、《論語》、《山海經》、《墨子》、《莊子》、《尸佼》、《韓非》、《呂氏春秋》、《韓詩外傳》、《淮南》、《說苑》、《新序》、《新論》之言，附益晚說，假為向序以見重。』這是比較符合客觀事實的論斷。至於它所『聚斂』的原始材料，除了馬氏所列舉之外，還有一些當時所能看到而今已亡佚的古籍，例如：〈湯問〉、〈說符〉的某些章節，既不見於今日所傳先秦、兩漢之書，也不是魏晉人思想的反映，而且還經魏晉人文辭中用為典故，所以只能說作偽《列子》者用了別的古書的某些段落。」參見楊伯俊：《列子集釋·前言》，頁3～4。

三、利用漢語詞類與多義字的特性使之合理化

　　《山海經》中常常出現詭譎的情節，而這些不符合常民生活經驗的敘述內容，往往來自於文字間訓釋詞義的訛變問題。「訛變」二字，在文字學中別具意義。在漢字發展與演變的過程中，可能經過時代的變遷，使得文字字義經過改變。此時此刻，若後人不解前朝事而錯解其義，致使以訛傳訛、積非成是，遂讓後人誤測解讀取代了原意，離經義則愈來愈遠。在傳統治學方法下，我們常用訓詁來進行字義間的闡釋，也因此，辨明異體字、通假字、同源字或多義字等等的古字疑慮則是必經之路。然而，校讎學家名義上是為了攻讀經學古文獻，實際上除了必須具備其他知識外，也該兼有與古代事物串連的推測、揣摩之思考能力，他們往往利用漢語中的「實詞」與「虛詞」的訛變歷程，來試圖推原經文中真正的意涵。陳逢衡在觀察《山海經》時，也會利用詞類的連結與轉化，來證明所謂的神話故事其實也是記述「人事」已矣。關於陳氏詮釋方式詳情，略舉數則為例概述之：

（一）羽民國

　　陳氏運用語類的轉化以及多義字的判定方式來論及怪異，最明顯的例子於《山海經彙說・卷三》中辯證了有關「羽民國」一事。「羽人」形象在《山海經》中多有記述，並非僅有此例，如驩頭、苗民皆為人形且有翼之狀。「羽民國」原先在〈海外南經〉中的記載為「羽民國在其東南，其為人長頭，身生羽」，〔註52〕郭璞注曰：「能飛不能遠，卵生，畫似仙人也。」〔註53〕其作《山海經圖讚》亦言：「鳥喙長頰，羽生則卵，矯翼而翔，能飛不遠。」〔註54〕換言之，透過郭氏的詮釋，「身生羽」的描述並非僅只說其樣貌，而是表現出該國人民具有飛行的能力。至於「卵生」二字，則意味不明，但依其《圖讚》所謂的「羽生則卵」，或指羽人出生的形式為卵生，其意近似於「產卵」或「由卵而生」之意；另一方面，或言「以卵為生」，依靠「卵」而生存，二者解義皆有可能，何況張華年代稍早於郭璞，若《博物志》未涉及真偽疑慮，以其官拜司空之職〔註55〕，郭璞知曉《博物志》一書並無不妥。但不論郭璞如何作

〔註52〕清・郝懿行：《山海經箋疏》。
〔註53〕清・郝懿行：《山海經箋疏》。
〔註54〕晉・郭璞注，張宗祥校錄，《足本山海經圖讚》，頁30。
〔註55〕任職司空一事見《晉書・張華傳》記載：「（張華）代下邳王晃為司空，領著作」。唐・房玄齡等著，《晉書・張華傳》第4冊），卷36，頁1072。

想，陳逢衡也並未依其言，他不但同吳任臣、汪紱、畢沅與郝懿行一樣皆引西晉張華（232～300）於《博物志》的說法：「羽民國，民有翼，飛不遠。多鸞鳥，民食其卵」〔註56〕，更認為郭璞所謂的「卵生」應為「民食其卵」，即以食「卵」為生。《山海經彙說》於「羽民國」一文以「生」字做闡釋的核心展開論述，擇其要言如下：

> 衡案，「身生羽」三字不可泥。猶〈海外東經〉「毛民國身生毛」，短則為毛，長則為羽耳。郭謂：「能飛不能遠」，誤矣。又謂是「卵生」，於經文外添設，更誤。張華《博物志》謂：「羽民國多鸞鳥，民食其卵」，蓋得其實。如司幽國、白民國，黍食；不死國，甘木是食；焦僥國，嘉穀是食。是已蓋食鳥卵以資生，故云「卵生」。若云是「卵生有翼」，則羽民國直一飛鳥國矣。……故〈大荒南經〉云：「有羽民之國，其民皆生毛羽」；又另有「卵民之國，其民皆生卵」也。然卵民之國生卵亦食卵之義。……「畫似仙人」，蓋狀毛羽毿毿之貌，或曰其地多鳥，緝鳥羽以為衣，如後世王恭披鶴氅之類，故曰羽民。〔註57〕

陳逢衡利用「生」字的多義性，來重新詮釋他對這則神話的看法。在這段論述裡，他最主要辨別的重心是「卵生」與「卵生有翼」於說法上之區別。上文首段，先駁斥郭璞將「身生羽」三字解讀為身上具有能飛行的羽翼，並認為「短則為毛，長則為羽」，都僅說明人種生物身上的表徵，故批評郭氏僅憑「身生羽」三字，就衍生為由卵而生的聯想是錯誤的。今觀郭璞之言會如此作想，亦是無可厚非，畢竟在《山海經·大荒南經》裡另有「卵民之國，其民皆生卵」之記載，由此連結的詮釋解讀是可以想見的。是以，陳氏重新闡釋「生」字之意，認為「生」除了作「生長」、「出生」之外，更有「生活」之意。加之引述張華說法，所以人以「卵生」，是指該國人民以「食卵為生」，並非奇人怪事，只因於《山海經》原記載中並未把「卵生」與「生羽翼」合併敘述。故在陳氏的看法裡，若是經中敘述成「卵生有翼」，則是既有飛行羽翼，又為卵生之生命，此時的羽民國，便是指真正的禽鳥族群，群而雜居，猶如自成一獸國。最後，陳氏於後文再次回歸到「身生羽」的問題上，認為郭璞言「畫似仙人」之說其實也就是該國之人多以禽鳥之羽為衣，披於身上，隨風飄逸，而有仙人翩翩之感。整體而言，陳氏以「生」字展開闡釋的過程，轉化

〔註56〕晉·張華，范寧校證，《博物志校證》卷2，頁22。
〔註57〕清·陳逢衡：《山海經彙說》卷3。

了字詞的解讀，藉此將「羽民國」的奇幻，合理化成載錄各地風土民情的紀實資料。

（二）讙頭國

同樣有翼的鳥人形象，「讙頭國」的描寫亦是在常民經驗裡難以理解的存在。原《山海經·海外南經》中對該國之敘述為「讙頭國在其南，其為人，人面有翼，鳥喙，方捕魚。一曰在畢方東。或曰讙朱國」〔註58〕然而，陳逢衡並未將「驩頭國」與「羽民國」的詮釋結果劃上等號，反而將「讙頭國」的鳥人敘述作不同的解讀，他首先替「讙頭」、「驩頭」與「驩兜」三者看似應為同義詞間做出釐清：

> 〈海外南經〉：「讙頭國，其為人，人面有翼，鳥喙，方捕魚。」郭注：「驩兜，堯臣。有罪，自投南海而死。帝憐之，使其子居南海而祠之，畫亦仙人也。」又，〈大荒南經〉：「讙頭，人面鳥喙，有翼，杖翼而行。」衡案，經文並無怪異之處。方朔《神異經》則云：「南方有人，人面鳥喙而有翼，手足扶翼而行，有翼不足以飛。一名鴅兜。」《書》曰：「放鴅兜于崇山」，一名鴅兜，蓋因〈大荒南經〉而誤也。〈海外南經〉但謂讙頭國之人如是，非謂驩兜也。〈大荒南經〉不言驩頭「國」者，省文耳。《神異經》以為是即是驩兜。〔註59〕

從上文可以明顯瞭解到陳逢衡認為「讙頭國≠驩兜」。傳統注家往往因音近而判定詞意應相同，此乃受用於通假字的概念。不過，陳氏反而利用通假字的思考，推原過去讙頭、驩頭、驩兜混用的紛亂現象。故稱〈大荒南經〉的「驩頭」非「驩兜」；而〈海外南經〉裡的「讙頭國」與〈大荒南經〉的「驩頭」是同個國族，只是「驩頭」二字之下省略了「國」一字，導致漢代東方朔（約前154～93）撰寫《神異經》時，因其混淆而誤植了。顯然地，陳逢衡駁斥了郭璞所稱：「讙兜，堯臣，有罪，自投南海而死。帝憐之，使其子居南海而祠之，畫亦似仙人也」〔註60〕的說法。整體來說，郭璞似乎認為讙頭國的起源是堯臣讙兜之子後被流放至南方，遂其子孫群居繁衍成一國族，故郭璞將「讙頭國」視為驩兜的後代。然而，他卻未釐清〈海外南經〉提及的「其為人」、又「人面有翼，鳥喙」的疑慮。驩兜既為罪臣，原經載及的字面上又強調讙頭

〔註58〕清·郝懿行：《山海經箋疏》。
〔註59〕清·陳逢衡：《山海經彙說》卷3。
〔註60〕清·郝懿行：《山海經箋疏》。

國人民為「人」，那麼又為何有鳥人的奇異型態的敘述語出現呢？諸如上述種種疑問，陳氏則認為這些具有「人面有翼」的奇異特徵，並不是什麼怪奇之事。他從「翼」字的意義轉化，來重新定義「有翼」的詮釋：

> 夫驩兜為堯臣，雖有凶德，實非異類。何得身有羽翼？即讙頭人亦非真有翼也。案此翼字當「活」看。《論語》：「翼如也」謂「張拱端好，如鳥舒翼」〔註61〕是其義。

通過《論語・鄉黨》記載孔子代國君接待賓客時的舉止儀態，並且，藉北宋・邢昺（932～1010）於〈論語注疏〉中將「翼如也」釋為雙臂開展，像鳥的羽翅舒張雙翼那樣的從容自在的說法，套用在讙頭國「人面有翼」的解釋中。因此，陳逢衡所謂的「此翼字當『活』看」，實際所指的「翼」字並非當動詞解釋，而是應作「形容詞」，是形容讙頭國人民在行儀之間猶如孔子那樣端正而美好的姿態。是以，驩兜是堯臣，為實實在在的人類；讙頭國／讙頭國亦是一般民眾，二者皆不應具有羽翼鳥喙型態的異類樣貌，故而解讀為「行儀」的姿態。整個論述很明顯地透過一字語意的轉換，而讓具有奇特樣貌的描述，轉譯成合理的異國民族之紀錄。陳逢衡利用通假字的多義性來觀察古代神話的敘事結構，頗有其理之處。當然，從字詞性質的變化來解讀「讙頭國」與鳥人關係在證據上仍是不夠充分的，畢竟為何稱人卻又有鳥喙的形象？為何強調捕魚之舉？郭璞又為何要補述「畫亦似仙人也」的說明？陳逢衡並未渾然帶過，他堅稱過去古人按《山海經古圖》進行敘述時往往造成誤解，致使今日《山海經》內容詭譎紛亂而難明之狀。是以，他在該篇後文以「按圖所記」之法來還原「讙頭國」遭後人誤解的真相。

四、駁真人事轉化成怪誕的元兇：古人按圖所記的誤解

　　陳逢衡在推論《山海經》的成書年代與作者問題時，既然認定出自於夷堅之手，歸結的主要原因，便是「（五藏山經）其下篇次所述，則皆夷堅手訂，按圖而記者也」，此說雖與朱熹提出的「述圖作」立場頗為一致，但朱熹所謂《山海經》具有「述圖」而作的文字敘述之處，是在書中主要以描繪「方位」、「方向」的情況時而出現的特殊敘述語境。相較之下，陳氏指認書中符合「按圖所記」的故事情節說法是更加全面了。舉凡描繪詭譎奇形怪狀的神靈異獸、

〔註61〕邢昺原句為：「張拱端好，如鳥之舒翼也。」見東漢・何晏集解；北宋・邢昺疏，〈鄉黨〉，《論語注疏》（北京：北京大學出版社，2000年12月），頁143。

不合事理常態發展和邏輯的事件，大多利用「按圖所記」的詮釋方法給出合理性的答案，簡而言之，陳逢衡把《山海經》中的述異內容，解釋成後人敘述《古圖山海經》的人在理解圖畫上產生誤解，而造成更為不清不明的情況，這樣的解讀視域幾乎遍及《山海經彙說》的論述主軸。是以，關於前文「讙頭國」的後續問題，我們來看他如何接續進行辯解與詮釋：

> 郭云「畫亦似仙人」，得之（知）畫謂圖畫玩。方捕魚，一『方』字，
> 可見蓋是所畫。讙頭國之人，衣袖寬綽飛動，有似羽衣蹁躚之狀，
> 因按圖而記，曰有翼至所。云鳥喙，亦即禹鳥喙、岳王句踐鳥喙、
> 秦始皇鷙喙之類。〔註62〕

在〈海外南經〉裡所描述的「讙頭國」是「人面有翼，鳥喙，方捕魚」的奇異型態，而陳逢衡藉由郭璞「畫亦似仙人」的說法推衍出文本形容的讙頭國之景象是「述圖」之作。所以文中「方」字，即「正在」、「剛好」之意，若非依圖而述，則不會出現這樣的敘述語境。同理可得，經中所言的「羽翼」即是「衣袖寬綽飛動」而似羽衣翩翩飛舞之態；而稱「鳥喙」，蓋是傳統民俗畫中對於特殊人物的誇飾畫法（亦有時出於宮廷畫匠之手），以別於一般凡夫俗子，陳逢衡舉「禹鳥喙」、「岳王句踐鳥喙」、「秦始皇鷙喙」等等為例，但事實上這種情況代代有之，遠如上古賢臣皋陶，近世如明太祖朱元璋，皆有「鳥喙」形象傳世。總而言之，郭璞所處時代，《山海經》是有附圖的，此圖是否承襲西漢流傳而來，雖不得而知，但從前文已提及的郭璞注「羽民國」時有「能飛不能遠，卵生，畫似仙人也」的說法，再加上著有的《山海經圖讚》是一部依圖而作讚語的文章形式，可見郭璞本就有「依圖而作注」之舉。

因此，在《山海經彙說》中其他以「述圖作」之說詮釋神話情節使之趨於合理敘事範疇的例子數量眾多，並且在比例上更多分布於解讀海外諸國奇人異狀的情節。值得一提的是，陳逢衡雖以「述圖」來求得合理性，但在詮釋過程卻往往夾帶著極具創意的想像。茲舉數例如下：

（一）古圖中具有警示或意象的構圖：厭火國、三首國、形夭操干戚而舞

1. 厭火國

原〈海外南經〉的記載為：「厭火國在其國南，獸身黑色，生火出其口中。」

〔註62〕清・陳逢衡：《山海經彙說》卷3。

郭注：「言能吐火，畫似獼猴而黑色也。」〔註63〕從郭注說法，則可得知又是觀圖而注，然陳逢衡以此為契機而解曰：

> 〈海外南經〉：「厭火國，獸身黑色，生（生字衍）火出其口中。」……衡案《博物志》：「厭光國民，光出口中，形盡似獼猴，黑色。」以光訓火得之。此蓋形容南方酷熱之狀，所謂爰有大暑，不可以往也。故圖畫若有光火，出其口中，景純以吐火為言，近似於幻矣！經但云獸身，郭注與《博物志》云似獼猴，不知何據，想亦揣測之辭。〔註64〕

以〈海外南經〉的敘述為本，說明郭璞與張華將「獸身」解釋成獼猴是多想臆測的，人類型態本與獼猴相似，古圖所畫的「人」未必真能寫實表現。再者，張華於《博物志》所稱的「光出口中」與郭璞「言能吐火」的說法二者具有差異，使得陳逢衡發現光與火之間的關連性。此外，原經中所言的「生火出其口中」看似詭譎，但經陳氏把「生」作衍字，僅言「火出其口中」，則代表此火並不是由厭火國人民創生而來。陳氏一一剔除造成詭異的敘述語彙，使之趨近合情合理，故進而去想像、去思考，到底怎麼樣的人會身體黝黑、口中似有火呢？陳氏最後提出「蓋形容南方酷熱之狀」，所以《山海經圖》以人口中吐火（或許該稱為噴火），表現南方氣候酷熱，炎熱暑氣易於口鼻吐息間而出，乃富有隱喻構圖的表現形式。故厭火國並無怪異之處，夷堅只是詳細真實地記錄四方族群的民風民情。

2. 三首國

又如陳氏論及「三首國」的存在原因，亦是一種古圖不識所造成的情形。在〈海外南經〉中原本對「三首國」的敘述為「三首國在其東，其為人一身三首」，而《山海經彙說》則另有看法：

> 〈海外南經〉三首國其為人一身三首……衡案，此蓋依圖像祇畫一身，而旁有三首重疊而見，故曰「一身三首」，非謂一人有三者也。世間斷無一人三首之理，斷無一國人俱一身三首之理。……夫所謂三首者，是必立國之初有兄弟三人，依次而立。亦如天皇十二頭、地皇十一頭、人皇九頭之類。上古圖畫，不能如後世完備，故但畫

〔註63〕清・郝懿行：《山海經箋疏》。
〔註64〕此文內言「生字衍」，應為陳逢衡自說，但未說明原因。見清・陳逢衡：《山海經彙說》卷3。

一身三首以見意。〔註65〕

陳逢衡藉文意之敘述回推、揣測古圖可能呈現的三首國之原貌，並認為該圖應僅畫一具人的型態，然後「旁有三首重疊而見」，此圖乃表示「三首國」於開國初期有三兄弟，《山海經》如實記載，畫三兄弟依序站立之貌，或礙於古時製圖之困難，僅以畫三首表現，就如唐朝司馬貞（679～732）作〈三皇本紀〉裡所記載的「三皇」再補充《藝文類聚》之說〔註66〕而稱：「天地初立，有天皇氏十二頭……兄弟十二人……；地皇十一頭……姓十一人；人皇九頭……兄弟九人」〔註67〕的情形相似，以天皇一身十二頭來象徵十二位兄弟的存在；當然，或許站在較為理性主義的立場上，也可能是意指天皇氏傳了十二代，地皇氏傳了十一代，而人皇氏則傳了九代。陳逢衡舉了三皇既有的神話傳說，來對比「三首國」的情況，認為古圖很有可能運用意象、象徵的方式來傳達所見聞的真實事件。故言「畫一身三首以見意」，蓋凡因古人繪圖難以描繪得鉅細靡遺之緣故。

3. 形天操干戚而舞

陳逢衡對於上古諸神的神話情節亦有獨到見解，在他眼裡，諸神其實是古代帝王、部落首領，或為英雄人物，他們是一般人，所流傳下來的更是歷史事件。形天神話是《山海經》記載裡非常典型具有多義性的故事，它包含了古代身體變形而復生、遠古時代戰爭英雄神話，甚至可能隱藏著上古時代部落的消長與變遷之史實等等珍貴訊息，歷來學者自有他們的思考與解釋。陳逢衡當然不會忽視形天神話的特殊性，在這裡，他仍然以「述圖而作」的立場去詮釋他說看到的形天故事存在的意義。形天神話在《山海經》裡的描述為「形天與帝至此爭神，帝斷其首，葬之常羊之山，乃以乳為目，以臍為口，操干戚以舞。」〔註68〕郭注云：「干，盾；戚，斧也。是為無首之民。」〔註69〕

〔註65〕清・陳逢衡：《山海經彙說》卷3。
〔註66〕原《藝文類聚・帝王部》轉引項峻《始學篇》曰：「天皇十三頭、地皇十一頭、人皇九頭」，又言：「人皇兄弟九人」。見唐・歐陽詢等編，《藝文類聚》（上海：上海古籍出版社，1982年1月），頁206～207。
〔註67〕唐・司馬貞，〈三皇本紀〉，〔日本〕瀧川龜太郎，《史記會注考證》（臺北：大安出版社，2013年8月），頁8右上。
〔註68〕清・郝懿行，《山海經箋疏》，《四庫備要・史部》（臺北：臺灣中華書局，據郝氏遺書本校刊）。
〔註69〕清・郝懿行，《山海經箋疏》，《四庫備要・史部》（臺北：臺灣中華書局，據郝氏遺書本校刊）。

為此，陳逢衡在其〈形天操干戚而舞〉〔註70〕一文中提出看法：

> 帝是古帝，非天帝；爭神，謂爭帝位也。帝斷其首，葬之常羊之山，
> 是并形天之尸，亦歸土中矣，斷無止葬其首之理。夫何有乳與臍之
> 尚存哉？下文乃「以乳為目，臍為口」，是其圖狀如此；「操干戚而
> 舞」，是與帝爭神時形狀。蓋因其無首，故畫一被戮後之形天以為
> 戒，非謂斷其首猶活也。此是後人按圖增飾而附會其說之語，故曰
> 「乳為目，臍為口」，其實無有是事。若謂斷其首猶活，則葬之常羊
> 之山者，又何人乎？郭注是為無首之民，則是無首猶活也，不可為
> 訓。〔註71〕

將形天爭神的下場，透過「述圖」的居中串連，間接地把它轉譯成富有警示寓言般的詮釋。陳逢衡對形天的理解是層次性去進行拆解的。首先，他先將這則神話的兩位人物：形天與帝，定義為「人」。以往，由於形天神話足俱神怪的奇異色彩，加之原典《山海經》直言的「爭神」敘述，也致使人們在閱讀過程中自然將帝視為「天帝」，而能與之抗衡，又能藉由身體變形復生的形天，更非凡人。但在堅信《山海經》為記實之作的前見下，形天與帝就必須不能「非人」，就算擇一也不可。據此，陳氏提出「爭神，謂爭帝位」，即為人事之政治紛爭，故《山海經圖》所記載的奇特形貌與姿態「以乳為目，臍為口」，是作畫者簡筆人裸身軀幹的形象，以致看起來像是真的雙乳為眼、單臍為口的樣子，這些只不過是遠古時代形天當時哪來精美的布料能披衣戴冠與帝王征戰呢？故此乃「與帝爭神時形狀」的具體描繪，卻使後人會錯意而誤談。再者，陳氏又以形天被帝王斬斷頭顱，來說明《山海經圖》僅是以畫出死亡後的形象來呈現其下場，並非真是以奇特之姿張顯戰神形象。他認為此乃「畫一被戮後之形天以為戒」，是作圖者以「歷史史實」為題，展現出曉喻世人因以為戒的述圖立場。總而言之，陳逢衡將形天神話詮釋成後人不識歷史真相，而辜負夷堅美意，實際上這是一則「後人按圖增飾而附會其說」所造成的結果，傳播過程世人難以理解，但憑圖畫臆測，使原來的古史轉變為荒誕不羈的神話情節。以今時觀其推論，顯然這樣的神話理解似乎有些過於牽強，但在堅守合理性的條件下，不啻也是直白表現出陳逢衡極具創意的詮釋及其對

〔註70〕關於名稱：形天、刑天、刑夭、形夭四者古今皆可通用，陳逢衡在《山海經彙說》中以「形天」稱之，故本文依照原說而徵引，並無擅改更動。

〔註71〕清・陳逢衡：《山海經彙說》卷2。

視覺空間的想像。

（二）立體與平面混淆的構圖：「三身國」、「一臂國」

以古人繪圖不精、或筆畫載體難以細膩具體的畫出真實感，導致後人誤解《山海經》，陳逢衡以這樣的立場來試圖將神話還原成歷史，特別以詮釋海外諸國的情形為最多，而此處正好也能觀察到他獨特的空間美學之思考，由於《山海經彙說》中，有許多以此為解讀原則。故筆者於此僅舉「三身國」、「一臂國」為例說明：

1. 三身國

原〈海外西經〉稱三身國為「一首而三身」〔註72〕，郭璞並無作注，陳逢衡僅能參考或根據其他注本之說法，進而闡述己見：

> 《海外西經》三身國「一首而三身」，吳氏曰：「案《淮南子》自西北至西南有三身民。注云：『三身民，一頭三身』。」《荒史因提紀》曰：「庸成氏實有季子，其性喜淫。帝放之於西南。季子儀馬而產子，身人而尾蹄馬，是為三身之國。」郝氏曰：「案三身國姚姓，舜之苗裔，見〈大荒南經〉。」衡案，此三身國猶所謂五姓、三姓云爾。非謂一人有三身也。夫上古神怪，理或有此，若是三皇五帝之子孫，亦本氣血而生，斷無有此形異，若真三身並列，其廣何如？而以一首冒覆於上，成何體狀？即神怪亦不應至是，竊意圖像衹畫一首於上，而下則旁見，則出有三身焉，夷堅遂因而題之曰「三身國」。他國亦皆類是。〔註73〕

陳氏雖列舉前人對「三身國」之說，先立證於該國人民為三皇五帝之後，再以郝懿行補述的「三身國姚姓」為思考起點，認為該國之古圖其實是以一頭多身來表示多姓之族，並非真是一人有三個身軀那樣的怪異形態。那麼，古人述圖而作，為何有如此錯謬見解呢？陳氏以為在現實中繪圖者看到三人依次排排站的形象，或是想像該國人民群體而站立的姿態，卻礙於當時繪畫技術的粗糙，立體空間難以在平面的木牘、石板、絹帛或圖紙等材質具體如實地呈現出來，故言「圖像衹畫一首於上，而下則旁見，則出有三身焉」。從平面圖畫的直視視角，並由旁觀看，則會發現同排其他身軀似重疊又似分歧的

〔註72〕清・郝懿行：《山海經箋疏》。
〔註73〕清・陳逢衡：《山海經彙說》卷3。

現象。「三身國」顯然也是「依圖而述」，所造成的誤解。在陳逢衡的觀念裡，既為三皇五帝之後代，斷不可能身體變異成不倫不類之樣貌，又更何況僅一頭對三身並排，如何依憑頸肩相連，即是頸肩變異，也難成生命形體。據此，唯有因古人不識《山海經圖》的古代構圖問題，才致使《山海經》成為荒誕不經的異類稗書。

2. 一臂國

　　同樣的例子還有「一臂國」，在《山海經・海外西經》中的記載為「一臂國在其北，一臂一目一鼻孔。有黃馬虎文，一目而一手」，郭璞無注。陳逢衡於論述中先就吳任臣《山海經廣注》所轉引的早期文獻資料，欲做觀念上的釐清。如提《淮南子・墜形訓》：「海外三十六國西南方有一臂民」，即漢初亦有「一臂民」之傳言；後又引《爾雅・釋地》載「比肩民」：「北方有比肩民焉，迭食而迭望」，併郭璞注「此即半體之人，各有一目，一鼻孔，一臂，一腳」之說，已將一臂民與比肩民視為同屬。此外，吳氏又引明代王圻（1530～1615）、王思義（生卒年未詳）父子共同輯纂之類書《三才圖會》的說法：「一臂國在西海之北，半體比肩，猶魚鳥相合」。〔註74〕至此，由吳任臣所引資料來看，可以明顯發現「比肩民」與「一臂民」在魏晉時代已有混淆的情況出現，並且始作俑者似乎是由郭璞開始。換言之，郭璞即便並未針對《山海經》的「一臂國」多作解釋，但因對《爾雅》「比肩民」作注，使得後人易於將二者等同視之。陳逢衡察覺此況，除了批判吳任臣轉引之誤外，更以「述圖而作」這個解題核心，提出他對「一臂民」的解讀：

> 衡案，吳所引諸說，俱影響附會而不得其實。蓋此乃圖畫旁像也。不得以《爾雅》比肩民為比，即《爾雅》之比肩亦非是半體之人。據《爾雅》比肩獸是蛩蛩（邛邛），巨（岠）虛與蟨相附而行，則比肩民可類推。凡人必兩臂而後有肩可比，比肩者，兩肩相倚，並之說也。若謂是半體之人，與比目魚同，則何能起立坐臥，且不知半體是男與男比？女與女比？抑男女混雜而相比乎？且既屬半體，則前陰後陰亦不能全。具吾不知何以交搆生育，而成此一國之人也。又必一無左半，一無右半，而後可相合，安得如此湊巧，且也人既如是？而所產之馬，又復一目一手，世間有半體，又世間有半體馬

〔註74〕清・吳任臣：《增補繪像山海經廣注》。

乎？吾故曰此旁像，而記者因之曰一臂國也。〔註75〕

重新檢視「一臂民」與「比肩民」於神話情節的解讀過程中產生異變的原因，顯然其混淆的情況是從郭璞注解《爾雅・釋地》中「比肩民」開始，那麼，我們就應該回歸原典，重新理解《爾雅》的敘述。

陳逢衡以〈釋地〉中敘述「比肩獸」的說法：「西方有比肩獸焉。與邛邛岠虛比，為邛邛岠虛齧甘草，即有難，邛邛岠虛負而走，其名謂之蟨。」〔註76〕來反論「比肩民」的情形。既然，《爾雅》已有針對「比肩」之意做解釋，何來「比肩」為「半身」的說法？正所謂「巨（岠）虛與蟨相附而行，則比肩民可類推」比肩民也應同比肩獸一樣，喜與他人比肩相負而行。若真是「半體之人」，那麼陰陽男女，則難以相應相合，至於繁衍後代又何所依憑？陳氏以平常生活經驗來批判郭璞「半體之人」的存在是無稽之談。因此，當他推翻郭璞「比肩民非半體人」的釋義時，同理也推翻了「一臂國人為半體之人」的說法。既然，「一臂國」的人民不再是詭異姿態，那麼，我們該如何理解〈海外西經〉中「一臂一目一鼻孔」的敘述呢？陳逢衡於此，便祭出畫者在作畫時「構圖方向」的視線來解答，如「三身國」一樣涉及到現實空間的立體性，在平面空間繪製出極大差異，故言「此乃圖畫旁像」，意即作畫者僅畫該國人民的「側身」，所以看起來似只有一臂、一目、一鼻孔的奇特形象。換言之，「一臂國」中之人，也是一般人，無有怪異之處。

図7：清・吳任臣
《增補繪像山海經廣注》三身國

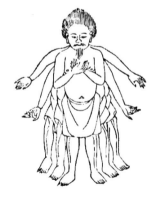

（清乾隆五十一年金閶書業堂刻本）

図8：清・吳任臣
《增補繪像山海經廣注》一臂國

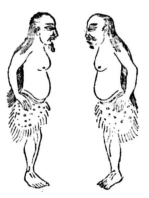

（清乾隆五十一年金閶書業堂刻本）

〔註75〕清・陳逢衡：《山海經彙說》卷3。
〔註76〕晉・郭璞注，北宋・邢昺疏，《爾雅注疏》，頁332。

　　除上述二例外，還有原載於〈海外北經〉的「深目國」，原經文稱其「為人舉一手一目」[註77]，陳逢衡解曰：「舉一手者，手有所指也。舉一目者，揚其一目而視之也。玩一舉字，圖畫之狀如見」[註78]；又如將〈海外南經〉對「交脛國」的敘述「其為人交脛」[註79]的說法，詮釋成「盤足則脛交，脛交則趾交，故古曰交脛」；[註80]又比方〈海外北經〉「柔利國」的「一手一足，反膝，曲足居上」的奇怪姿態[註81]，陳氏則認為：「如今畫人物半面，蹺足而坐之狀」[註82]，譬如總總，對於海外諸國的奇特型態，陳逢衡總會利用現實經驗的立體空間聯想，來從另一角度觀察平面繪圖的視角呈現。整體而言，在陳氏眼裡，《山海經》文中本來就含有「述圖而作」的敘述模式，而後人解釋時亦再依圖解圖（顯然已非〈海經〉以下續寫者所見之圖。因幾經戰火，流傳不易。）在經過多重詮釋循環之過程下，無怪乎造成離經判道、誇大「夷堅記實」的現象了。

五、以古人觀測天象之事蹟來解釋「十日」神話

　　除了前文中已有提及的多義詞類的變化、述圖而作的解讀之外，他更在《山海經彙說》中，提出第三種合理化方式，來解決天文異象的問題，即──以古代觀測天象之儀器來重新解讀《山海經》中有關「十日」神話的不合理敘事。

　　陳逢衡的活躍期相較於上古時代，可謂是非常進步的文明社會。具備應有的天文地理氣候的概念，不會輕易因為打雷就恐懼，更不會因為洪水氾濫而施行殺戮性的以人祭河之事件。所以，當他在面對《山海經》對於自然現象詭譎的陳述時，可以打破陳舊的傳統解經方式，以科學的思維推原古人的文化與制度的行儀，並且，亦運用前文已有論及的字義詞類轉換或述圖而作的方式，進而為其做合理化的詮釋。例如：對於《山海經》中出現的日月問題，大致可在〈山海經多紀日月行次〉、〈九日居下枝一日居上枝〉以及〈一日方至一日方出〉中看到陳氏相關的論述：

〔註77〕清・郝懿行：《山海經箋疏》。
〔註78〕清・陳逢衡：《山海經彙說》卷3。
〔註79〕清・郝懿行：《山海經箋疏》。
〔註80〕清・陳逢衡：《山海經彙說》卷3。
〔註81〕清・郝懿行：《山海經箋疏》。
〔註82〕清・陳逢衡：《山海經彙說》卷3。

（一）山海經多紀日月行次

在這篇文章裡，陳逢衡寫作的體例有別於其他各篇，他於開篇載原〈南山經〉、〈西山經〉、〈大荒東經〉、〈大荒西經〉等等之紀錄、後又接續引郭注、郝注之說法，其間各穿插陳氏自己的解釋，其間大、小字穿梭其中，儼然以作「注疏」的方式進行陳述，於他篇相較，甚為特別。以此文例成篇，蓋因在《山海經》各經中皆有對「日月行次」之敘述，且用語並非完全制式，有些先說明該山的周遭環境，再說明該山與日月的關係以及景色之變化；亦有直接簡言「日月出入」者。例如，〈南山經〉所記：

> 漆吳之山，無草木，多博石，無玉。處于海，東望丘山，其光載出載入，是惟日次。郭注：「是日景之所次舍。」〔註83〕

又如〈西山經〉記之：

> 又西二百里，曰長留之山，其神白帝少昊居之。其獸皆文尾，其鳥皆文首。是多文玉石。實惟員神磈氏之宮。是神也，主司反景。郭注：「日西入，則景反，東照主司察之。」
> 又西二百九十里，曰泑山，神蓐收居之。其上多嬰短之玉，其陽多瑾瑜之玉，其陰多青雄黃。是山也，西望日之所入，其氣員，神紅光之所司也。〔註84〕

陳逢衡則認為：

> 衡案，此說非也。少昊金天氏未聞有稱作員神者，況上文已云其神白帝少昊居之，而又曰神磈氏，則非一人，可知此蓋少昊之臣為帝司曆，居西極，以測量日景者。神則生為上公，死為明神之神，與泑山之神紅光正是一類。〔註85〕

從上文很明確可以理解陳氏的看法，他將「神磈氏」、「紅光」皆視為古代觀測天象之官，處極西之地，是為了日日能準確觀測太陽西沈的資訊，藉以明曆法，定望朔。至於，為何會稱神，則是以昔日有「生為上公，死為明神」的觀念，後人讚其功，而尊神，故此乃古代觀測天象之史，並未有任何怪奇之處。

此外，〈海經〉、〈大荒〉各經中亦有提到專門記錄「日月行次」者的存在。

〔註83〕清・郝懿行：《山海經箋疏》。
〔註84〕清・郝懿行：《山海經箋疏》。
〔註85〕清・陳逢衡：《山海經彙說》卷2。

首先，〈海外南經〉中提及的「神人二八」之描述中，「為帝司夜」四字在陳氏的思路裡，頗有可以另解之處：

> 有神人二八，連臂，為帝司夜於此野。在羽民東。其為人小頰赤肩。
> 盡十六人。郭注：「晝隱夜見。」〔註86〕

陳逢衡認為，所謂「有神人二八」之說是「司夜者，察夜之漏刻與星辰也」，故並非神，而是古代觀測天象之人。又〈大荒東經〉亦記之：

> 東海之外，大荒之中，有山名曰大言，日月所出。
> 大荒之中，有山名曰合虛，日月所出。
> 大荒中有山名曰明星，日月所出。
> 大荒之中，有山名曰鞠陵于天、東極、離瞀、日月所出。
> 大荒之中，有山名曰猗天蘇門，日月所生
> 東荒之中，有山名曰壑明俊疾，日月所出。有中容之國。
> 有人名曰鵁，北方曰鵁，來之風曰狻，是處東極隅以止日月，使無
> 相間出沒，司其短長。〔註87〕

上文關於從「大言山」至「壑明俊疾山」共計六山的描述，陳逢衡一概認為「蓋各於一山測量其所出之度數，以定其行次也」〔註88〕，換言之，這些「日月所出」的敘述，其實是古代觀測之人遺留下來東方各山頭太陽升起位置之紀錄。並且，又將「以止日月」的「止」字，釋為「齊」，有整理、修齊之意；「止日月」則可解為「定其朔望之期」，意即按所觀測日月移動之軌跡，而定曆法。〔註89〕至於文中的「司其短長」，陳氏於解釋〈大荒西經〉「有人名曰石夷，來風曰韋，處西北隅以司日月之長短」〔註90〕一文中，提出獨特的詮釋，其云：

> （衡案）「長短」，猶短長也；或曰〈大荒東經〉言「司其短長」者，由短以至長也。所謂「日長至」，蓋由小寒以至夏至也；〈大荒西經〉言「司日月之長短」者，由長以至短也。所謂「日短至」，蓋由小暑以至冬至也。「短長」、「長短」，兼日景時刻言。〔註91〕

〔註86〕清‧郝懿行：《山海經箋疏》。
〔註87〕清‧郝懿行：《山海經箋疏》。
〔註88〕清‧陳逢衡：《山海經彙說》卷2。
〔註89〕清‧陳逢衡：《山海經彙說》卷2。
〔註90〕清‧郝懿行：《山海經箋疏》。
〔註91〕清‧陳逢衡：《山海經彙說》卷2。

以「二十四節氣」的概念，套用在所謂「日長至」（由短以至長）與「日短至」（由長以至短）的觀念上，簡而言之，陳逢衡以「日照」之長短來解讀所謂的「司其短長／長短」。古時並無時鐘，現代定義的時鐘，遲至清中葉才出現。是以古人「立竿見影」，依竿影而報時，同時也發現了每日中午所呈現之竿影長短並不相同，並且變化有規律可循，正午時刻的竿影最長，稱為「冬至」；而正午時刻的竿影最短者，則為「夏至」。陳氏以為，古人以日月出入各山來觀測天時，這也解釋了為何在〈大荒東經〉的記載是「司其短長」，而〈大荒西經〉則言「司日月之長短」。《山海經》文中所述的「短」與「長」前後排序的差異，並非毫無意義，而是代表了日照長短循環的順序起迄。故言「小寒以至夏至」為一年中正午日照由長至短；「小暑以至冬至」則反之。因此，不論是處東極隅的「鵹」，還是處西北隅的「石夷」，皆是上古時代藉觀測天象之舉以定制朔望與時刻的人。

從陳氏之言，事實上這些散記於各卷的記「日月出入」之人，也展現了古代執政者於各山皆設有官署以記晷度而作曆法節氣的制度。陳氏的詮釋，再度深化了郭璞對「司日月之長短」解釋為「言察日月晷度之節」的說法，另一方面，的確也間接處理了《山海經》中描述各地皆有日月出現而產生對「十日」、「十二月」的神話想像。站在陳逢衡的立場判斷，所謂「十日」與「十二月」是不可能存在的，因其經中多日月的敘述，乃是古代觀測天象之記錄已矣！

（二）九日居下枝一日居上枝

針對《山海經》載有大量「日月行次」之文獻，陳逢衡以古代行天文星象觀測的官員赴各地考察的情形作為解釋立場，消除了「眾多」日月存在的怪異敘述。同樣的思考模式也運用在有關「十日」神話裡。古傳十日之說法，有不同的神話情節，有「后羿射十日」者、有「羲和浴日」者，亦有「十日金烏居於扶桑」的說法。以往，我們對中國古代十日神話的認知，與今本《山海經》中的記載相較，是有所差異的。陳逢衡亦發現二者的差異，分別在其〈九日居下枝一日居上枝〉與〈一日方至一日方出〉的兩篇文中，以「后羿射日」之神話切入，探究《山海經》十日神話的於夷堅記錄時應有的真面目。首先，陳氏於〈九日居下枝一日居上枝〉云：

> 衡案，本經並未言羿射日事，郭氏乃糾纏不已，若全未覩《山海經》
> 者。夫所謂「九日」、「一日」者，乃儀器之象。即甲、乙、丙、丁、

戊、己、庚、辛、壬、癸也。如當甲日，則甲日居上，餘九日居下；
乙日則乙日居上，餘九日居下。推之十日皆然，周而復始，所以記
日也。〔註92〕

以《山海經》未談「后羿射日」的情形來反駁昔日人們耳熟能詳並相信古代
曾經有十個太陽的妖異現象。並且，他認為原〈海外東經〉所言的「湯谷上有
扶桑，十日所浴，在黑齒北。居水中，有大木，九日居下枝，一日居上枝」
〔註93〕的說法很明顯表示出「九日」與「一日」的依序型態，即所謂的「天
干」。故陳氏言「如當甲日，則甲日居上，餘九日居下；乙日則乙日居上，餘
九日居下」是古代觀測天時的「儀器之象」，古圖裡雖具體的描繪出觀測儀
器之型態，卻被後人誤解而又成為十日神話的另一版本，駁斥後代注者之不
識也。

此外，陳氏又將「堯時令后羿射日」與「王充《論衡・日虛篇》之說」互
為參照，另提出「十日乃蒙氣凝結」之象的一番見解：

> 王充《論衡・日虛篇》所謂「十日似日非實日也」誠為卓見。然王
> 氏此論可以證《竹書紀年》之說〔註94〕，而不可解堯時之十日。夫
> 堯時之十日，特其儀象耳。假令堯有令羿射之事，亦謂懸此儀象以
> 為的而俾之射耳，非射天上之日也。然實無此事，故《山海經》正
> 文不載射日事，可破其妄。……《竹書紀年》載「夏后帝廑，十日
> 竝出」、「桀時，三日竝出」、「紂時，二日竝出」……。後世所載，
> 如漢光武帝元年三日竝出；晉元帝太興三年五日竝出……，唐貞
> 觀初突厥五日並；唐僖宗乾符六年十一月兩日並出……。歷觀前
> 史，似乎十日之說可信，不知此皆蒙氣凝結，為日光所射，故有眾
> 日耳。

依此，陳逢衡並非僅以「古人繪儀器之象」的說法來完全作為「十日」神話的
解答，他發現到這類的說法在秦漢以後的史書上亦層出不窮。若僅以「述圖
而作」來作為答案，必定有所疑慮。是以提王充之說，並從其論點上再作科
普性的深化。陳氏將此數個太陽的異象作為自然現象，故曰「蒙氣凝結，為

〔註92〕清・陳逢衡：《山海經彙說》卷2。
〔註93〕清・郝懿行：《山海經箋疏》。
〔註94〕陳逢衡於此所言的「以證《竹書紀年》之說」，是因《竹書紀年》中有為數不
　　　　少記載「多日」史料的紀錄。因此，陳逢衡認為王充所提出的「十日似日非
　　　　實日也」之見解，恰巧可以解答「十日」的迷惘，故言可以證之。

日光所射」，並不足以為奇。以現今科學來解釋，天空之所以會出現數個太陽的奇景，其實是一種大氣光學的現象，它是大氣中存在的水、冰折射、反射的結果，這在氣象學上稱作「幻日」或「假日」。由於小冰晶有著各式的立體幾何圖形，因此受太陽光照射時，會產生折射。太陽的七色光譜被折射後，因偏折度不同，就會出現複雜的光暈現象。而在數個光線交叉處，遠看過去就會產生數個「太陽」的錯覺。〔註95〕也就是說，古代天上有 10 個太陽是很有可能會出現的。除王充頗有見地的揣測之外，身為清朝中晚期的陳逢衡，更將「水氣」套用在「十日」的成因上，這與民國以後以天文科學作為分析古代神話的當代學者的理解是極為雷同的，可見他的玲瓏巧思。

（三）一日方至一日方出

同樣的理解，陳氏亦將之置入於重新詮釋「太陽輪流照耀大地」的古老神話的分析中。原〈大荒東經〉記云：「大荒之中，有山名曰孽搖頵羝，上有扶木，柱三百里，其葉如芥。有谷曰溫源谷，湯谷上有扶木。一日方至，一日方出，皆載於烏」。郭璞注云：「言交會相代也」，又曰：「中有三足烏」。〔註96〕然而，郭璞對「日中有烏」、「十個太陽依序交相至扶木上」的說法，看在陳逢衡眼裡是無稽之談的。他於〈一日方至一日方出〉一文裡，詳述了自己的判斷：

> 衡案，郭義蓋猶前說，使以次第迭出運照之義。夫既云「十日併出」而為妖災矣，又何以循天之號令次第而出乎？且羿既射去其九日矣，則來日相代之日，又為何日乎？輾轉思之，殊欠會通，不知此亦儀象之轉運耳。一日方至者，謂所當值之日，或甲或丙或戊或庚或壬將至亥，進而退居於下枝也；一日方出者，謂明日相代之日。或乙或丁或己或辛或癸將至子初而出於上枝也。故曰：上有扶木，謂「方至」於扶木之下，「方出」於扶木之上也。扶木者，扶桑木也。實與〈海外東經〉所云：「有大木，九日居下枝，一日居上枝」一鼻孔出氣，此即司儀器之人所執掌。然《山海經》圖象不能轉運，故畫一日方至一日方出之狀以形容之耳。其云「皆載于烏」者，非謂日中有烏也。謂寫此十干之字標立於烏之上，以象其飛升。故曰

〔註95〕參考香港天文臺教育網站對「幻日」成因之說明：
http://www.weather.gov.hk/education/edu06nature/ele_sundog0909_c.htm。
〔註96〕清・郝懿行：《山海經箋疏》。

「載」。載，猶「戴」也。《初學記》、《太平御覽》正引作「戴烏」，

是陽烏，故取以為象，亦其圖畫如此。〔註97〕

首先，他先批評郭璞按照古人十日神話的思維，以太陽能「次第迭出運照」的不可思議現象來解讀《山海經》「十日方至十日方出」的記載。據此，陳逢衡提出數項客觀經驗提出兩個問題面向：其一，昔日既然將十日併出視為妖異災害，則憑什麼能「以循天之號令」而實行日升日落天道之運行呢？在陳氏觀念裡，此說即認定妖異者，非正道也；其二，陳氏依然以「后羿射日」神話來對照出時間的差異。認為既然后羿早已射下九個太陽，那麼又後來出現太陽們依序次第於扶桑木上輪流照耀大地呢？針對他所提出的第二個問題，顯然地陳氏將〈大荒東經〉所記「一日方至一日方出」的說法視為「后羿射日」之後，原因在於他本認定〈大荒〉各經已是周末戰國時人所纂，故而言之。從這兩個疑慮間，陳氏更加確定他所提出的「儀器」之說，既無十日之疑問，更無后羿射日之事實，完全乃是因後人識圖不清的緣故所導致。因此，經中所稱「方至」、「方出」的敘述語，其實只是說明天象儀器正在運轉的情形，以及其型制。陳逢衡對這件觀測天象的儀器展開想像，他認為該儀器可能以形近扶桑木為外型，並置入烏鳥作為裝飾（原因在於自古以來烏為陽烏，在儀器上製作十烏，也象徵以「太陽」與「天干十支」結合的巧意。陳逢衡文末引《初學記》、《太平御覽》的「戴烏」之說，為其聯想作為佐證，以加強他的揣測），並在於其上嵌入天干十支的文字或符號，此乃《山海經》所謂的「皆載于烏」之原貌。

歸結而論，「一日方至一日方出」亦由於作《山海經圖》者，因「《山海經》圖象不能轉運，故畫一日方至一日方出之狀以形容之」所導致，使得紀實之作被後人曲解，十日神話的故事情節也在後世更加以怪誕之姿流傳著。然而，我們也可以從這個「釋天」神話的例子裡看出陳氏依然緊扣著「述圖而作」的立場，來詮釋他說認定十日神話之真相，如此一來，在陳逢衡神話詮釋的視域裡，便完成一套獨創的「上古史：《山海經》」的解經過程。陳逢衡堅守立場，認為是《山海經》歷史，而非《山海經》神話。也因此，致力於消除怪異詭譎、奇譚神幻的敘述情節，使之符合常人生活經驗的現象世界，「是否合情合理？」成為《山海經》敘事於闡述原義的觀測指標。

〔註97〕清・陳逢衡：《山海經彙說》卷2。

六、《山海經彙說》於神話詮釋之矛盾

綜觀整部《山海經彙說》，從卷首二篇序文的內容，到正文首篇專述《山海經》的成書以及作者問題，都可以感受到陳逢衡欲意重釋《山海經》一書中詭譎荒誕的內容，藉以扭轉世人對《山海經》的印象。不過，在其精心思考的過程中，雖想盡求面面俱到，但其論點卻仍有疑慮與矛盾之處。最大的原因，在於過度堅持《山海經》所記之事物必為寫實的立場。誠如前文所述，他提出作者為夷堅的論點，也是為了讓整部《山海經》所記內容的真實性在時間跨度能向上提前至堯舜、三代，使其談及古代諸帝時，能符合上古史人類帝王的歷史事蹟。然而，我們對夷堅此號人物的理解，除最早來自於《列子》的「夷堅聞而志之」的說法外，夷堅身為上古博物賢者的代表者，按《列子》所記，應當活躍於夏代以後（暫且不論《列子》偽書之疑慮）。那麼，夷堅又是如何「志之」？我們是完全無法知悉的，畢竟西周以前書寫工具的極度缺乏，以今本包含〈海內東經〉以上 13 篇文字之構成篇幅，實難以成篇而流傳。陳氏之說法，是應被質疑的。又或許可以藉由唐代經學家啖助（724～770）之說，來評斷陳逢衡堅持「夷堅作」的論調。啖助的說法出自於《春秋集傳纂例》〔註98〕，文中原意是探討「春秋三傳」與其他先秦文獻編纂成書的問題時，所揣測出一套含《山海經》在內的古籍所可能流傳之情況：

> 古之解說悉是口傳，自漢以來，乃為章句。如《本草》皆後漢時郡
> 國，而題以神農。《山海經》廣說殷時，而云夏禹所記。自餘書籍，
> 比比甚多。是知三傳之義，本皆口傳，後之學者，乃著竹帛，而以
> 祖師之目題之。〔註99〕

這段話雖然將「春秋三傳」的成書為師生間私下口語授受後，再經由後人撰寫成書之過程與先秦古籍的成書原因作比擬。是以深究其言，啖助本在說明初民透過「口傳」行為、零星的文字符號、或寥寥數筆的圖案等方式，來補足書寫的不易性，進而能傳承著這些古老的記憶。在經年累月之下，直至文字與書寫工具能獲得完善的時代，遂由後人集結成冊，訂立書名篇目。依此反觀夷堅可能所屬的時代，要流傳一部〈五藏山經〉談何容易！陳逢衡為了合

〔註98〕此書乃其學生陸淳（？～806，後改名為「陸質」）為闡發其師啖助、其友趙匡關於《春秋》經說之作。

〔註99〕唐・陸淳，《春秋集傳纂例》（京都：中文出版社，《古經解彙函》據嘉興錢氏經苑本影印，1998 年），頁 1443。

理化《山海經》的所記內容，卻反而容易迷失在歷史空間與架空世界的錯訛中。例如，將日月神話詮釋為測量宇宙星體的儀器之說，但倘若是真為禹、益所見所記的年代，是否真有如此精密並結合工藝與科普知識的儀器存在，的確是需被質疑的。這也似乎直接反映出《山海經彙說》在闡述作者、成書年代與內容議題時，仍是存在著難以符合、貫通的矛盾關係。

從另一層角度看，我們回顧陳逢衡之所述，他將〈五藏山經〉視為夷堅根據禹、益所言而進行記述（然而，卻無法確定是從旁隨記，抑或將禹、益所留資料整理而後記，這兩項具有時間上的差異）；至於〈海經〉部分，陳氏則認為是夷堅手訂（述圖而作），乃依前人遺留古圖而作，都是為了要消弭《山海經》中記載禹、益以後上古史實的矛盾。只可惜的是，刻意地將一切玄幻怪異之神話敘述詮釋成真實的歷史軌跡，陳逢衡自身卻忽略了一個重大的缺失與矛盾：便是原《山海經》文本中的敘述語境本就是使用詭譎怪異的語言模式所構成的。

從陳氏認定夷堅所作的〈山經〉與〈海經〉的內容裡觀察，在文本的敘述語境之中本就怪誕詭譎。例如：「厭火國」的「獸身黑色，生火出其口」；如「形天」的「以乳為目，以臍為口」；又如「顒」鳥的「其狀如梟，人面四目而有耳」〔註100〕；言「洞庭之山」的景物為「是多怪神，狀如人而載蛇，左右手操蛇」〔註101〕等等描述，皆具有明顯的異形異狀之敘述（如文本直言「怪」者），倘若夷堅所聞為普世價值觀念的平常之事物，蓋不會作如此詭譎之形容。可見在原作者（夷堅）的創作前見裡，該所見所聞之事物靈狀本就視為神話，陳逢衡進行過度的合理化的同時，亦有可能適得其反地使原意失真了。

回溯近百年來，受西方學術影響之下，對於中國古代神話的認識與整理，有了空前且堪稱巨量化的研究成果。在現代神話學的觀念裡，我們視神話為人類演化初期的足跡，在文明尚未開化的古老人類世界，當面對與他們有著共生關係的超自然性威靈時，那種似恐懼又尊敬的矛盾心理，油然而生。也造成對周圍的自然界以及人群物我的關係間產生了不得不然的敘事行為。換言之，發生於自然界一切難以理解的現象，先民們為了解釋而進行聯想，在想像之中逐漸交織成亂中有序的神話世界，這種以「解釋自然現象」為前提

〔註100〕清・郝懿行：《山海經箋疏》。
〔註101〕清・郝懿行：《山海經箋疏》。

的敘述行為，往往伴隨著初民對現象世界的觀察與認知，或口傳、或留下符號與文字，輾轉流傳後代，神話學研究在現代不啻是一門綜合性且跨領域的學科。然而，身為清朝中晚期的陳逢衡，卻擁有這般現代神話學研究的眼界與思路，與歷來同樣研究《山海經》的學者相比，可謂非常具有前瞻性與新穎的研究思緒。

第三節　合古訓・順文意：俞樾對《山海經》神話的考辨與尊重

在晚清學術界中，以承皖派漢學的實事求是之治學精神為自居的俞樾，亦對《山海經》進行了不少研究。俞樾（1821～1906），字蔭甫，浙江德清人。後又自號「曲園」，常以「曲園居士」行之。〔註102〕為清末著名樸學大師，亦精於古文字學、書法及文學。俞氏啟蒙之初，即聰穎而過目不忘。先於道光十六年（1836）時童子室及第（時年 16 歲）〔註103〕；翌年應鄉試，中副榜〔註104〕；至道光三十年（1850）得庚戌科二甲，賜進士出身，是年 30 歲。〔註105〕俞樾亦受咸豐皇帝賞識，遂於「（咸豐）五年，簡放河南學政」〔註106〕，負責科考事務。然而，卻在兩年後，遭到「御史曹登庸劾試題割裂」之事件〔註107〕，被革去學政之職並追回原籍而不再敘用，致使曲園先生絕意官場仕途，回鄉歸里。然而，俞樾雖受拔官之災而失意於仕途，但其學問卻廣受地方學界的肯定。因此，受聘於江南一帶的書院講學，「主講蘇州紫陽、上海求志各書院，而主杭州詁經精舍三十餘年，最久」〔註108〕，遂「僑居蘇州」〔註109〕，建曲園。並於書院講學期間，持續潛心問學與研究長達 40 餘載。

〔註102〕因其晚年，常居蘇州，並購地建園，蒔花養卉，於園中建屋 30 餘楹。又在居住區之西北的原有隙地築小園，因其形狀如曲尺形，取《老子》「曲則全」句意，將其命名為「曲園」，故自號「曲園居士」。用以起居生活建築的主要部分取名為「春在堂」。

〔註103〕清・俞樾：《群經平議》，《續修四庫全書》（上海：上海古籍出版社，2002 年6 月），頁 1。

〔註104〕清・俞樾：《群經平議》，頁 1。

〔註105〕趙爾巽等：《清史稿・俞樾傳》卷 482，頁 13698。

〔註106〕趙爾巽等：《清史稿・俞樾傳》卷 482，頁 13698。

〔註107〕趙爾巽等：《清史稿・俞樾傳》卷 482，頁 13698。

〔註108〕趙爾巽等：《清史稿・俞樾傳》卷 482，頁 13698。

〔註109〕趙爾巽等：《清史稿・俞樾傳》卷 482，頁 13698。

他專研群書，深黯訓故之法，疏理群籍，恪宗戴、王，章太炎、吳昌碩等人皆出其門下。〔註110〕爾後，遭逢太平天國之亂，烽火瀰漫間，大量文獻典籍幾乎燼毀。因此，「樾總辦浙江書局，建議江、浙、揚、鄂四書局分刻二十四史，又於浙局精刻子書二十二種」〔註111〕，刊刻印刷精良，被譽為善本。

俞樾終其一生，治經著書，「蓋俞氏為學，遠紹休寧戴氏一派，而近窺高郵王氏父子家法，校勘訓詁，徵實不誣，取經既確，其所發明，亦遂多精審不移之論在也。」〔註112〕俞樾不只長於經學研究，於通俗文學、戲曲、小說創作、小說評議皆有涉獵，故著述甚富。作品計逾 500 卷，130 餘種。當中最為人所重之作，則當推《群經平議》50 卷、《諸子平議》50 卷、《茶香室經說》16 卷與《古書疑義舉例》7 卷、《第一樓叢書》30 卷、《俞樓雜纂》100 卷，此外亦有筆叢類，如《春在堂隨筆》、《茶春室叢鈔》等筆記文集，其中搜羅甚廣，保存了豐富的學術史和文學史資料。後將其作品合編成冊，名以《春在堂全書》稱世。

俞樾雖以治經學為宗，但因他對通俗文學本就興趣盎然，故在筆叢《俞樓雜纂》中亦載錄許多有別於經學之讀書筆談，而他對於《山海經》解讀與看法的閱讀心得，亦收入在《俞樓雜纂》中，篇名為〈讀山海經〉，為該書的第二十三篇。在〈讀山海經〉一文中，俞樾依《山海經》文本的篇目順序，共撰寫了 36 條讀書心得，從文章中，我們依舊可以看到樸學大師精實的考據與辯證。本文屬隨筆論述之作，在篇幅卷數上，雖不及陳逢衡《山海經彙說》，但內容卻完全不馬虎。藉由考證，俞氏亦提出不同於以往研究《山海經》者的獨特詮釋與理解。俞氏擅校勘訓詁，在訂訛經書的過程裡（如對〈周易平議〉、〈尚書平議〉、〈大、小戴禮記平議〉、〈春秋公羊平議〉、〈論語平議〉、〈爾雅平議〉等等的考據）曾提出「聖人之道，具在於經」〔註113〕，又言「治經之道，大要有三：正句讀，審字義，通古文假借。三者之中，通假借為尤要。」〔註114〕解讀古籍時，認為「通假借」的判別最為重要，而這個解讀方法，在

〔註110〕此處引劉師培之說。劉師培：〈清儒得失論〉，《清代學問的門徑》（北京：中華書局，2009 年 11 月），頁 154。
〔註111〕趙爾巽等：《清史稿·俞樾傳》卷 482，頁 13698。
〔註112〕參見胡楚生評俞樾學術之說。胡楚生：〈俞樾「群經平議」中之解經方法〉，《文史學報》（臺中：中興大學文學院，第 23 期，1993 年 3 月），頁 1。
〔註113〕清·俞樾：《諸子平議》（北京：中華書局，1954 年 10 月），頁 1。
〔註114〕清·俞樾：《群經平議》，頁 1。

〈讀山海經〉一文中更是隨處可見。又，近人胡楚生曾針對俞樾考訂《群經平議》中的解經方式做出綜合性的歸納與總結，他認為：

> 俞氏《群經平議》中之解經方法，綜而言之，約可分為以下數端，一曰「辨識通假」，二曰「探索古訓」，三曰「推尋語義」，四曰「校訂訛誤」，五曰「勘正衍文」，六曰「釐定句讀」。〔註115〕

縱然，胡楚生所歸納的六項乃俞樾分析《群經平議》之研究方法，但事實上以其對照〈讀山海經〉的「愚按」（作者案語），除了有原俞樾所自評的「正句讀，審字義，通古文假借」之外，上述胡氏所提的「探索古訓」、「校訂訛誤」與「勘正衍文」等解經方式，也常在「愚按」裡可見其蹤影。因此，今日我們要探究俞樾如何理解《山海經》神話中的詭譎情節之前，應透過其研究理路來推衍。是以，通過作者自述與後世學者之考察，筆者大致將〈讀山海經〉中作者所使用的解讀方法歸納為三：辨通假、合古訓、順文意。

一、辨通假：古人常因通假字之不識而錯解原意

傳統古籍用字，本字雖於世見存，但諸多古本不用本字，而是用聲同聲近的文字以代之。這當中，或有可能因古籍文字於歷史時間的物換星移，造成用字習慣的不同；亦有可能僅是原作者或傳抄者之筆誤。總總原因，遂造成古今用字的差異，此乃謂音同通假字也。俞氏在〈讀山海經〉中辨識通假字的方式，往往以其他古籍文獻作校，進而判定通假字的存在，再進行改字釋義的解讀工作。例如，〈南山經〉中提到的「祝餘」之說，原文載曰：「〈南山經〉之首曰䧿山。其首曰招搖之山，臨于西海之上，多桂，多金玉。有草焉，其狀如韭而青花，其名曰祝餘，食之不飢。」〔註116〕郭注「祝餘」曰：「或作桂荼」。〔註117〕俞樾解曰：

> 愚按，桂字當是柱字之誤，祝與柱一聲之轉。《周禮·瘍醫》注曰：「祝，當為注，讀如注病之注。」柱與注並從主聲，得讀如注，故亦通作注。祝餘或作注荼，乃古文聲近假借之恆例，俗人不察以其言草，則改柱為桂失之矣。〔註118〕

〔註115〕胡楚生：〈俞樾「群經平議」中之解經方法〉，《文史學報》，頁1。

〔註116〕清·郝懿行：《山海經箋疏》。

〔註117〕清·郝懿行：《山海經箋疏》。

〔註118〕清·俞樾：〈讀山海經〉，《俞樓襍纂》（收入於《春在堂全書》第3冊，南京：鳳凰出版社，2010年1月），頁542。

俞氏以鄭玄注《周禮・瘍醫》之說，來重新思考「祝餘」與郭樸注為「桂荼」之間的關連性。東漢時即有以通假字作為考章句的手段，故將「祝」與「注」並說，由來已久，郭樸忝為東漢之後，應會注意「祝」與「注」之間通假問體。郭注言「或作桂荼」之說，或有可能是原意如此，更有可能乃後世傳抄之誤，今時早難以考詳，俞樾亦不探究此事，他只是將焦點放在「祝」、「注」與「柱」三字的通假轉換的過程。「祝」與「注」同屬「主」聲，兼之「柱」亦屬「主」聲，除了發音相近外，「注」與「柱」字形相近，又「柱」與「桂」字相似。據此，則「祝餘」因作「柱荼」也。俞樾認為，言「祝餘」為「桂荼」者，乃是源於〈南山經〉記載「多桂……有草焉，其狀如韭而青花」之說，祝餘為草而又有花，古人訓義過程或傳抄過程不自覺地以「桂」代「柱」為字，致使錯謬矣！從這個例子中，明顯可以看到俞樾以他書為校的方式，透過通假試圖探求《山海經》之原意與真相。

　　除上所舉事例之外，又如用通假字中的雙聲字來判定〈南山經〉的「留牛」為梨牛；[註119] 言〈西山經〉中的「司天之九部及帝之囿時」一事，便以「跱」字通同「時」字，遂將「帝之囿時」解讀為「天帝之行館」；[註120]甚至在「王亥故事」中以「河念有易，有易潛出」中「念」字為「㪍」字之通假，來重新詮釋〈大荒東經〉裡「有易殺王亥」的事蹟。由於「㪍」，音同聶，意指閉塞、封閉之意，《說文解字・攴部》曰：「㪍，塞也」，故俞樾利用通假字的字義之差，將河伯「憐憫」有易之傳統解釋，詮釋成河伯「囚禁」有易。再者，由於僕牛被懷疑是河伯之名，在河伯族人應與有易視為不共戴天之仇的情況下，不可能還會去憐憫仇人。如此一來，下文接「有易潛出」有易的逃亡並至他處生活，遂成搖民之族。俞氏的通假改替本字的方式，在整個故事情節發展上，比起以往解讀者來說似乎更加合情合理多了。[註121]

　　俞氏利用「辨通假」的方式，試圖追溯、還原本字的慣用手段。探究過程中，可以看到他盡求善解古經，不尋偏頗，不做汎言的實證態度。另值得一提的是，通假字的判定往往也與研究對象的上下文義、前人思維等等是否有互為通順、連貫語意有關。因其在俞氏的研究理路裡，語言是隨時代在更替變異，字詞語意之差別，縱觀古今必有所不同。換言之，古代文獻的用語，

〔註119〕清・俞樾：〈讀山海經〉，《俞樓襍纂》，頁 543。
〔註120〕清・俞樾：〈讀山海經〉，《俞樓襍纂》，頁 544。
〔註121〕清・俞樾：〈讀山海經〉，《俞樓襍纂》，頁 549～550。

探索當時人類生活的經驗與思維，必是以古訓、古意做解，才不會導致以今喻古的窘境。依此而言，不論是以「通假字」作立論基石，或是以文義、古訓作為觀察「通假字」的存在，都是在解讀《山海經》過程裡必須面對的因果關係。下文將觀察俞氏如何利用「合古訓」與「順文意」的解讀方式，詮釋出有更具特色的神話解釋。

二、合古訓：古籍之語必乘古人之思

俞樾雖經常性的利用通假字的改替來釋義《山海經》神話的詭譎情節，但事實上並不是隨意擅改或自由心證地任意刪改文本字彙，其說皆是依憑有據。而所根據的條件則是解釋語意時必須符合古訓，若在本經難以求得解答，則用他經之說，以端正歷來諸公錯謬之解。例如，俞樾在〈海外西經〉中針對「夏后啟儛九代」之事蹟提出疑義，就是因為郭璞注文與古義頗不相合，故而以古訓之說，通假作解而論之。原〈海外西經〉言：「大樂之野，夏后啟於此儛九代」，郭注云：「九代，馬名。儛，謂盤作之今儛也。」〔註122〕俞樾則以通假字與錯訛字之說，來看待夏后啟這則神話：

> 愚按，九代之為馬名，未詳所出。以儛為舞馬，亦未合古義。代字，疑戈字之誤。戈、歌音同。九戈即九歌也。〈大荒西經〉曰：「夏后開上三嬪於天，得九辯與九歌以下。」是歌乃夏后啟之樂，彼做九歌。此作九歌音之誤也。《竹書紀年》云：「帝啟十年，帝巡狩，舞九韶於大穆之野」，即是此事。〔註123〕

當然，在俞樾之前，亦有不少注家為「夏后啟儛九代」之事提出若干看法，如郝懿行認為「九代疑樂名也」〔註124〕之說。雖然郝氏於《山海經箋疏》中亦有引述《竹書紀年》的記載，但整體觀之，仍不若俞樾之細究。觀俞樾之說，其開宗明義即對郭璞之解乃「未合古義」也！他認為將馬作為為舞馬之用頗不合於古義，後又利用「代」字與「戈」字的字型相近，疑為錯訛字，再與將「戈」、「歌」二字以音聲通同的類型，轉化為樂曲之意。後引《竹書紀年》記載的「舞九韶」之事，作對照及補證，故駁斥郭璞所言「九代」為「舞馬」之無稽說法。俞樾為這則故事解釋的起始動念，蓋因其與歷史文獻的說

〔註122〕清·郝懿行：《山海經箋疏》。
〔註123〕清·俞樾：〈讀山海經〉，《俞樓襍纂》，頁549。
〔註124〕清·郝懿行：《山海經箋疏》。

法、古代常理與古禮等等無法互為應合，遂以文字的根本上來判斷，並推原
出該用字的可能真相。如此一來，本具有神秘色彩的故事情節，透過俞樾的
釋義，立刻呈現出歷史的氛圍，使之更符合常民經驗的解釋結果。

　　又如《山海經》書中有關「重黎神話」的記載，歷來注家亦各有自述。而
俞樾參詳古訓，徵引其他古籍文獻說法，試圖還原「重黎神話」的真相。原載
籍於〈大荒西經〉對於重、黎兄弟二人的描述為：「顓頊生老童，老童生重及
黎，帝令重獻上天，令黎卬下地。」郭注云：「古者人神雜擾無別，顓頊乃命
南正重司天以屬神，命火正黎司地以屬民。重實上天，黎實下地。獻、卬，義
未詳也。」〔註 125〕顯見郭璞對「獻」與「卬」二字的意思是不得甚解。然而，
俞氏卻對此頗有研究心得：

> 愚按，「獻」讀為「儀」。《尚書·大誥》：「民獻十夫」，《困學紀聞》
> 引《大傳》作「民儀有十夫」。《周官·司尊彞》：「鬱齊獻酌」，鄭司
> 農讀獻為儀，蓋獻與儀古音同也。卬當作卬，隸變作卬，遂與卬我
> 之卬無別。俗又加手作「抑」，《廣雅·釋詁》：「抑，治也。」《孟子》：
> 「禹抑洪水而天下平。」趙注亦訓抑為「治」。然則令重獻上天者，
> 令重「儀」上天也，儀之言儀法也；令黎卬下地者，令黎抑下地也，
> 抑之言治也。因儀叚獻為之而抑從古作卬，又變作卬。讀者不識為
> 抑字，遂莫得其解矣。〔註 126〕

俞樾將「獻」、「卬」二字透過古籍的闡釋，而得出令重效天而作儀法，令黎
依其法而治理廣土。所解讀的方式，並非漫天想像，而是從古文中找到與之
匹配的合宜解釋，並發掘《山海經》文字裡的古今偽裝。因此，俞氏從《尚
書》、《周禮》、《孟子》與《廣雅》等等魏晉以前之古籍文獻來找出線索，使得
其詮釋的結果符合古訓。畢竟，《山海經》年代久遠，所記之難解，乃源於古
字語彙的不識所導致，俞氏在解讀神話文本的過程中，強調古今釋義的通達，
可見其嚴謹與博學。

　　有關「重黎神話」的故事意涵，俞氏雖已經提出郭璞不解的「獻」與
「卬」字之解答，但並無為整個神話情節作出更詳細的詮釋。這也是大部分
的清代考據學者治經的習慣，避免個人主觀意識的色彩過於偏頗（陳逢衡倒
是例外）。然而，筆者若經由俞樾的解讀而觀察這則神話，便將會發現原來彼

〔註 125〕清·郝懿行：《山海經箋疏》。
〔註 126〕清·俞樾：〈讀山海經〉，《俞樓襍纂》，頁 550。

此上下文的文義不通的情況也隨之解開了。現在，我們來重新審視〈大荒西經〉所說的重、黎事蹟。文中除了描述「帝令重獻上天，令黎邛下地」之外，其前後文另有「日月所入」、「兩足反屬于頭上」的「噓」、「下地是生噎，處於西極」、「以行日月星辰之行次」〔註 127〕等敘述。若依俞氏所釋，重為儀法，黎為治地，那麼，顯然地這不僅是觀測天文星象的古人事蹟，並且還很有可能是透過觀測天象，制訂曆法（儀法），而依循時令耕土施作（治地）的上古歷史。從這點也能發現俞樾除了考慮的今古文例釋義與古人思維是否相合之外，書中前後文的文意是否能連貫通順，也是俞樾非常重視的考辯方法之一。

三、順文意：注書須合於文意，否則乃「不辭」之述也

俞樾於〈讀山海經〉一文中，展現了他對研究文本的高度熟悉。一般研讀古籍者往往會細究於字裡行間的隱藏寓意，卻反而忽略了前後文意是否通順的情況。致使俞樾在該文中，常常出現藉由批判前人注文之誤，而產生啟發自己新詮釋的論述筆法。

例如〈北山經〉記載「錞于毋逢之山」的環境時曰：「又北五百里，曰錞于毋逢之山，北望雞號之山，其風如飇；西望幽都之山，浴水出焉。」郭璞注曰：「飇，急風貌也。音庱或云飄風也。」〔註 128〕然而，俞樾對此頗不以為然，他認為：

> 愚按，郭說望文生訓。如其說，則兩句之義不貫矣。《說文・劦部》：「劦，同力也，從三力。」《山海經》曰：『惟號之山，其風若劦』。」苟劦為風貌，則於同力之義，無涉許君何為而泛引之乎。愚疑此句非說風也！風當讀為「分」，《玉篇・風部》：「風，甫融切。」〈八部〉：「分，甫墳切。」風與甫為雙聲；分與甫亦為雙聲。故風得轉為分。《淮南子・原道篇》：「春風至。」注曰：「風，或作分。」是其例也。劦從三力，訓為同力，得有合併之義。北望惟（雞）號之山，其分若劦（飇），言毋逢之山與惟（雞）號之山雖分而似合也。風為分，劦為合，蓋古語如此。……故許君引此經以證同力之義，《玉篇》襲用其文而增益之曰疾也，則不解此經，並未

〔註 127〕清・郝懿行：《山海經箋疏》。
〔註 128〕清・郝懿行：《山海經箋疏》。

達許意矣。〔註129〕

（筆者按，上所引之文完全依照〈讀山海經〉內容而來。然而，俞
氏將「雞號之山」寫作「惟號之山」；又將「其風如飆」寫作「其
風如劦」，因其未言所從本為何？筆者對照明代成化本與郝懿行
《山海經箋疏》本後，得知與俞氏所舉文例有所差異，茲於此稍作
說明。）

俞氏認為，若依郭璞之見將「劦」作「飆」則將會與原文本之前後文意無法
連貫。由於，這則文例記述了「錞于毋逢之山」、「雞號之山」與「幽都之山」
三座山的地理資訊。在俞樾的詮釋視域裡，〈北山經〉所言的「其風如飆」四
字看似描述「雞號之山」的景況，然若設身處地去細想與觀察，事實上這則
文意是以講述人「遠望」二座山（「雞號之山」與「幽都之山」）後所產生的敘
事語境。既是「遠望」，則下接文意自然應朝向三座山於眼前的山勢、位置與
外貌。是以，談到「幽都之山」，便描述站在遠方能知曉的資訊，故言「浴水
出焉」；遠望「雞號之山」，卻言其身在該山中才會感受到的事，即──「其風
如飆」，顯然與前後文敘事語境上有不連貫、不通順的情況出現，俞氏言「兩
句之義不貫矣」的問題肇因於此。有了這樣的問題意識，俞樾透過許慎《說
文解字》與《淮南子》二書來重新看待「飆」的意義。我們先不論俞氏將「飆」
作「劦」的用意是出於個人的詮釋，還是誤寫之錯字。但就其解讀觀點，再次
利用通假字手段，把「風」作「分」，把「劦」作「合」，扭轉原來郭璞的說風
之事，將「其風如飆」詮釋成山巒間似分似合的綿延山勢之狀。總體而言，
從這則神話中俞樾特別強調文意的邏輯性與敘事語言角度上的一致性，可見
他對於前後文意通順與否是極為重視的。

　　類似這樣的研究思路亦常見於〈讀山海經〉中，俞樾常以「不辭」二字
來表達注文與該原文在文意上是不通或不成立的批判。例如，〈中山經〉曰：
「食者不風」郭注曰：「不畏天風。」〔註130〕但俞樾則認為郭璞依然犯了前
後文意未貫通的「不辭」之說。俞樾引〈素問・風論〉而判定「食者不風」的
「風」字乃是「疾病」之意。故「食者不風」亦即「食者不病」。〔註131〕；此
外，另有根據敘述語的矛盾，而有文義不辭者。俞氏談〈西山經〉的「眾蛇」，

〔註129〕清・俞樾：〈讀山海經〉，《俞樓襍纂》，頁545。

〔註130〕清・郝懿行：《山海經箋疏》。

〔註131〕清・俞樾：〈讀山海經〉，《俞樓襍纂》，頁547。

亦有「眾蛇」之辯。在原經文裡的描述為「諸次之山，諸次之水出焉，而東流注于河。是山也，多木無草，鳥獸莫居，是多眾蛇。」〔註132〕對此，俞樾則認為：「謂當為眾蛇，既云多，又云眾，不辭矣。」〔註133〕在語彙裡既然已有「眾」字，卻又在眾字之上增添「多」字，豈不是矛盾而語焉不詳？故俞樾評判「是多眾蛇」四字，在原《山海經》中已是「不辭」，歷來各家註解，如畢沅於《山海經新校正》中依《水經注》解釋成「象蛇」是絕對不通的。歸結而論，透過俞樾解讀《山海經》的隻字片語，可以發覺他非常重視經文本身文意相通與否，這是需要對文章語句有高度的敏銳與考察的視野才有辦法探究細部之差異，俞樾考據學問的精深，不啻是在經學研究中，即便在俗文學的領域裡，依然秉持著嚴謹而紮實的研究態度，重新詮釋《山海經》神話的諸多面向。

四、考〈五藏山經〉所記的山神之辨

承前文之述，俞樾考訂《山海經》時，主要利用辨通假、合古訓、順文意的方式為神話文本進行個人的理解。在自身的樸學理路中，對於古語、古訓以及對文學筆法的理解，使得他能更精闢地詮釋了〈五藏山經〉中各山與山神之間的關係，此乃歷來各注家能猶不及之處。在其文〈讀山海經〉中，他首先以〈西山經〉「華山」為例，徵循古訓，會通《山海經》文本前後文的敘述語境的關係。致使他最後能發掘出〈山經〉所記山神的背後，其實隱藏著過去古代制度下的「君臣」語法關係。原《山海經·西山經》曰：「華山冢也，其祠之禮：太牢。羭山神也，祠之用燭，齋百日以百犧，瘞用百瑜，湯其酒百樽，嬰以百珪百璧。」郭注云：「冢者，神鬼之所舍也。」〔註134〕從郭璞的解釋中，可以想見華山是神鬼所居之處。又，關於「華山冢」之說，清人畢沅另有看法，他引《爾雅》之說曰：「山頂曰冢。」《釋詁》曰：「冢，大也。」〔註135〕俞樾各針對二說，持駁斥態度，他認為以原文意思看來，不論是郭說的「鬼神居住處」或是畢氏所言的「大」，皆是說不通的。他發現「山」與「冢」隱含著古代特殊的習慣用語與關連性。其曰：

　　　　愚按，郭說固望文生訓而畢說亦未安。用山頂之說，是猶曰「華山，

〔註132〕清·郝懿行：《山海經箋疏》。
〔註133〕清·俞樾：〈讀山海經〉，《俞樓襍纂》，頁 545。
〔註134〕清·郝懿行：《山海經箋疏》。
〔註135〕清·俞樾：〈讀山海經〉，《俞樓襍纂》，頁 544。

頂也」；用冢大之說，是猶曰「華山，大也」。以文義論，皆屬「不辭」。今按下云「羭山，神也」兩句為對文。冢，猶君也；神，猶臣也。蓋言華山為君，羭山為臣，此乃古語相傳如此。《尚書·牧誓篇》：「我友邦冢君。」《傳》訓：「冢，為大。」武王與友邦諸君言尊，為大君，義亦可通。乃《國語·鄭語》史伯與鄭武公私論當時之諸侯曰：「惟謝、郟之間，其冢君侈驕。」史伯於謝、郟之間，虢、鄶之君，何必以大君尊之乎？可知冢、君連文，冢亦君也，古語自有此例。至神之為臣，亦見《國語·魯語》曰：「昔禹致群神於會稽之山」，又曰：「山川之靈，足以紀綱天下者，其守為神；社稷之守者，為公侯。」是稱神不過與稱公侯同。《禮記·月令篇》：「其帝太皞，其神句芒」也。鄭注曰：「此蒼精之君，木官之臣，以君釋帝，以臣釋神。」正合古義。《詩·皇矣篇》毛傳：「致其社稷群神。」《釋文》曰：「本或作群臣」亦神臣，聲近義通之，證此經冢神對言，乃古語之僅存者，後人不通古語，宜不得其旨矣。〔註136〕

俞樾以「華山，冢也」與後文的「羭山，神也」二文作為對句，其意在不可分開視之，這也是依觀察原文前後句的關係而來，後再以是否合於古訓而作校正。綜觀〈山經〉全篇，其所明確記載的山神數量頗多，所配祭的祠禮亦顯多樣性。造成長久以來，我們也因為這一系列的文本描述而將所論之山視為神靈，頗有山川后土的俗信概念。然而，在俞樾的詮釋視域裡，他發現去除神秘的色彩，那些所謂「冢也」、「神也」只不過是古代政治社會制度下被分派到各山之地執行王令的某種職稱。

　　文中他引述先秦古籍之說法，如以《尚書·牧誓》談「冢君」，其《傳》言「冢，為大」，故先言「冢」的地位是頗高的；後又徵引《國語·魯語》所記吳國遣使就教於孔子「誰守為神？」之事，仲尼回答稱「山川之靈，足以紀綱天下者，其守為神；社稷之守者，為公侯。皆屬於王者。」〔註137〕與「禹致群神於會稽之山」在韋昭《注》裡都直接將山川之守稱為「神」，而這又與社稷之守稱為「公侯」是相對的。這裡有個值得注意的點，所謂「神守」，若是單純直指神靈，那麼，孔子就不會特別說明「皆屬於王者」這句話了。換言之，「神」既是「山川之守」屬地方管理者，本是諸侯類屬。古時政教活動合

〔註136〕清·俞樾：〈讀山海經〉，《俞樓襍纂》，頁544。
〔註137〕徐元誥：《國語集解》，頁202。

一，執掌該地者，往往也是主祭者，這或許是被稱為「神」的原因；當然，所謂「神」也可以理解成作為祭祀對象的人鬼神靈。但若依仲尼之言，這些被祭祀的鬼神，於生前也應該是為社稷建有功德的官守，過世便受後人所祭祀。因此，不論生前死後都隸屬於王（天子）命者，其言意在此。

同理之說，俞氏又引鄭玄注〈月令〉「其帝太暤，其神句芒」之言，並認同鄭玄以君臣解「帝」、「神」的關係。這段文字本為中國神話中十分常見的故事類型，即「其神」是「其帝」的輔佐神（下屬神），並掌管司職某某之元素。而俞樾以此來提出二者之間的「君臣」關係。更甚者，俞氏在文末引述《詩經毛傳》解〈皇矣〉「致其社稷群神」之句，將「群神」與「群臣」的字詞義互為通同。故證明「冢神對言，乃古語之僅存」，是說確實很有見識。從文義探索到與古籍文獻的比對，〈五藏山經〉中記載的山神神話經俞樾的詮釋，縱然他並未直接挑明視「其神」為人類的說法，但藉由其所徵引的文獻，事實上也已顯現出其神即為諸侯的未盡之語〔註138〕，他以所謂的「某山，神也」的敘述語句，那般超自然的神靈便已不再是遙不可及的天外世界，而是與人類生活更為緊密的關係，群山之間展現了嚴格的階級制、制度化的祭禮以及地區方位優劣的隱藏之語。俞樾的「山神君臣說」，可以說是為民國以後研究相關議題者提供了一條研究的新途徑。

俞樾為〈五藏山經〉中記載的各山神所指涉的地位問題做出了極具系統性、完整性的闡釋結果。在此之前的注家，並非沒有注意到「其神」述語的疑慮。大抵而言，清代學者注意到各山階級問題的情況大有人在，例如：汪紱、畢沅已有提出疑問，但並無多做探究；郝懿行雖已指出「言神與冢者，冢大於神」〔註139〕之說法，卻也未能說明原因與評判階級的小、大之分，直到俞樾才真正提出〈山經〉各座山岳間有著極為深化的階級制度，從祭祀方式、供品以及稱謂上，看到群山之間地位高低之分。俞樾對於群山祭禮與稱謂的考究除了在談及「華山」之外，另外在〈中山經‧中次九經〉的「熊山」以及

〔註138〕筆者按，俞樾引《國語‧魯語》之說將「昔禹致群神于會稽之山，防風氏後至，禹殺而戮之。」一文透過韋昭的註解，將「群神」視為「群臣」。但事實上在《韓非子‧飾邪》中另有記載同樣之事，卻以不同修辭而敘述之：「禹朝諸侯於會稽之山，防風之君後至，而禹斬之。」如此看來，同樣是先秦典籍，《國語》記之「致群神」與《韓非子》所言的「朝諸侯」在故事情節上根本無異，故認為俞氏於言談間已有將群神與諸侯的思考。

〔註139〕清‧郝懿行：《山海經箋疏》。

〈中次十二經〉的「洞庭山」中皆有更為深入的考察與釋義。我們先就〈中山經‧中次九經〉記載來觀之，其云：「文山、勾（句）檷、風雨、騩之山，是皆冢也。其祠之：羞酒，少牢具，嬰毛一吉玉；熊山，席也，其祠：羞酒，大牢具，嬰毛一璧。干儛，用兵以禳；祈，璆冕舞。」郭璞注曰：「席者，神之所逢止也。」〔註140〕俞樾頗不認同郭璞之說，他認為：

> 愚按，郭說望文生義，未得古訓。凡言「某山，冢也」、「某山，神也」，其意猶君臣說，已具在前矣！此經言「文山、勾檷、風雨、騩之山，是皆冢也」，則亦當云「熊山，神也」，乃變文言「席」，義不可曉。據下經「堵山，冢也」、「騩山，帝也」，疑此文「席」字亦帝字之誤。冢也、神也，則冢尊於神；冢也、帝也，則帝又尊於冢。蓋冢不過君之通稱，而帝則天帝也。古人屬辭，初無一定之例，而其意仍相準耳。〔註141〕

從俞樾的這段話裡，可以很清楚見到他為經中各山做了歸納：蓋凡〈五藏山經〉中言某山「帝也」、某山「冢也」、某山「神也」，即是一個古時的山岳階級制度，並且該階級的依序為「帝」高於「冢」，「冢」高於「神」。至於如何判定，除稱謂外，亦可從祭祀內容得知。在解讀「洞庭山」時，俞氏再次說明他心中具體的古代山系之間關係的構成，甚至還藉祠禮的內容此糾正了原經文可能因傳抄時所產生的錯誤。《中次十二經》云：「洞庭、榮余山，神也，其祠：皆肆瘞，祈酒太牢祠，嬰用圭璧十五，五彩惠之。」俞樾認為：

> 愚按此「神」字疑當作帝。上云「夫夫之山」，即公之山、堯山、陽帝之山皆冢也。冢必尊於神。乃此經於冢用少牢，於神用太牢，則神轉尊於冢矣！余故疑「神也」為「帝也」之誤。……其祠之禮，帝皆太牢，冢皆少牢，然則此經亦必同之神也，為帝也之誤無疑矣。又以全書體例考之〈西山經〉言「華山，冢也」、「羭山，神也」，祠之之禮冢以太牢，神言百犧，不言太牢。〈中山經〉言「歷兒，冢也」；〈中次七經〉言「苦山、少室、太室皆冢也」；〈中次八經〉言「驕山，冢也」。此三經有冢無神，其祠之之禮〈中山〉及〈中次七〉並言「太牢」，〈中次八〉言「少牢」或字之誤，蓋冢尊宜太牢，不宜少牢也。〈中次五經〉「升山，冢也」、「首山，䰠也」，「䰠」即「神」

〔註140〕清‧郝懿行：《山海經箋疏》。

〔註141〕清‧俞樾：〈讀山海經〉，《俞樓襍纂》，頁547。

之異文而祠之並用太牢，疑首山下太牢為少牢之誤，蓋神卑於冢，
不宜並用太牢也。至〈中次九〉、〈中次十〉、〈中次十一〉並以冢與
帝對言，則帝又尊於冢。故帝用太牢，而冢退用少牢。古人制禮，
秩然不紊，此文於冢用少牢、神用太牢，非其例矣。神為帝誤，以
是明之。〔註142〕

經過為各山還原古時俗信的尊卑之別後，俞樾便利用此法來重新審閱〈五藏
山經〉裡所記載的山神與祭祀之禮的關係。他首先確定「帝」之尊，故透過原
經文的敘述，稱「帝」之山，享祀太牢；次之稱「冢」之山者，受祀少牢；稱
「神」之山，地位最低，故配祀百犧之祭禮。據此，得以校正經文中「山神」
的稱謂誤植、祭禮錯亂的情況，顯現他對《山海經》研究甚為透徹。再者，依
循古法古訓的前提，使得其解讀與釋義過程不至於產生過度自我臆測的狀況，
使得他對於山神的校正與詮釋是非常有道理且使人信服的。

五、尊重神話的原始敘述

　　觀察前文，俞樾在《山海經》的分析與詮釋過程裡，除可以看出其精湛
的考據學研究方式外，似乎更能感受到他對於神話文本或是後人之解讀是否
合乎「古訓」原則亦頗為注重。然而，若緊踩著合乎於古史實情和古人思
維是理解《山海經》的不二法門，乍看之下，俞氏也應如同畢沅、陳逢衡等學
者一樣，仍是致力將《山海經》的理解作「合理化」的詮釋。事實上，俞樾未
必盡然如此。例如，在其作〈讀山海經〉一文中，雖出現了大量「不辭」之評
語，但所言的「不辭」，仍主要針對後人對於原文本前後文意的不解而做出了
錯誤的解讀，並非對《山海經》言怪做全盤的否定；又如談及〈中山經〉記載
的「禹父於羽渚之所化」一事，他批判這則神話透過後人的詮釋結果已屬「不
經之說」〔註143〕（郭璞注曰：「鯀化於黃熊，今復云在此。然則一已有變化之
性，亦無往而不化也。」〔註144〕），認為言禹父（鯀）的再次幻化（身體變
形）是荒誕無稽、完全無根據的。後人不解而順依其文字字面上的意思作直
譯，更造成悖經之說，故而提出「化」當為「治」，指禹父治理於羽渚，而非
變化於羽渚。換言之，俞樾不論是言「不辭」，還是言「不經」，都並未有任何

〔註142〕清・俞樾：〈讀山海經〉，《俞樓襍纂》，頁548。
〔註143〕清・俞樾，〈讀山海經〉，《俞樓襍纂》，頁546。
〔註144〕清・郝懿行：《山海經箋疏》。

否定《山海經》「語怪」之處，只不過是批判後人（大多是郭璞）解讀上的錯
誤。更甚者，遇到無法重新解釋的神話情節，俞樾還是尊重其原始記載，不
作過多臆測或聯想的詮釋，這點在《山海經》中談及「開明獸」異獸神話的記
載時最為明顯。關於「開明獸」之敘述，盡載於〈海外西經〉：「面有九門，門
有開明獸守之，百神之所在。」又言：「開明獸身大類虎而九首，皆人面，東
嚮立昆侖上。」〔註145〕俞樾先駁斥畢沅《山海經新校正》裡視「開明獸」為
「開明之門」的說法，認為畢沅援引的《淮南子》之說是東方（東極之山），
而《海內西經》所記的「開明獸」處地乃為西方（昆侖），東西迥別，是不可
並為一談的。故言：

> 「開明獸」三字連文，開明者，獸名也。言每門有開明獸守之，文
> 義甚明。下文又申說開明獸曰「開明獸身大類虎而九首，皆人面，
> 東嚮立昆侖上」郭注曰：「天獸也」，《銘》曰：「開明天獸稟資乾精，
> 瞪視昆侖，威震百靈。」其為獸名無疑。〔註146〕

上文所言的《銘》與郭璞《圖讚》言「開明獸」內文相同。由前述，在〈讀山
海經〉中往往被俞樾批評的郭璞，於此則反而同意其看法。原因無他，乃是
因「開明獸」於《山海經》的描述非常明確，身形似虎，又有九顆人面頭，非
尋常動物，可見郭璞言「天獸」是得其真意的。再者，俞樾對於此則神話情節
的敘述，認為文本開宗明義即以三字連文告知開明即為獸，再「文義甚明」
情形下，不需多作無謂的猜想或轉化其意，故尊重原始之說，不作擅改，可
以說俞樾對於神話文本的原文情節是相對尊重的，這與郝懿行面對「語怪」
時的態度，可說是相當一致。

　　總之，俞樾的校經態度是嚴謹的，加之他學問淵博，在思辨上，注重古
訓；在文章上，注意原文本前後文意的語意順通，故在進行考訂時大多能切
中必要，得其精妙之解。這樣的研究理路套用在面對《山海經》的神話陳述
時，便不會去刻意解釋《山海經》的詭譎與怪異，而是盡從推尋語意中，求得
該文本真正意涵。只可惜，〈讀山海經〉一文僅有寥寥數十餘條的隨筆分析，
俞樾若能完整校注《山海經》全書，料想必定十分精彩且全面，或許亦不下
於郝懿行《山海經箋疏》的成就。

　　自清初學儒顧炎武提倡「經世致用」和對名物類象應秉持「多學而識」

〔註145〕清・郝懿行：《山海經箋疏》。
〔註146〕清・俞樾，〈讀山海經〉，頁549。

的理念後〔註147〕，致使影響同朝後輩學者多以此為發端，對古史文獻、曆象辨物、金石銘文皆作嚴謹考證，窮就其理，為的不過是期許能找出作者的原意與隱藏在文字間的真理。清代考據學者透過校勘、輯佚、辨偽、注疏、考訂等多種手段，不僅對傳統經學進行了統整和研究，還將研究視線，放諸各領域之文獻，不論是諸子百家、文史典籍、文人筆叢等等，皆仔細考證。這也使得原本早已散失亡佚、真偽混雜的文獻，因去偽存真，正本清源，大致還原了概貌，清代考據研究思潮之珍貴與價值普遍得到大眾的推崇。因此，「考據學是一種積累性很強的學問，以文本為依據，以研究、解讀文本作手段，探求書中真理，還原事實真相。」〔註148〕如此對照今日的神話研究，探求神話敘事的真正原意、還原神話所揭示的原始思維，不啻與考據學的研究宗旨有著共同之巧妙，不謀而合。

〔註147〕清・顧炎武：〈與友人論學書〉，《亭林詩文集》（臺北：臺灣中華書局，據《四部備要》原刻本校刊，1966 年 3 月），卷 3。

〔註148〕郭康松：《清代考據學研究》（武漢：崇文書局，2001 年 8 月），頁 204。

第三章　清末西學視域：《山海經》神話與物種進化之思辨 [註1]

　　光緒元年出版的《書目答問》中，體現了《山海經》於晚清學術風氣的轉變。從本來列於《四庫全書》子部「小說家」，到《書目答問》時被列入於史部「古史」類目，這也揭示著清朝後期的學術界，將原先視其為「百不一真」的《山海經》轉化為具有歷史性的意義，跳脫了原先「荒誕不經」的文學想像。他們透過合理化的視野，重新理解《山海經》於辨別類物的記載上標誌著古史與文明的歷程。這個時期當中，西學思維的侵入比以往更甚，在某些亟欲探求民智大開與民族奮起的有志學者眼裡，《山海經》的記物特性不啻是與西學取得連結或佐證的新契機。晚清學者蔣觀雲（1865～1929）與劉師培（1884～1919）即處在情勢嚴峻的國家危難之時，他們一方面藉由振筆述作，於報章雜誌的社論上抒發自己對時局的看法，一方面卻在不經意間，將《山海經》置於文化人類學派「進化論」（theory of evolution）的新興學術領域之中。因此，本文欲透過蔣觀雲與劉師培對於《山海經》神話的觀察及詮釋，瞭解這段光緒後期至民國建立以前的十餘年間所投射的文化論述以及傳統文獻與西學結合的情形，進而窺探他們又是如何將經國理想，訴諸於宣揚國族意識之中。

[註 1] 本篇文已刊登於《輔仁國文學報》第 45 期（新北市：輔仁大學中國文學系，106 年 10 月），頁 169～210。

第一節　矛盾與匯合──清末民初漢學與西學思潮之初探

　　清代時序進入光緒朝後，雖然在政局上內憂外患的嚴峻情勢更甚以往，但在社會文化裡，西學東漸的近現代思潮已不像清中葉以前那樣緩緩地進入中土，而是如瀚海怒濤般傾洩而來，致使清末學人被迫在漢學與西學之間或游移，或選擇其一闡述自己所認可的學術理念。但這並非悲傷的結局，而是另起輝煌的開端。那種大一統封建時代的「經學」自信頹迷衰敗之後，人們不得不在理智的思索中重建自信，過去所依憑那種天地人倫秩序的觀念一旦傾斜，人類便必須不斷地透過觀察，再次修復與世界重新連結的新局面。加之清代學人接觸西學的衝擊情況，讓學術思想逐漸走向多元，更甚者，在進入民國以後，不少學者藉由回溯過去中國傳統學者對神話的理解，而展開神話與歷史於共生關係上的探索。因此，清末民初的學術界掀起了一股回顧和總結中國學術史的風潮，欲透過重新檢視，引導中國傳統學術轉向現代科學性探究的強烈企圖。這時期的主要代表人物如羅振玉（1866～1940）、章太炎（1869～1936）、梁啟超（1873～1929）、王國維（1877～1927）、鄧實（1877～1951）、劉師培（1884～1919）等人皆曾就回顧開清以來學術脈絡與清末學風之變革，作了詳實的統整與歸結〔註2〕，試圖為疲憊不前的傳統漢學找出另一條途徑。對當時的學術界而言，如何將西學的體系與傳統漢學作一呼應，又如何讓中國傳統學術因應時代的變化而朝向現代轉型，成為那時普遍關注的思考。換言之，他們一方面重塑清代學術的發展面向，另一方面將樸學與西方科學哲思互為比擬，希冀找出一條既能與西方學思接軌，又能維持中國傳統學術，更能使之朝向新生的康莊大道。

　　在這個動盪不安的時代，以往行戴震（1724～1777）一派考據學方法的「徵實」原則，看在清末有志之士眼裡，似乎能與西方科學中所強調的「實事求是」的精神劃上等號，正所謂「會通中西」，以漢學比附西學，其理在此。針對這種現象，首次提出觀察的是當時因「戊戌政變」失敗而流亡至日本的

〔註 2〕如羅振玉作〈本朝學術源流概略〉、梁啟超作〈近世之學術（起明亡以迄今日）〉、章太炎作〈清代學術之系統〉與〈漢學論〉、王國維作〈論近年之學術界〉、鄧實作〈國學今論〉、劉師培作〈論近世文學之變遷〉與〈近代漢學變遷論〉等等。參考汪學群編：《清代學問的門徑》（北京：中華書局，2009 年11 月）。

梁啟超。他自光緒二十八年（1902）起陸續發表在其所創辦的《新民叢報》中
連載了題為《論中國學術思想變遷之大勢》一系列之文章。在這篇文章中，
梁任公暢所欲言，在一面回顧當代學術發展時，也為其傳統學術提出應當革
新的建議，該文備受後人推崇。其中發表於光緒三十年（1904）之篇文中便
針對如何會通中、西二學而表達了看法：

> 本朝學者，以實事求是為學鵠，頗饒有科學的精神，而更輔以分業
> 的組織，惜乎其用不廣，而僅寄諸瑣瑣之考據。所謂科學的精神，
> 何也？善懷疑，善尋問，不肯妄循古人之成說、一己之臆見，而必
> 力求真，是真非之所存，一也；既治一科，則原始要終，縱說橫說，
> 務盡其條理，而備其左證，二也；其學之發達如一有機體，善能增
> 高繼長，前人之發明者，啟其端緒，雖或有未盡，而能使後人因其
> 所啟者而竟其業，三也；善用比較法，臚舉多數之異說，而下正確
> 之折衷，四也。凡此諸端，皆近世各種科學所以成立之由，而本朝
> 之漢學家皆備之，故曰其精神近於科學。〔註3〕

依其言，認為清代學者在研究上雖富有科學的精神，卻僅將其方法用於典章
考據中是非常可惜的。然而要一時之間改變舊有的傳統學術，理所當然的是
易於受到諸多保守人士的挑戰。承前文所言，儘管這一時期有不少學者在回
顧以往傳統學術時，引入西學學術的視角，但這種欲推動的新式浪潮卻在民
國成立以前仍是不完全成為氣候，且影響層面也不大，直到進入民國五四運
動而高唱「賽先生」（科學）之後，才真正達到將新舊學派從分歧到匯合的嶄
新局面。

　　此外，即便光緒年間的維新變法僅有百餘日，但在實施過程中，清廷的
廢科舉、書院，興辦新式學堂、獎勵留學等等措施，也給予了當時人民在知
識結構上進行翻轉傳統，並且強制導向於對西學接受之機會。清末至辛亥革
命成功之前的這段期間裡，時人對於傳統學術的治經歷程，還是可以看到西
學元素的存在。因為，當欲從事思想理解或研究類物時，不論傳統樸學或是
新式科學，材料的來源與使用方式皆被受到重視。是以，觀察這時期的經學
家之作品，的確在其研究視域上出現了以西學為詮釋的手段。例如：章太炎
根據中國古代天文知識、西方天文學以及現代物理等等自然科學來論證「無

〔註3〕梁啟超：《論中國學術思想變遷之大勢》（第54號），載於《新民叢報》（橫濱：
　　　新民叢報社，1904年9月），頁60。刊出時，使用筆名為「新民子」。

鬼神」的無神論思想〔註4〕；又如劉師培亦深受西學洗禮，其家族五代皆治
《左傳》學，故幼時以樸學為根，卻於後接觸西學。他分別於光緒三十一年
（1905）至光緒三十二年（1906）期間，在《國粹學報》連載的〈讀左劄記〉
一系列文裡談到《左傳》時曾言：「挽近數年，皙種政法學術播入中土，盧氏
《民約》之論，孟氏《法意》之編，咸為知言君子所樂道；復援引舊籍，互
相發明，以證皙種所言君民之理，皆前儒所已發。」〔註5〕劉師培稱《左傳》
本著寓含民主思想，這種解釋更是一種比附西學的結果，不啻是當時接受西
學思維的學人之通病。不過，經學本居中國傳統學術主導的地位，在新舊
學衝撞與交替之際，以其附會西學，不失為一種有效的策略，反映了當時社
會上一批自詡為先進學者們對西學大舉侵入下看似抗拒又似接受的矛盾，更
是中西學會通的必然階段。換言之，清末學者在研讀傳統古籍文獻時，秉
著新接觸的西學來觀詳原典內容，進而闡發出有別於以往的詮釋理解必是自
然的。

　　在這個對傳統經學而言相對嚴峻的時代裡，《山海經》的考辨與理解便很
充分地反映在該書具有辨別類物的特性上。探其原因，或與從事考據學方法
的學者多畢其精力，致力於文義訓理之間，探究天人之哲思，以圖經世濟民
之用，其間亦兼治史學，除了對經、史的考證往往相互依存之外，針對古代
文獻中的名物考辨，《山海經》依然是不可或缺的先秦文獻資料，這也讓《山
海經》原有的記物題材可以開展出有別於政治、社會和思想的研究路徑。值
得一提的是，過去以來，《山海經》的文本性質的界定多有異說，然僅就官方
史叢之見，有列入「形法家」、「地理類」和「五行類」等等類目〔註6〕，卻在
清乾隆年間的《四庫全書》中以「百不一真」的理由，打破過去以往視為博物

〔註4〕章太言於光緒二十五年8月至11月間於《清議報》連載題名為〈儒學真論〉
　　　的文章，並在其後附〈菌說〉一文藉西學科普知識探討佛學裡的佛神、靈魂、
　　　輪迴等問題。例如於文中所言：「輪迴之說，非無至理，而由人身各質所化，
　　　非如佛家所謂靈魂所化也。六道升降，由于志念進退，其說亦近，而所化乃
　　　其胤胄，非如佛家謂靈魂墮入諸趣也。故理想之學，少漸少頓；實驗之學，
　　　有漸無頓。」參見於章太炎：〈儒術真論·菌說〉，《清議報：中國近代期刊彙
　　　刊》（北京：中華書局，1991年，據光緒二十五年歲次己亥《清議報》第30
　　　冊影印），第2冊，頁1968。
〔註5〕劉師培：〈讀左劄記〉，《劉師培全集》第1冊，頁290。
〔註6〕如《漢書·藝文志》將《山海經》列入「術數略·形法家」；《隋書·經籍志》、
　　　《新唐書·藝文志》、《舊唐書·藝文志》皆將其列於「地理類」；《宋史·藝
　　　文志》列於「五行類」中。

之書的基本原則，將其置於「小說家類」，這也使得在清初學人眼裡，《山海經》儼然成為虛構的「文學創作」。如此對該書的認識，卻在清中葉以後逐漸瓦解崩盤。換言之，由於《山海經》多記山川、地理、俗信、物產、動植物、異邦族群和神話等等的內容特質，使得清末關注該書的學者紛紛將其置入於與西學會通的解讀境地，他們重新檢視《山海經》中被視為「荒誕不經」的神話情節，發掘虛構語境下其實隱含著大量的「歷史真相」。

　　即便清代學者對《山海經》的專門研究自俞樾（1821～1907）〈讀《山海經》〉一文以來，至宣統三年溥儀退位而民國初立時期，針對該書內容的專論述作已然鮮見，但卻仍有將《山海經》當作古史考辨的文獻資料者，如羅振玉和王國維二人，便引《山海經》來驗證甲骨文卜辭內容，試圖還原上古史真相。〔註7〕諸如種種案例，這除了標示著清中葉以後的學者不受官方「四庫全書」判定之影響外，更在特定的動機與目的——考古、自然科學、人類學、政治等學科的需求下，《山海經》文本再次受到學界的重視。在這段僅僅數十載的短暫歲月裡，較有對《山海經》進行深入探討的，則以蔣觀雲與劉師培的研究最具代表性，而此二者皆不約而同地將《山海經》神話置入於文化人類學派（Cultural anthropology）〔註8〕的新興學術領域之中，並藉此開展有別以往傳統學術解經學下的神話詮釋歷程。

〔註7〕如王國維於 1917 年〈殷卜辭中所見先公先王考〉一文中藉甲骨卜辭發現商王「王亥」之事，考證時並引《山海經》之記載，故云：「夫《山海經》一書，其文不雅馴，其中人物，世皆以子虛烏有視之；《紀年》一書，亦非可盡信者。而王亥之名，竟於卜辭見之，其事雖未必盡然，而其人物則確非虛構，可知古代傳說存於周秦之間者，非決無根據也。」見王國維之作：〈殷卜辭中所見先公先王考〉，《觀堂集林（外二種）》（石家莊：河北教育出版社，2001 年 6月），頁 213。

〔註8〕文化人類學（Cultural anthropology）與考古人類學、語言人類學和生物人類學等，都屬於是對於人類的全貌視野研究的「人類學」其中的分支系統。「文化人類學」這個學科分支將文化視為有意義的科學概念，透過社會與文化各個面向的觀察，來連結「人類」的相關議題。據馬昌儀所言：「文化人類學的研究達到了極盛時期，出現了摩爾根、泰勒、弗雷澤等一批著名的人類學家，並形成了若干有影響的派別：首先出現的是進化學派，代表人物有摩爾根、泰勒等人，主要研究人類社會、文化的起源和演變，他們利用進化學說來說明人類是怎樣從原始時代進入 19 世紀文明的。此外，還有以德國來釆爾為代表的傳播學派，以美國博厄斯為代表的歷史學派……。」馬昌儀：〈人類學派與中國近代神話學〉，《民間文藝集刊》（上海：上海文藝出版社，1981 年），第 1 集，頁 37。

第二節　蔣觀雲：詮釋《山海經》變形人種的進化歷程

　　蔣觀雲（1865～1929），名智由，原名國亮，字觀雲（多以字行之），號因明子，浙江人士，為中國近代詩人，而他的詩作常抒發對政治局勢的心得。此外，他除能詩善文外，亦工書法，〔註9〕兼之後受西學影響，撰寫了多篇享譽文壇的研究論著。清光緒二十三年（1897）時以廩貢生身份應京兆鄉試舉人，得授山東曲阜知縣。然因素懷憂國革新之志，故未赴任，轉而在上海參加光復會等活動。後渡海赴日本留學，期間參與了《新民叢報》的編輯工作，並發表諸多有關清末當時中國政治社論等評論和雜文，頗為時人所重。其政治立場主張「君主立憲」，〔註10〕他對於時事的論述撰文，多有佳作，並且大都刊載於由梁啟超主導的《新民叢報》之中。基本上，《新民叢報》是梁啟超為了宣揚在中國實行君主立憲的重要宣傳品，所以啟迪民智成為辦報的核心價值，而內容涉及廣博，介紹西方時事與政經文化。蔣觀雲於此長期執筆，並為主要編輯者，勢必認同這樣的政治思維。整體而言，蔣觀雲早期詩歌、散文喜抒發拯時濟世的抱負，反對封建制度下的專制與壓迫，他更頌揚西方民主、平等與自由的思想，呼籲世人變革，期望國家能從頹勢中強盛，詩文常見其豪氣之志。然而，在日本的後幾年，蔣觀雲的詩多寫憂國思鄉之情。晚年定居於上海，其詩作文風則轉為保守。代表作有《居東集》、《蔣觀雲先生遺詩》等存世於文壇。〔註11〕

一、蔣觀雲對「神話」存有的思考與理解

　　觀雲先生是最早有意識地將「神話」與其概念撰寫成具有現代神話學論述的第一人，更可說是將「神話」一詞引進中國之先驅。他於1903年《新民叢報》第36號上發表了篇名為〈神話歷史養成之人物〉一文中，論及一民族的神話與歷史是能對該族人民的內心深處產生莫大之影響。因此，提出神話

〔註9〕卞孝宣、唐文權：《章乃羹・蔣觀雲先生傳》（北京：團結出版社，1995年），頁784。

〔註10〕轉引自王若海於〈關於蔣智由〉一文中提到：「（據沈𫘤民回憶文）《浙江潮》編輯中有蔣智由其人，主張君主立憲，魯迅因與之作不調和的鬥爭，因之蔣就辭編輯的職務了。」參見王若海：〈關於蔣智由〉，《破與立》（山東：山東曲阜師範大學，1977年10月28日第5期），頁88。

〔註11〕王若海：〈關於蔣智由〉，《破與立》，頁88。

可以改造社會，可以啟迪民智，可以鼓舞人心。〔註12〕換言之，蔣氏一開始就將「神話」與「歷史」放在同等地位，認為二者實難以完全切割剝離的。他強調神話對該民族性格的意義，對於神話在人文思想上具有極高的價值。例如，他在〈神話歷史養成之人物〉中提出世界各國神話與民族文化的關連性之見解：

> 印度之神話深玄，故印度深玄之思；希臘之神話優美，故希臘尚優美之風。摩奇弁理曰：「凡人者，皆追躡前人之跡也。」鵬爾曰：「欲為偉大之人物者，不能不有模範而後其精力有所向，而不至於衰退。」……諸賢之言如是。夫社會萬事之顯現，若活版之印刷文字，然撮其種種之植字排列而成，而古往今來英雄豪傑，其一言一行一舉一動即鑄成之植字，而留以為後世排列文字之用者也。……此植字者，於古為神話，於今為歷史。神話、歷史者能造成一國之人才。……神話之事，世界文明多以為荒誕而不足道。然近世歐洲文學之思潮多受影響，於北歐神話與歌謠之復活，而風靡於保爾亨利馬來氏（Paut Henri Wallot）之著 the Lutroduction al' Histore de Donnemarck 與 Histoire de Dannemarck 等書，蓋盡人心者，不能無一物以鼓盪之。鼓盪之有力者恃乎文學，而歷史與神話（以近世言之，可易為小說）其重要之首端矣。〔註13〕

蔣氏此番說法，不但把各國古代神話的風格融入民族的歷史發展，更認為是推動該民族歷史走向與人文特性的主要構成元素。就像鉛字印刷一樣，透過神話所主導而成的特殊排列方式，在一字一語的潛移默化下，帶動著人民的生活與舉止，使得深受其規範下而成就各自民族之性格。

　　依蔣氏所言來觀察中國的神話，長久以來，五千年的歷史巨輪間轉動著它本該遺存的豐富符號。但在過去，我們從未使用過「神話」一詞來框架著這些奇異的故事，總以「語怪」作語意的展現。在語言學裡，拿「怪」與「神」的說法相比，顯見前者失去了神聖性與肯定性，使得當我們回顧以往的神話記事時，文獻資料的殘缺與片段更是展現出中國人的務實性格。因此，自蔣觀雲的這篇〈神話歷史養成人物〉論文發表後，在學界引起廣大的迴響，並

〔註12〕蔣觀雲：〈神話歷史養成之人物〉，《新民叢報》（橫濱：新民叢報社，1903 年6 月），第 36 號，頁 88。
〔註13〕蔣觀雲：〈神話歷史養成之人物〉，《新民叢報》第 36 號，頁 87～88。

帶動當時文人開始注意到中國神話的諸多面向，並接續展開相關的研究。特別是當時的一批留日的學生，如梁啟超、周樹人（即魯迅，1881～1936）、周作人（1885～1967）等等，相繼把神話的概念作為啟迪民智的新工具，他們引入文學、史地、民俗學領域，用於探討民族的起源、文字的辨析與歷史的原貌等等，將神話學從無到有，把過去以往附屬他類學門之下的故事接引至走向獨立的學科，甚至成為綜合領域的研究源頭。由此可知，觀雲先生的肇始之功是難以磨滅的，而其作〈中國人種攷〉的數篇之論，更是站在民族神話的視域上，進行中國人種來源與文化俗信的考證專著，也反映了當時瀰漫於清末學術界一股全面接受西方學術的新興勢力之情況。

二、〈中國人種攷〉：《山海經》神話為中國物種進化的紀實之作

蔣觀雲於《新民叢報》上另開一系列專文——〈中國人種攷〉，是探討中國人種來源的專論，自清末光緒二十九年（1903）第 35 號起，至光緒三十年（1904）第 60 號止，連載逾一年（期間或有休載），是一部綜合參考英國生物學家達爾文（Charles Robert Darwin，1809～1882）「進化論」的說法，闡釋中國與西亞各國人種的關係，其所舉資料詳盡且豐富，內容亦針對山川水系、風土民情進行考察。全文可謂視野開闊，具有以中國為起點，放諸世界眼界的意圖。蔣觀雲在文中特別關注到西亞種族與其文明的起源，探討他們與中國人種來源的可能關連性，並從中評論中華各族遷徙路徑、始祖信仰的產生原因與其隱藏在其中的文化寓意。同時，這系列的論著也使用了廣泛的神話素材，如此觀察蔣氏之論述，能輕易發現他引《山海經》作為參考或驗證資料的情形是頗為普遍的。並且，將其文本所記的神話情節，配合西方科學理論的推演，重新對《山海經》提出頗具新穎的闡釋意義：

> 《山海經》者，中國所傳之古書，真贋糅雜，未可據為典要。顧其言亦有可釋以今義者。如云「長股之民」、「長臂之民」，殆指一種之類人之猿。類人猿中，有名「薩彌阿」者，其前肢概極長；又所謂「毛民者」，當太古棲息林木中，為防寒暑、護風雨，一般無不有毛，其後以（已）無用毛之必要，漸次淘汰而至於盡。其時原人之一種，或猶有毛，故號之曰「毛民」耳；又「黑齒」為文身之俗，今日蠻民中尚多有之，是固易解者。至當時之所謂「國」，決非如今日之狀態。或於一方之間，取其有特異者而言之，如後世稱馬多者曰「馬

國」、象多者曰「象國」。其所指者或為類人猿，或為獸類，而不必
專泥於人類以相求，則亦可稍無疑於其言之怪誕矣。〔註14〕

西方諸國從古希臘時期至達爾文提出「進化論」的這段期間，事實上曾經出
現一些「一個物種可能是從其他物種演變而來」的零星說法。〔註15〕然而，
這些原理的提出很容易被當時的教會或絕大多數的民眾視為異端。在達爾文
提出進化論而引起世人關注之前，過去的社會傳統思維普遍都接受「物種創
造論」的觀念，那種自柏拉圖以來，數百年間大部份的哲學家認為「本質先
於存在」的理解，在基督神學為主導的世界裡，相信著某位天神／上帝來創
造世界的景色、建構世界的秩序，並且創造出所有的物種生命的觀念是立場
堅定且難以撼動的生命原則。因此，他們堅信著萬物各司其職，生命的型態
與週期是有其規律而恆常不變的。例如：人類的創生，從一開始就已經完成
了最終型態，如此生命創造論的說法，事實上也充斥著我們的神話內容。因
此，西方的造物主是上帝耶和華、印度神話中的創造神梵天以及中國神話的
盤古與女媧等等事例都揭示著古代生命歷程所認識的完整模式。正因如此，
過去文人對《山海經》神話內容的觀察，自然是無法理解「物種變化」的可能
性，導致將此敘述的對象，逐漸導向唯一類型的解釋途徑——即視為神聖／
物怪般或為信仰，或為怪譚於人世間「存在」的有無立場了。

儻如前所述，以「造物主創造」與「物種進化」的二分化角度來觀察蔣
觀雲詮釋《山海經》的說法，便很能理解他在解讀《山海經》情節時的突破
了。首先，觀雲先生言「不必專泥於人類以相求」一句，可說是道盡傳統以來
一直視神話為荒誕難明的原因。《山海經》中多的是人獸同體、身體變形的神
話敘事，然而，若依古人對物種的創生是被造的觀念來看，那種違反常理的
「變形」姿態，即是一種「非人」的認知概念。因此，當他以西方物種進化論
的觀點來重新審視《山海經》時，即便內容「真贋糅雜」而難辨，但這些似獸
非獸，似怪非怪，卻具有人類形態的描述，在接受西學進化論的蔣氏眼裡，

〔註14〕蔣觀雲：〈中國人種攷〉，《新民叢報》（橫濱：新民叢報社，1903 年 6 月），
　　　　第 35 號，頁 52。
〔註15〕例如：法國生物學家拉馬克（Jean-Baptiste Pierre Antoine de Monet, Chevalier
　　　　de Lamarck，1744～1829）在 1809 年所出版的《動物哲學》一書中，提出了
　　　　物種進化理論，在他的論述裡更暗示了人和猿之間的關係，推測人和猿具有
　　　　共同的起源。生物透過「用進廢退」與「遺傳」兩項法則，產生變異，亦是
　　　　適應環境的過程。謝平：《生命的起源：進化理論之揚棄與革新》（北京：科
　　　　學出版社，2014 年 6 月），頁 i～ii、122～124。

不啻是宛如人類進化過程的某個階段。因此，他認為書中敘述的長股之民、毛民的樣貌，其時只是「殆指一種之類人之猿」，並且這些「異物」都通過物種「漸次淘汰而至於盡」的自然原則，成為當今所呈現的人類、動物之型態。整體而言，蔣觀雲的說法可稱得上是大膽的。他對於《山海經》的神話情節思考，顯然深受當時日本國內學術圈歐洲人類學派中以神話學作為研究的影響〔註16〕，藉此試圖恢復古代原始神話的原貌，除了肯定《山海經》具有紀實的歷史意義外，亦通過物種進化論的視域來詮釋「身體變形」、「奇異物獸」的變化現象，此乃蔣觀雲解讀《山海經》的一大特色，並從此基礎上發展出一系列的對《山海經》神話情節的物種、文化行為、自然現象等等的解讀思考。

三、《山海經》保存了華夏人種起源與入主中原前的史實紀錄

　　按照這樣的思考模式，蔣氏也順理成章運用西學與《山海經》的資料攜手解決了其他關於中國人種緣起、遷徙路徑等等的議題。他引述曾經流行於當時學界的說法「中國人種其原始非生於中國而其從人之道，今猶可據古史而歷歷發見蹤跡者，則循黃河之源入中國西北之隅，以先繁殖於北中國者是也。」〔註17〕又轉引當時社論之說「吾漢族之初興於帕米爾高原，西人稱巴克民族。巴克即中國所稱之盤古。」〔註18〕上述二說，蔣觀雲雖表大致認同中國人種西來說，卻對該論中所謂「巴克即中國所稱之盤古」之言頗有異議，蔣氏甚至提出「帕米爾」與「巴克」皆為地名，而實際「巴克」所在地應在裏海之西南隅，屬俄羅斯境內，二地相差甚遠，故駁斥帕米爾高原為中國人種的發源地。〔註19〕依觀雲之見，他認為中國人種的文明發源地因在青海新疆

〔註16〕馬昌儀認為：「人類學派的神話學在歐洲和日本都擁有很大的勢力，起過積極的作用，並於本世紀初（指 20 世紀）傳到我國，為一些嚮往新思潮的進步的知識份子所接受，在『五四』前後對我國的神話研究產生過深遠的影響。」馬昌儀：〈人類學派與中國近代神話學〉，《民間文藝集刊》（上海：上海文藝出版社，1981 年），第 1 集，頁 38。

〔註17〕蔣觀雲：〈中國人種攷〉，《新民叢報》第 53 號，頁 29。

〔註18〕蔣觀雲：〈中國人種攷〉，《新民叢報》第 53 號，頁 29。蔣觀雲在後文有註云：「上數語見《上海警鐘日報》116 號論〈中國對外思想之變遷〉題文。《警鐘日報》其撰著人極一時之選，多學理深博之作，是論全篇論議皆佳。茲但舉其關種族一二語有鄙見，所欲辨正者論之，亦有取於彼此切磋之意云爾，至其文為何人所作，以不署名固不得而知也……。」可見當時此說法的確引起學界關注，且亦不僅一人之說。

〔註19〕蔣觀雲：〈中國人種攷〉，《新民叢報》第 53 號，頁 30。

交會處的崑崙山脈，再向東沿黃河流域進入中國華北黃土高原生活，並列舉數則中國古老神話，用來闡釋他所觀察的上古時代中國人種與其文明起源的相關看法：

> 夫盤古事既邈茫，世史類編述異記皆云「生於大荒，莫知其始」。今所傳盤古墳者，殆不免後人之附會而不能不付之闕疑之列。而天皇氏則古書已言其所自出《春秋命歷序》。天地初立，鴻濛茲萌，歲起甲寅，有天皇氏出崑崙之東南無外之山。崑崙之下古代實號柱州，故遂有謂天皇氏起於柱州崑崙之下者。蓋中國古說有大九州，大九州之中有柱州……以崑崙之下為柱州者，古以崑崙為立天地之極，故有天柱地柱之稱。……又古史言「共工氏頭觸不周之山」，《淮南子》西北方曰「不周之山」，又共工之力觸不周之山，使地東南傾。王逸高誘皆云「不周山在崑崙西北」，是則當共工氏之世已入神州，尚有間涉崑崙之跡。……又《山海經》云：「鼓與欽䲹殺葆江於崑崙之陽，帝乃戮之鍾山之東曰瑤（嶅）崖」；……又《山海經》云：「羿與鑿齒戰於壽華之野，在崑崙虛東」。又云：「崑崙高萬仞，非仁羿莫能上岡之巖」。是皆記吾人民在崑崙時之事，羿當為上古時人，而夏時之羿乃襲用其名者。故曰崑崙之丘實惟帝之下都，帝者，非指天帝，蓋謂吾古代之諸帝耳。近人日本有賀長雄著《社會進化論》亦云：「漢土之社會從崑崙移來之，人民與土著之諸族爭存立而相結合」云云，是則我種人之祖國推其原始當在崑崙之下之略有可證者也。〔註20〕

依其言，《山海經》在蔣觀雲眼裡似乎是一部保存上古先民入主中原以前事蹟的珍貴文獻記錄。他從世傳經籍文獻（如《水經注》、《淮南子》以及漢時緯書等書）所記載之文字中，說明崑崙山與柱州、大九州之間的關係，並推測出不周之山與崑崙山的相對地理位置，後又引《山海經》中為數不少圍繞於「昆侖世界」的神話事蹟，來證明早在崑崙山時期，華夏民族早已有了初步規模的社會體系，有初階的文明生活，並從崑崙山下的畜牧，到進入黃河流域的農耕生活，〔註21〕中國人種的遷徙事實上也表現出生活模式與文明演進變遷

〔註20〕蔣觀雲：〈中國人種攷〉，《新民叢報》第53號，頁31～32。

〔註21〕依原蔣觀雲之言：「天皇氏為起於柱州崑崙之下，則當時實為柱州游牧之民俗也。」又曰：「夫農作之事，便于黃河流域，淤泥沈澱。土壤肥沃……以中國

的歷程。

據此，於《山海經》中其他與昆侖神話相關的情節內容，從這個基礎上似乎都能被逐一詮釋成符合「中國人種西來說」的神話理解了。例如，昆侖山上穴居戴勝的西王母，自古對其揣測與理解的答案歧異紛多，蔣氏當然也注意到這個神秘的神話人物，但他卻藉由人類學的思路，視西王母為「古之種族」，他稱：「漢之西夜子和，當古之西王母，而西王母之名尚見於周代，周距西漢時代不遠，若周漢之間果無人種之大變遷為假定，則《漢書》之所謂西夜類者，即為西王母人種。」〔註22〕當然，蔣觀雲判定西王母為西夜子和國是有其推斷論證的過程，並非胡謅之言。在〈中國人種攷〉系列文中，他用篇幅不小的內容來考證西王母存在的意義，他的論述脈絡大抵圍繞在「西王母」與「玉」的關係，並從中得到發現：

> 各書之中亦或有若指為神、若指為人、若指為國與地，雜然並列而不可分別者。然則欲論西王母者當何道之從乎？曰古書中言西王母者多連言玉，故欲攷西王母之所在，不能不兼攷產玉之所。今畧舉古書中言西王母之連言玉者，……《尚書大傳》：「西王母來獻白玉琯」；《世本》：「舜時，西王母獻白環及玦」；《竹書紀年》：「舜九年，西王母來朝，獻白環玉玦」；……《山海經》云：「西王母居玉山」；……《山海經》稱：「以玉為檻」，而下亦連言「珠樹、文玉樹、玕琪樹、琅玕樹」……蓋昆侖為一方羣山之總名，其系屬之山皆可謂昆侖。然則言西王母必聯言玉，而言玉必聯言昆侖，則西王母之與玉與昆侖三者實不能相離，而按其地望，徵之後世史冊所記之國，有甚與西王母相近者，《漢書》西夜國。〔註23〕

從歷來描述西王母的文獻裡，幾乎都同時存在著與「玉」相關的記載，蔣觀雲的發現頗具突破性。為何西王母身邊總是圍繞著「玉」？並且這些所謂言「玉」的屬性，不僅是礦物，甚至連動植物、地名都以玉為表示？故可以合理推論判斷出西王母所在必為「產玉」之地。《山海經·西山經》云：「西三百

之氣候和煦，山川淑麗，物產饒多，水漁、山獵食物既多，至於農業大定，根柢始固。」可得知他將中國文明的演進與發跡於昆侖到定居黃河流域作緊密之連結推論。蔣觀雲：〈中國人種攷〉，《新民叢報》第 53 號，頁 36。

〔註22〕蔣觀雲：〈中國人種攷〉，《新民叢報》第 60 號，頁 50。
〔註23〕蔣觀雲：〈中國人種攷〉，《新民叢報》第 54 號，頁 34～37。

五十里，曰玉山，是西王母所居也。」〔註24〕又南朝宋裴松之（372～451）
注《三國志・倭人傳》曰：「西有赤水，赤水西有白玉山，白玉山有西王母，
西王母西有脩流沙。」〔註25〕如此一來，蔣氏藉文獻史料配合《山海經》所
述進行推衍，遂提出「白玉山或即《山海經》之玉山，而屬崑崙山系中之一
山，皆可謂之崑崙」〔註26〕之看法，這也就是連結前文所謂「西王母之與玉
與崑崙三者實不能相離」的思考方向。

　　那麼，蔣氏又如何斷定西王母為古之種族，而非為神祇呢？對此，觀雲
先生以古代命名習慣來觀察西王母的存在意義：

> 古代言西王母必兼言玉，則玉必為西王母國特產之物，而西王母所
> 在之處，不能不以此斷定，惟指為人名、國名、地名，不如指為民
> 種之名。若大夏、月氏、康居、安息實皆係民族之名。蓋古時民族
> 多聚處一地，經久發達，漸成部落，遂冠以種族之名而稱之，西王
> 母亦當同是例者。如是，則於古人之或指西王母為人、為國、為地
> 其說皆無不可通矣。〔註27〕

其名「西王母」，僅從先秦兩漢古籍文獻考之，則有稱神、稱人者；後人釋意，
更有詮釋成國名、地名者。觀察上文蔣氏之言，雖說以族名用以稱王名（統
治者名）、國名情況，乃古今中外之通例也，然而，就其說法之理解上來看，
顯然西王母為「神祇」這個傳統理解的語意選項並未存在於他個人的視域裡，
這似乎展現了清中葉以來許多學者紛紛對《山海經》進行合理化或歷史化的
探尋軌跡〔註28〕，最終至接受科學思想下，迸發出以文化人類學視域詮釋神
話的特色，在神話與歷史、怪誕與現實的矛盾之間，給予適當且合理的共生
型態。

　　依文化人類學的研究視野來撰寫〈中國人種攷〉系列文的蔣觀雲，除論
證了西王母為漢代產玉石的「西夜子合國」之外，亦以同樣的學術視域，來
推論其他《山海經》中所述的神話情節。例如：《山海經》所記載的洪水神

〔註24〕清・郝懿行：《山海經箋疏》。
〔註25〕陳壽撰，裴松之注：《三國志》（北京：中華書局，1959 年 12 月），頁 862。
〔註26〕蔣觀雲：〈中國人種攷〉，《新民叢報》第 54 號，頁 38。
〔註27〕蔣觀雲：〈中國人種攷〉，《新民叢報》第 54 號，頁 39。
〔註28〕例如畢沅《山海經新校正》云：「《山海經》未嘗言怪，而釋者怪焉」；陳逢衡
　　　　於其作《山海經彙說》曰：「《山海經》本文，明白通暢，全無怪異之處。」
　　　　見清・畢沅：《山海經新校正》（臺北：新興書局，1962 年 8 月），頁 3；清・
　　　　陳逢衡：《山海經彙說・序》，道光二十五年刻本。

話，以比較神話學的研究方式，得出了與西方《聖經》裡提到的挪亞（諾亞）之洪水是不同的；或又認為《山海經》中所記的「北狄」，則為古時白狄之分支，且為白種人；崑崙之五色水由玉石顏色而分；《山海經》所記的「炎山」，為古時天山中的一山；黃帝是最古之教主，亦從西方而來；蚩尤為名，炎帝為號，蚩尤即是炎帝，所以阪泉之戰、逐鹿之戰、冀州之戰應是黃帝對蚩尤的戰爭等等諸說〔註29〕，都是前所未有的新解，而這些研究結論與其他傳統經學家、史學家之見解大相徑庭，全然在於蔣觀雲跳脫以往注經考據之研究途徑，透過神話為例證，來行使以文化人類學研究方法於會通先秦古籍所帶來的結果。

歸結而論，蔣觀雲在探討神話、歷史與人種的議題時，實際上是互相牽連的。這從他於《新民叢報》撰寫的文章所刊載的先後順序上，可以看得出其巧思之處。在這類論述中，最先的一篇由〈神話歷史養成之人物〉打頭陣，先界定他個人對於「神話」一詞的看法、和歷史的關係，以及神話與人民的生活意義，連結神話是影響一民族性格與國情發展的重要因素。並據此，蔣氏隨後開展〈中國人種攷〉系列文，以「中國人種史源二派之說」闡述他對華夏一族來源研究的理論依據，繼起的「中國人種西來說」與「崑崙山」等核心議題，構成他視「昆侖神話」為「崑崙文明」的紀實依據，而《山海經》一書的流傳存世，則是印證中國人種演化與西方文明之間是有緊密的連結關係。蔣氏作如此大膽地推測當然有其用意，誠如他於〈中國人種攷〉文末總結時所言：

> 況乎自地球大通以來，種與種相見，因種族異同之間，而於一方交際之情大開；於一方競爭之念又起。交際者，所以盡待人之道；競爭者，所以樹自立之基也。兩者相交為用，然則當種族竝列之日而講明吾種之淵源，以團結吾同胞之氣誼，使不敢自慚其祖宗而陷其種族於劣敗之列焉。其於種族保存與夫種族進化，有取於是焉必鉅矣。〔註30〕

顯然，蔣觀雲試圖以神話啟迪人心，並致力於透過文化人類學的理論角度，將人種進化的過程帶入神話的變異觀，兼以物競天擇的思考，宣傳中華民族與當時強盛的西方歐美諸國的種族起源並無先天上的差異，希冀藉此達到救

〔註29〕蔣觀雲：〈中國人種攷〉，《新民叢報》第 60 號，頁 53～54。
〔註30〕蔣觀雲：〈中國人種攷〉，《新民叢報》第 60 號，頁 51。

國圖強的目的。我們甚至可以這麼認為，晚清學者的神話思維所表現的是傳統知識份子在正值需要被救亡圖存的衰敗帝國末世裡，想從歐美諸國求得興國的解方，然而，這不啻是中國從古至今一直把握著「經世致用」的原則所展現的普世價值與情懷？在這種晦暗不明的時勢所趨之下，知識份子各自秉持著自我前見與西方引入中土的新興學術不斷碰撞激發，而蔣觀雲注意到《山海經》的豐富神話與人種的敘述語言，並且透過其他古籍文獻的比對觀察，重鑄神話人物的情節架構，闡釋自己的解讀視野。這種不依憑嚴謹的考據方法，所展現的是自由且具個人色彩的詮釋結果。

第三節　劉師培：《山海經》不可疑立場上的民族主義思想

　　劉師培（1884～1919），字申叔，改名光漢，號左盦，筆名韋裔，曾因投身報章雜誌的發文而改名為光漢。揚州儀徵人。劉師培出身於書香世家，其曾祖父劉文淇（1789～1854）是清代乾嘉學派皖派分支，屬揚州學派，《清史稿・儒林傳》中並為其立傳；﹝註31﹞至於劉師培的祖父劉毓崧（1818～1867）、其父劉貴曾（1845～1898），伯父劉壽曾（1818～1867）皆是當時享譽文壇的學者。在學術上，劉氏祖孫五代皆專研於《左傳》學，可以說「春秋學」儼然成為劉氏家學必需的專業知知識。當然，培養劉師培學術基礎的因子，除了家學淵源以外，當時居住在清代揚州的生活環境，想必更讓劉氏從小耳濡目染接觸著學術研究的氛圍。自清中葉以來，揚洲成為經學研究的重鎮之一，如乾嘉考據學指標性人物皖派大師戴震便曾久居揚洲，而其幾位著名的門下弟子王念孫（1744～1832）、王引之（1766～1834）父子和焦循等諸位學者都是揚州人。與劉師培的先祖長輩們同鄉的阮元，更以其位居高官（浙江巡撫、湖廣總督、大學士等職）的影響力，極力的推動家鄉的學術風氣；除此之外，如乾嘉學派吳派的代表人物惠棟（1697～1758）與其門生汪中（1745～1794）、江藩（1761～1831）也長期於揚州從事學術活動。如此一來，匯合兩派之長而形成的皖派重要分支——揚州學派，成為稱名於當時的繼起流派，而劉師培一門四代皆是揚州學派的著名學者，﹝註32﹞家學淵源，又得之於環

﹝註31﹞趙爾巽等：《清史稿・劉文淇傳》卷 482，頁 19374～13276。
﹝註32﹞劉師培：《劉師培全集》第 1 冊，頁 2。

境的助力，劉師培的學術啟蒙可謂得天獨厚。

劉氏數代止於科舉試場，並未能在官場政治上一展抱負，故多於鄉里著述論學。而劉師培卻以未冠之齡（年僅 18 歲），便在光緒二十七年（1901）中鄉試，次年成為舉人，之後赴開封會試卻落第〔註33〕，但也因往返京師途中的所見所聞，致使劉師培大開眼界，這段從鄉試到會試的科舉期間，更與蔡元培（1868～1940）、章太炎（1869～1936）、陳獨秀（1879～1942）等人結識，使其人生在政治、學術的際遇上都產生了莫大的變化。

會試失利後，劉氏轉往上海與章太炎、蔡元培、謝無量（1884～1964）等人一起參加反清革命的志業，更投身於《俄事警聞》〔註34〕、《警鐘日報》〔註35〕和《國粹學報》〔註36〕等報的編輯或主筆之工作，所撰之文，盡量以通俗的語言，除了向民眾宣傳推翻封建王朝的革命主張之外，甚至為了重新梳理傳統學術的發展面向，力圖引進西方理論與中國國粹與文化融為一體。光緒三十三年（1907），劉氏東渡日本，在日期間任章太炎主事的《民報》編輯。在這個動盪不安的時代裡，劉師培從事政治的生涯之路可謂風風雨雨，辛亥革命後，曾任職於袁世凱政權之下，後組織「籌安會」，並撰寫文章鼓吹恢復帝制。最後在袁世凱過世後，避居天津，過著艱困的生活。〔註37〕直至民國六年（1917）蔡元培任北京大學校長，邀其赴北大任教，劉師培終不再流離失所，並為教學著手撰寫了多部研讀國學的教材，獲得極大好評及推崇。如《中國中古文學史》、《中國文學教科書》、《經學教科書》、《中國歷史教科書》等等講義教材的寫成，為近現代中國文學史研究首屈一指之巨著。〔註38〕民國八年（1919），劉師培因患肺結核去世，享年僅 36 歲。〔註39〕除了留下大量的著作外，劉師培並未有子嗣。總結劉氏之著作，計有《左盦集》8 卷、《左盦外集》20 卷、《左盦詩錄》4 卷，皆為研究《左傳》之學術論作；此外，亦含《詞錄》1 卷，及論經學、史學、文學、講義教材等專著共七十四

〔註33〕萬仕國編著：《劉師培年譜》（揚州：廣陵書社，2003 年 8 月），頁 21。

〔註34〕萬仕國編著：《劉師培年譜》，頁 37。

〔註35〕萬仕國編著：《劉師培年譜》，頁 43。

〔註36〕萬仕國編著：《劉師培年譜》，頁 71。

〔註37〕劉師培：《劉師培全集》第 1 冊，頁 5。

〔註38〕魯迅曾言：「中國文學史略，大概未必編的了，也說不出大綱來。我看過已刊的書，無一冊好，只有劉申叔的《中古文學史》，倒要算好的，可惜錯字多。」此言轉引於萬仕國編著：《劉師培年譜》，頁 279。

〔註39〕萬仕國編著：《劉師培年譜》，頁 276。

種，收入民國二十三年（1934）寧武南氏刊本《劉申叔先生遺書》，另有諸多遺稿未被盡收。

縱然，劉師培在經國大業的政治路上走得頗為艱辛，但在學術上卻不曾間斷地著述立說。誠如同朝的錢玄同（1887～1939）認為劉師培的學術成就主要表現在「一為論古今學術思想，二為論小學，三為論經學，四為校釋」〔註40〕上，可以說他在中國從「古典」走向「現代」學術的過程裡，以國學為本，而其產量豐富的情況，也昭示著對近代社會政治與文化思想貢獻極大、影響極深的學者。陳氏作為經學大師，從最初延續《左氏》家學的研究，到接觸近代西方社會科學的思維，無疑開拓了自己傳統學術的新視野，成果堪稱豐碩。同蔣觀雲一樣，他亦運用進化論思想研究古代社會生活、種族的興起與變遷，當然也是「中國人種西來說」理論的支持者。如連載於光緒三十年（1904）11月《警鐘日報》上的〈論小學與社會學之關係〉、〈思祖國篇〉等文〔註41〕；光緒三十一年（1905）刊載在《醒獅》第2期的〈讀《天演論》〉，以及同年分別刊載於《國粹學報》的〈國學發微〉、〈《山海經》不可疑〉〔註42〕等等皆可從文中讀出西方進化論的思維。然而，劉氏卻不會因接受西學而貶低傳統學術，反而積極闡揚傳統學術，也因此，在刊載在各類報章雜誌上的隨筆論作，處處皆可看到他對古籍經典的研究，並引古籍之說為證，進而提出新解。

劉氏研究《山海經》，不如說是以《山海經》作為鼓吹「中國人種西來說」的依據。並且，相較於蔣觀雲對於神話的思考，劉師培似乎並不將視野置於此處，而是將所焦點偏向《山海經》中「古史」敘事上「人種優劣」的陳述意義。有關劉師培於解讀《山海經》的思考面向，大致歸結二點如下：

一、《山海經》闡釋著上古人類去物未遠的時代

在〈《山海經》不可疑〉一文中，劉氏從經中大量紀錄動植物、山川物獸等的比例，提出了「物種演化論」的說法：

> 考西人地質學謂動植庶品，遞有變遷。觀《山海經》一書，有言人
> 面獸身者，而所舉邦國草木，又有非後人所及見者，謂之「不知可

〔註40〕錢玄同：〈序〉，《劉師培全集》，第1冊，頁27。
〔註41〕萬仕國編著：《劉師培年譜》，頁69～70。
〔註42〕萬仕國編著：《劉師培年譜》，頁84。

也」、謂之「妄誕不可也」。夫地球之初為草木禽獸之世界，觀漢代武梁祠所畫，其繪上古帝王亦人首蛇身及人面龍軀者，足證《山海經》所言皆有確據，即西人動物演為人類之說也。觀西國古書，多禁人獸相交（劉按：《舊約》所言尤眾），而中國古書亦多言「人禽之界」。（劉按：故《孟子》言「則近于禽獸」及「人之所以異于禽獸者，幾希」是也。）董子亦曰：「人當知自貴于萬物」，則上古之時，人類去物未遠，亦彰彰明矣！（劉按：大約人類愈野蠻則去物愈近，愈文明則去物亦愈遠。）《山海經》成書之時，人類及動物之爭仍未盡泯，此書中所由多記奇禽怪獸也。〔註43〕

根據西方地質學的理論，再引漢代武梁祠所繪的人獸相合的古代帝王的形象（人身蛇尾的伏羲與女媧），已「足證《山海經》所言皆有確據」，而認定《山海經》所記的神話情節，其實是還原上古史的真相。同蔣觀雲一樣，認為西學所論的「動物演為人類之說」正是彰顯該書的存在價值，否決了以往傳統學者對於《山海經》的不可信、荒誕之說。此外，西方物種演化論的內容所指稱的物種起源的世界觀，最初地表上仍以植物草木蟲禽的生命體為主，更符合了《山海經》原有植物獸禽之敘述，故而推論出該書所述乃為「上古之時，人類去物未遠」的景象，故言「人類愈野蠻則去物愈近，愈文明則去物亦愈遠。」言下之意，劉氏肯定《山海經》敘事可信的原因在於所記內容與人類進展有著顯著的關連性，例如：他在文中強調著身體的演化寓意——從獸→人獸混同→人類，此為標示著物種從簡單到複雜／從野蠻到文明的進程。

藉此，劉師培透露了個人的詮釋視域：其一，類似神話傳說性質的故事結構過於簡化者，則愈能表現出歷史真相的古代史，西周以後朝向道德倫理化或儒家化所敘述的古史情節，可能離歷史真相愈遠。當然，這樣的思考模式更連結到五四運動以後一些「疑古派」學者重新釐清古史的真偽性議題；其二，一些長期以來被視為荒謬的身體變形的神話敘事，在劉師培的強力認同之下也終獲得了平反的機會。換言之，原本一些不被重視的半人半獸或身體變異的神話，在探尋古史的原則立場上重新被審視，並且視其為補全文明未開的上古史最終的一塊拼圖。劉氏這種看法，可謂打破傳統學術於「古史」、「神話」之間固有的認識和藩籬。神話即是歷史，在晚清這個尋求漢族需要自強自立的任務階段，顯現出非比尋常的重要價值。

〔註43〕劉師培：〈《山海經》不可疑〉，《劉師培全集》第 4 冊，頁 48。

二、《山海經》敘事中隱含漢民族的優異性

　　劉師培更藉由《山海經》「人禽之界」的描繪，來闡釋他對於物種優劣的看法。在〈《山海經》不可疑〉文中便有這樣的剖析：

> 孟子言：「帝堯之時，獸蹄鳥跡之道交於中國」；《左傳》言：「禹鑄九鼎使民知神姦，故民入川澤山林，不逢不若」，則當時獸患仍未盡除也。故益焚山澤而禽獸逃匿，周公驅虎豹犀象而遠之，皆人物競爭之關鍵也，安得以《山海經》所言為可疑乎！（劉按：上古之時人能勝物，即優勝劣敗之公例，故野蠻民族又為文明民族所爭服也。觀西人達爾文之書，其理字（自）見。）〔註44〕

誠如前文所提，人類演化的階段性揭示著從野蠻到文明的歷程，因此，劉氏引《孟子‧滕文公》：「（當堯之時）獸蹄鳥跡之道交於中國」〔註45〕之言，認為堯時多有蠻荒之地，野獸與各類物種仍有許多不清不明的雜處時代，所以古書所描述的從混居至分處那般「人禽之界」的演進現象是必然存在的，這也是《孟子》所提的「人之所以異於禽於獸者幾希」（《孟子‧離婁》）〔註46〕或「人之有道也，飽食、煖衣、逸居而無教，則近於禽獸」（《孟子‧滕文公》）〔註47〕等等諸說概念的延伸。試想著遙遠的洪荒時代，人類的甫一出現便因為了生存而與其他物種產生激烈的爭鬥，故劉師培於按語補充所言的「人能勝物，即優勝劣敗之公例」，在這種物競天擇，適者生存的大原則之下，人類最終成為萬物的主宰者，代表物種上人類的優越性。再以此導入國族之間經過競爭、淘汰與選擇的歷程，而對應到「野蠻民族又為文明民族所爭服」的思考方向，這種「貴文明，賤野蠻」的觀念從《山海經》神話情節裡與其說找到論述的靈感，不如說是找到宣揚其詮釋理解的力證。那麼，劉氏文中所強調的「野蠻民族」與「文明民族」的說法是從何而來？又為何會有「貴文明，賤野蠻」這種異族之間階級差別的思慮？他於光緒三十二年（1906）3月發表在《政藝通報》上一篇名為〈古政原論〉文章中談到：

> 漢種人民由西方入中國乃黃種人民也，苗族人民久居中國，乃黑種

〔註44〕劉師培：〈《山海經》不可疑〉，《劉師培全集》第4冊，頁48～49。
〔註45〕劉師培：〈《山海經》不可疑〉，《劉師培全集》第4冊，頁48。
〔註46〕宋‧朱熹：《四書章句集注》（北京：中華書局，2011年1月），頁274。
〔註47〕宋‧朱熹：《四書章句集注》，頁242。

人民也。昔女媧分黃土人及引絙人為二種，富貴賢知者為黃土人，

貧賤凡庸者為引絙人，黃土人民為中國之民，引絙人為北狄之民，

此中國人民貴同賤異種之始。……且古代尊視己族，不僅尊為「百

姓」，也排斥異族。不使與漢族同等，以羌為羊種；以蠻閩為蛇種；

以貉為豸種；以狄為犬種（劉按：《說文》），則貴同種賤異族之思想，

固古代神王所留遺也，豈不偉哉！〔註48〕

世界上有所謂的白種人、黃種人與黑色人種，在國家主義與民族意識擴張的
潮流裡，社會與社會間的矛盾、國家與國家間的鬥爭都滲入了野蠻與文明的
對立關係。劉氏認為早在遠古時代漢人的聖王先祖們早已有著貴己族而排
斥他族的政治思想，以此來確立漢族對自身來源人種的優越感，得以因此建
立興盛且具備高度文明的國家。暗示著過去高貴的漢族，為何會受到今日外
族的欺壓與磨難？因而提醒著人民過去存有的榮耀，切莫數典忘祖。另值
得注意的是，劉氏所引據的文獻，依然從神話情節的角度來展開闡釋，神話
原有的虛妄性質，在清末這些有志學者的眼裡，反而成為不可或缺的「歷史
依據」。

　　另一方面，對於積極想維持中華文明的尊嚴及驕傲的學者來說，此時引
用史料文獻與西方學理的相互論證，藉以企圖恢復原喪失的自信與自尊的同
時，更要向國人傳達「吾等與西方白種人同屬優秀民族」的訊息。因此，以
「中國人種西來說」的論調（漢民族文明起源於巴比倫）來進行宣傳，來達
到安慰人民、重啟民眾自信的這個目的，可說是極其用心良苦的。當然，無
根據的宣傳必受人質疑，所以，劉師培想利用「人種西來說」的理論基礎，就
必須要先證明該說的可信度。他曾於光緒三十年（1904）7 月的《警鐘日報》
上刊載了〈思祖國篇〉一文裡，認為《山海經》是最能證明「中國人種西來
說」是事實的重要古籍，並且，大致分成兩種觀察角度提出中國人種發源於
西方的證據：

（一）《山海經》多記載古代神聖諸王於西方的事蹟

吾觀《山海經》一書，知〈海外西經〉、〈大荒西經〉二篇，大抵記

西方風土。而古代神聖實產於其間。西人謂「中國黃帝即巴比倫尾

科黃特王」，吾即《山海經》之文觀之，則窮山之際有軒轅國（〈海

〔註48〕劉師培：〈古政原論〉，《劉師培全集》第 2 冊，頁 21。

外西經〉云「軒轅之國在此窮山之際」，〈大荒西經〉同），乃黃帝發

跡之地也；沃野之濱有軒轅台（〈大荒西經〉云「有軒轅之臺，射者

不敢西嚮射」，〈海外西經〉同），乃黃帝宴遊之所也；而密山附近（密

山在不周山西北），又為黃帝採玉之鄉（〈西山經〉云「黃帝乃取密

山之玉榮，而投之鍾山之陽」）；故苗裔之散處西陸者，有始均、白

狄（〈大荒西經〉云「有白狄之國，黃帝之孫曰始均，始均生白狄」）。

此皆黃帝發跡西方之證也（大抵皆在崑崙西）。〔註49〕

上述劉氏盡舉黃帝相關的神話敘事，所處地區都與西方有關。黃帝既然身為
炎黃子孫的共主，在《山海經》裡的紀錄為何都是在西方發生關連性？故劉
師培以為所謂「窮山」，就是黃帝的發跡處，並且，黃帝於此處進行開採礦產
（玉石）、娛樂以及繁衍等等的行為，都揭示中國人種與西方的緊密關連。

（二）《山海經》神話中人獸混合的身體異象與西方古文明相近

又〈大荒西經〉所記載於西方諸神聖，有曰「人面鳥身」者、有曰

「虎齒豹尾」者，而奇禽異獸，所載尤多。及返（反）觀之西史，

知上古之時，亞述、埃及各邦皆崇拜物之教，故所祀各神，或人身

鷹首，或羊首人身，或鶩首人體，而獅子、鱷魚之屬，皆為祀典所

特崇。以此知《山海經》所言，皆西方各國之禮俗矣。〔註50〕

以類似於「比較神話學」的研究方式，劉師培透過《山海經》裡人獸混合的身
體異形神話，與西方古文明中常見的宗教信仰的雕刻、描繪史實的壁畫，或
是神話傳說的形象等做比較，發現二者之間具有相似的共通性，並以此推測
中國古文明與西方古文明的緊密關係。可以說，在劉氏的詮釋視域裡，視上
古時代歐、亞、非文化於美索不達米亞平原交會而共存，中國人種因故向東
進入進而再經中國人種推源至西亞的美索不達米亞平原上的古巴比倫地區
（後分別被亞述帝國、波斯帝國統治）。是以在發源同源地的情況下，得證漢
人與西人並無二異，都是優秀的種族。

　　顯然的，神話情節敘事所提供的物種汰換或取代的思考，是頗受用的。
與現實生活中直接對比的，即便是滿清入關以後，漢族被統治的同時，滿人

〔註49〕劉師培：〈思祖國篇〉，《警鐘日報》（臺北：中國國民黨黨史史料編纂委員會，
　　　　據原報影印，1968 年 9 月），第 3 冊，1904 年 7 月 15 號，報紙第 1 板。

〔註50〕劉師培：〈思祖國篇〉，《警鐘日報》（臺北：中國國民黨黨史史料編纂委員會，
　　　　據原報影印，1968 年 9 月），第 3 冊，1904 年 7 月 16 號，報紙第 2 板。

卻接受漢化的影響甚為深遠。這意味者，漢族高度文明的尊貴種族特性依然存在。此外，當時的紛亂世界，在某方面也正是西方國家處於大張著民族主義的旗幟，去進行整合國族或排斥他族的後期階段。劉師培的思考視野當然無暇顧及外界國際的情勢，他們所面對的是如何拉起正處於徬徨中的人民。然而，此刻的大清所面臨的盡是內憂外患、肉弱強食的憂擾與頹敗。在恨鐵不成鋼的態度下，轉而思考大清帝國中佔有絕對多數人口比例的漢族與相對極微少數的滿族之間長期以來普遍存在的矛盾狀況。換言之，這批清末國學大師接受「物競天擇」的真正原因，仍是在基於現實政治的需要，提供理想政治藍圖於學理上的依據。

再者，提倡這些理論的學者，大多都是激進的民族主義者，致力於推翻滿人的統治，以期建立由漢人統治的國家。就誠如前文劉師培於〈古政原論〉中藉由「女媧造人」的神話情節，提出「富貴賢知者為黃土人，貧賤凡庸者為引絙人，黃土人民為中國之民，引絙人為北狄之民」的看法，據此充分加深了其「排滿興漢」的政治理念。總而言之，通過神話與文化人類學的連結，從神話情節裡依然保存著上古史料中，講述了種族優劣間的競爭歷史之演進過程，強調中國人種（漢族）的優越感。換言之，劉氏所理解的《山海經》神話是能充分展現物種「優勝劣敗」自然原則的古代文獻資料，在「《山海經》不可疑」立場下，一則承認該書的歷史真實性，二則是藉《山海經》之記述內容以彰顯著相異種族之間政權的替換是因應自然界生存的淘汰機制，詮釋成具有政治意味的神話思維。

第四節　蔣、劉二人對《山海經》詮釋視域的差異與　　　後續發展

19 世紀末，西方人類學與生物學家所關注的物種進化論自傳入中國以後，使得清末學者們對於事物存在一個重新理解的過程。在晚清動盪不安的時局裡，如同明朝末年學者士人們所帶動的「結社」風氣之盛，他們的學術思想與對政治的看法自然密不可分。而晚清面對的政局，更是跳脫單純的外族入侵與政治腐敗，是西方強權的政治力介入，是國家、人權、種族、科技、制度和全球經濟等等的複雜問題。因此，過去這些傳統學者，在接受世局的現實考量之下，從傳統學術的根基出發，一邊接受西方思潮的衝擊，一邊將

其轉化為經國大業的動力，期待「新中國」的出現。這時代的學者面對不甚
熟悉的世界與未知的將來，並且受制於瞬息萬變的政治時勢，在立場上有游
移者，亦有始終保持一貫信念者。例如梁啟超，從最初遵從其師康有為的「維
新」立場，到「新民叢報」後，不斷在共和、革命、君主立憲等立場猶疑不
定；不同於章太炎、劉師培自始如一的排滿和革命的政治立場；甚至，前文
所論及身為「保皇派」的蔣觀雲，他的「君主立憲」政治立場亦是堅定，從他
於民國以後自稱「遺民」的態度，表露無遺。然而，他們為了闡揚各自的政治
理念，試圖喚醒自卑且積弱不振的人民百姓，引進西方思想，介紹科學新知、
各國情勢而著書立說的舉止是一致的，這些學者紛紛思考如何提升早已失去
信心的民眾，並且無獨有偶地爬梳傳統古籍文獻，除了教育導向外，重建中
華民族的信心，共同開創強盛的「新中國」，更是共同的核心目的。在希冀找
出中華民族的根源與脈絡為目標之下，《山海經》神話內容的特性成為他們引
經據典時最受矚目的文本對象。

　　關於晚清學者詮釋《山海經》神話的特色，筆者於此列舉了蔣觀雲與劉
師培二人來進行探討。當然，在同期並非沒有其他學者對《山海經》進行思
考，而是相對而言蔣氏、劉氏對《山海經》詮釋的深度與廣度算是相較於同
期人來得更加深刻許多。然而，兩人在解讀過程裡，看起來似乎極為相似的
幾項論點，如「中國人種西來說」、「物種進化論」的觀點，幾乎如出一轍。但
真是如此嗎？事實上，當兩個不同政治立場的角力間，蔣觀雲與劉師培對於
《山海經》著眼程度與面向的差異是顯而易見的。誠然，若想比較蔣觀雲與
劉師培二人為《山海經》做出的詮釋差異，應不會過於困難。原因在於，劉師
培更深化了蔣觀雲於《山海經》神話詮釋上的政治目的：

1. 蔣觀雲對《山海經》的重視，來自於「神話」與種族性格的緊密關
   係；反之，劉師培對《山海經》的矚目，卻是將其視為不可疑的真
   實「歷史」

《山海經》是一部累積逾千年研究的文本對象，比起前人之專研，蔣觀
雲雖然讚揚神話，卻並未深入研究中國神話，他所關心的是神話內容所展現
的民族個性，進而連結該民族的文化風俗與社會發展的差異；而劉師培比起
蔣觀雲更強化了神話的歷史性，認同其神話情節中所記載的過去文明，是不
需要被懷疑的漢民族源流史。既然是真實歷史，那麼，過去古國文明的美好，
更可供後代作為民族圖強的有力借鏡。

2. 比起蔣觀雲單純視《山海經》為記載「人類演化」歷史材料；劉師培更將其深化詮釋成記載「人類社會文明進展」的上古史

　　蔣觀雲提到《山海經》神話中人物變形的情節內容，事實上是記載著「人類演化」的過程；而劉師培則是站在這個立場，論及人類社會文明的進化，並延伸至種族優劣與否的階級特徵，藉此提高漢人與滿人間的差異，遂而提倡漢人建國以作為宣揚政治立場的目的。

　　據此，蔣、劉二人對《山海經》神話的解讀立場顯然與其各自所秉持的政治理念差異是有密切關係的。由於蔣觀雲屬「保皇立憲派」，是以他雖認同《山海經》記載著物種進化論的證據，卻不會將之投射或過度強調人種優劣的概念，其著墨之處多思考華夏民族與古代西方諸國於種族、文明交流等議題，他所在乎的是如何「啟迪民智」；至於，與之相較劉師培於《山海經》神話的詮釋過程，可發現劉氏自科舉不第之後，隨上海、日本等地的駐足，皆不改其初衷地堅定著「革命建國派」的立場。「革命建國」是希望建立漢族自己的自由民主國度，然而，想要推翻數千年之久的封建帝制，在當時的社會甚至是一種難以想像的劇烈變動。因此，劉師培需要有更多證據，以說服普羅大眾。故他首先確立《山海經》作為真實古史的重要意義，再透過「物競天擇」概念，拉高了對民族優劣的評斷，進而為其推翻滿清的政治立場下了最好的根據和註腳。劉師培將《山海經》可能隱含的進化論觀點，直接投射於「種族優劣」的觀點，使之發揮得淋漓盡致，或許也可能與他最初治《左傳》時，那種根深蒂固「夷夏之別」的經學議題有關。

　　回溯古今，在民國初立的中國考古學尚未有基本雛形之前，會得出上述蔣氏或劉氏的結論是完全可以理解的。這種透過古籍（如《山海經》）所得出理解或印證的答案，也提供了這時代的人們對遠古時代異地異物的想像——華夏民族在中土之外生活了一段很長的時間，再逐漸遷徙這個可能性是應該存在的。如此，代表了與西方人種的接軌，實際上黃、白人種應屬同一人種，故中國人種應與西人一樣優秀的言外之意。當然，「西來說」的推論並非來自於本土漢人的創見，法國學者拉克伯里（1844～1894，Terrien de Lacouperie）於光緒二十年（1894）出版《中國古文明西元論》一書裡列舉西亞古史與中國古史相對照，證明中國民族系自巴比倫遷徙而來的這樣論述，稱為「中國人種西來說」。〔註 51〕這種理論為當時的日本、清末的中國學界帶來很震撼

〔註 51〕 Terrien de Lacouperie, *Western origin of the early Chinese civilisation from 2,300*

的影響。例如：前文已探討過蔣觀雲的〈中國人種攷〉以及劉師培的《中國歷史教科書》，此外，又如清末地理學家丁謙（1843〜1919）作〈中國人種從來考〉也都贊同此說﹝註52﹞，顯見在那個時空背景之下，「中國人種西來說」是深深影響著當時清末的學術界。這些人中，不乏本身便是國學大師者，提倡保留國粹文化的學者，換言之，在仍受傳統學術背景的這些晚清學者何以輕易接受西來說？其原因是拉克伯里的研究方法，主要還是來自中國古典文獻的資料，以進行推論，並且為撲朔迷離的遠古史或神話梳理出合理的解釋與脈絡。

　　然而，「中國人種西來說」相關理論在中國的流行度並未維持太久，在進入推翻滿清政府最為劇烈的時期，這種將自己民族比附於崇洋的心態之中讓不少學者驚覺這樣的說法讓民族自尊更顯得卑弱。因此，原來贊同此說的學者如梁啟超、章太炎、錢玄同、劉師培等人從原來的推崇，到後來卻逐漸不談或放棄了這樣的種族論述，尤其是在他們全面接受西學之說（崇西學）的同時，卻也逐漸發現失去原有傳統審慎批判的研究眼界。更甚者，隨即而來的五四運動所興起的「疑古」思潮也讓之前宣揚「中國人種西來說」的學者依據的古代文獻變得多不可取。如民國史學家朱希祖（1879〜1944）在〈文字學上之中國人種觀察〉一文中提出「中國人種西來說之無確證」看法：

> 輓近言漢族西來者，大都取證於漢魏以來偽造之緯書神話。一二歐洲人士，亦都接近此輩，不學無術，妄相附會。馴至積學之士，亦震其新奇，從而附和之，章先生亦其一也。……《山海經》多神話，且多後人雜入之語。司馬遷言：「百家言黃帝，其文不雅訓。」《山海經》亦其一也。﹝註53﹞

晚清以來，政經局勢的劇烈變動，並未因推翻滿清、民國成立而停止，越來越多學者盡力持續著傳統學術的客觀與嚴謹進行研究，以往那種帶有目的性的熱血宣說，闡釋特定的理論，更不再輕易的盲從，再加上考古工作開始有規模性的發展，使得這種「中國人種西來說」也逐漸走出學術的沙龍外，成

B.C. to 200 A.D., or, Chapters on the elements derived from the old civilisations of west Asia in the formation of the ancient Chinese culture.（中國古文明西元論）（London：Asher & Co. 1894）

﹝註52﹞丁謙：《中國人種從來考》，浙江圖書館，1915 年校刊本。

﹝註53﹞朱希祖：〈文字學上之中國人種觀察〉，《朱希祖文存》（上海：上海古籍出版社，2006 年 12 月），頁 208〜209。

為過往的歷史痕跡。更昭示著神話終於脫離了「人類學」裡「種族」、「演化」的沉痾，開始走向更自主開放，重新思考神話文本敘事的嶄新時代。

過去，清人治學風氣雖顯保守，但卻因學術的深度與嚴謹，在此時大開驚人的質量。即使進入光緒朝後期，雖然在政經情勢上的紛亂更甚過往，但此時的學術氛圍反而更加激盪，加之，西學東漸的近現代思潮的大舉引入，使得清末學人從被迫在漢學與西學之間的矛盾與游移，轉而接受西學，並朝向「中西會通」的學術途徑行之，遂讓學術思想逐漸趨於多元。《山海經》自成書於漢際至清末這段近兩千年的時空，並且，歷經魏晉、隋唐、宋、元、明世代的文人、學者不間斷地對它進行審視、考察真偽、創作之外，更重要是其間產出許多不同的解讀及釋義，到了清代為其進行注文訓義的作品數量冠蓋以往諸朝，如吳任臣的《山海經廣注》、汪紱的《山海經存》、畢沅的《山海經新校正》以及郝懿行《山海經箋疏》，甚至後來以論叢隨筆為該書進行的研究，如俞樾〈讀山海經〉、陳逢衡《山海經彙說》等等作品的出世，他們對《山海經》神話研究而言更是具有承先啟後的意義，讓晚清時期欲從事《山海經》研究的學者，在回溯過去中國傳統學者對《山海經》神話情節的理解時，更能將神話與歷史轉而互為依存，並擴大探索與詮釋想像的界線。

蔣觀雲與劉師培，這兩位清末憂國憂民的青年學者，在處於風雨飄搖的歲月中不斷地以筆桿捍衛自己的經國理念進行闡發述作。他們各自站在所處的立場而宣揚理想之時，卻不經意地為《山海經》神話研究多添上了一筆精彩的階段。蔣觀雲為最早將神話一詞引入中國的學者，他在《新民叢報》上發表了題為〈神話歷史養成之人物〉一文，是首次以神話與民族意識作連結的學者。接續連載的〈中國人種攷〉系列文，則是大量的對《山海經》神話進行中國人種來源考辨的論述。他認為《山海經》神話實際上應為「物種進化」過程的紀實之作，並且保存了華夏人種起源與入主中原前的史實紀錄。與同一時代的劉師培相較，二者對《山海經》神話的作用，除了在種族來源的看法上有些許歧異之外，在解讀的最終導向，更有著顯著的不同，此乃肇因於政治立場的差異。身為「革命派」的劉師培，在解讀《山海經》時，除了認為該書乃紀錄著去古未遠，「人禽之界」雜處的時代之外，更從西學「物競天擇」的角度，發掘《山海經》敘述語境下透露出「優勝劣敗」、「貴同種賤異族」的文化史觀。這種經過層層無限的詮釋與轉譯過程，將原本過去荒誕不經的《山海經》，改造成富含漢族優越性，藉此闡揚「排滿興漢」的政治性語言。簡而

言之，《山海經》雖是千年以前的文本，但即使在同時期，相異立場下得到不同的詮釋結果：蔣觀雲讚揚神話的民族情懷，卻並未深入研究《山海經》神話的作用；而劉師培雖認同神話的真實，卻是有其目的性的將中國神話導向政治宣傳之作用。

歸結而論，《山海經》從最初郭璞的「信神異」之說，經過中世紀學者對其審視的目光，釐清「窮神辨物」（《左傳·宣公三年》曰：「昔夏之方有德也，遠方圖物，貢金九牧，鑄鼎象物，百物而為之備，使民知神姦。」）的博物原則，至近現代合理主義的迸發。民國以後，百餘年來對於《山海經》神話文本的研究，在質與量上遠遠超越過去千年以來的水準，並且，在許多學者引用神話學、詮釋學、現象學、表現主義等等的西方人文科學的研究理論，注入於《山海經》研究，使得「歷史」與「文學」的之類型判斷標準已不再是研究《山海經》神話敘事的唯一先決指標。今日的《山海經》研究，早已跳脫以往傳統注經的方式去理解神話、擺脫單一時代學術風氣的解讀框架，使得最終回歸神話的情節結構與維持神話敘事的審美性思考。

結 論

　　神話敘事是遠古社會人類透過想像給予未知事物的一種「合理解釋」。《山海經》的神話敘事就是古代創作者可能的所見所聞，或是對未知事物的想像揣測而撰成的一部珍貴奇書。因此，若要「還原」神話敘事的「真相」，就要試著去解經。顯然，神話的真相早已永遠埋沒在歷史的洪流裡，難以復見，使得歷來每一位從事解經的人所詮釋出來的結果，儼然成為一個個獨立的作品，各自獨領風騷，不但可視為《山海經》研究的學術發展路徑，更能觀察中國傳統文人面對詭譎，不具邏輯的神話敘事時，所闡釋出的創意和文思。

　　從本題目以「詮釋」的這個命題為核心，代表所關注的研究對象乃是神話與後人詮釋的探究。無論從什麼角度看待神話或是詮釋神話，除了無法迴避構成神話情節的敘事語言之外，對神話進行詮釋的人更無法避免自身原有的前見視域所帶來干涉解讀的立場。在這個針對神話文本的詮釋過程裡，展現出個體與人群對事物的認同差異，並且，在這些差異的背後呈現的是各個不同的歷史史觀，以及一個對當代文化思維的投射。《山海經》，從它正式編校成書於世至今，在輾轉流傳超越兩千多年的歲月時空裡，比起其他先秦古籍，為《山海經》作注、釋義的數量相對少了許多。歸究其因，蓋凡有二：其一，基於漢際以來儒學之大興，那種經學「正統」觀念擴及每個階層，使得怪誕、語焉不詳，又不言人生與經世之大事的內容，難以彰顯於世，更難入諸公大家之法眼，故不被重視；其二，《山海經》的內容，瀏覽之艱澀，難辨之詭譎，縱使歷來學富五車的學者，無不望文生畏，望文興嘆，讓《山海經》毫無疑問成為難題極多，神秘感十足的古籍。

　　「詮釋」，是西方文藝思潮下的重要產物。雖然，中國過去並沒有現代意義下的「敘事學」或「詮釋學」（解釋學），但並不表示中國傳統學術中不存在著與「解讀」、「詮釋」或「理解」、「衍伸」等等的相關閱讀行為，大量豐富的經典注疏傳統文字中，更是中國詮釋學的展現，至今仍持續著進行經典詮釋的傳統。然而，要在自有的傳統學術背景之下，將其研究視野轉移至類似《山海經》這類詭譎不明的書籍時，卻讓他們皆不得不跳脫了原本的解讀視域，分別擁有屬於自己的詮釋特色。是以，梳理歷來各家針對《山海經》神話敘事的重要解讀是本議題的核心。其內容包含古人散於筆叢的立論之說，以及相關注本。故在本章結論裡，除將統整章節內所分析的各家詮釋《山海經》特色外，並打破時間的界線，歸結他們對經典詮釋的研究方法，探討各家解釋《山海經》神話的核心價值之所在。

第一節　傳統學術視域下《山海經》神話重釋之各家彙說

　　自古以來《山海經》雖受制於儒家傳統思想的壓抑，但由於內容可能依然保存著先秦以前的古代史地的資料，它的博物特性，也讓許多學者游移於信與不信之間。信者，認定他的古史地理之價值；不信者，則視其為好事者托古而作的文學作品。《山海經》歷經漢魏六朝、唐、宋、元、明、清世代的學者們不間斷地對它進行審視、考察真偽，亦作解讀及釋義的種種研究，在他們各自懷有的思想前見之下，所詮釋出的《山海經》神話結果，如百家爭鳴，各有其精闢之言，這當中包含了解釋者對文本單純的想像，更包含著明確的目的性，藉由神話故事來抒發自己的理想。

　　西漢劉安與其門下賓客編撰的《淮南子》，與《山海經》共享著大量的神話故事，卻因為撰寫動機與目的之差異，使得劉安讓神話產生了轉變，發揮著醒世性。將《淮南子》與《山海經》的神話相比較後，更能輕易觀察到神話於漢代文人於治國策論上應用價值，可以說不論是《山海經》所記述的原始神話，還是於民間流傳不已的傳說版本，皆提供了《淮南子》作者群一種政治理想藍圖的典範。兩百年後的東漢學者王充，通過「校驗」方式，在經驗法則與譬喻類比的判斷之下，讓本來充斥著荒誕不經、虛實不定的《山海經》神話，成為辯論「疾虛妄」的力證。他徵引《山海經》的神話與生活經驗來破

除他所認為的民間陋習與迷信，卻也游離在「以虛辨虛」或「以實辨虛」的解讀過程中，不自覺間重新為所列舉的《山海經》神話詮釋出嶄新的風貌。

魏晉一直以來多被視為文人自覺的時代，文人的自主性在政治情勢與社會紛亂的壓迫之下徹底的爆發於治學研究和文學創作，當然，也充分表現在《山海經》神話的認識上。郭璞乃開《山海經》注疏之先河，他費盡心力徵引先秦文獻的結果，卻以更加虛幻的神仙思想、刑德思想與審美經驗來詮釋他所理解的神話情節，卻也帶來文人書寫的感性情懷。身處於東晉中晚期的陶淵明，避走官場，歸田隱居，他崇尚自由無拘束的耕讀生活，卻也無意間為濁世而擔憂。〈讀《山海經》十三首〉成為他透過神話文本的詮釋，來投射出對世間寄託的情懷。更難可貴的，他雖身負儒學背景，卻不去苛求《山海經》神話的虛構性，反而擴大了神話的寓意，並藉此融會生命的體驗，以及抒發人文的關懷。

從東晉以來的《山海經》研究，顯然對其詮釋眼界已不再拘泥於單純的釋義注解，而是分而為二：一方面走向文學的創作，成為唐代文人藝術創作的題材，如李白、岑參、韓愈、王建等人的詩作，都曾引述《山海經》神話，並賦予他們新的人文詮釋寓意；另一方面，則對文本來歷產生懷疑，並進入考察的階段，如宋人透過「疑經」的學術前見，欲以釐清圍繞於《山海經》文本的成書問題。這個時代，轉化了自西漢劉歆所認定的作者「禹益說」的觀念，重新定義了作者應為「禹鼎說」的思考。這個「禹鼎說」更招示著宋人意識到《山海經》神話敘事乃由「述圖而作」所構成。此外，也思考了製作禹鼎的真正目的——「窮神辨物」的教化意義。這個時代為《山海經》神話進行詮釋的學者，如歐陽修、薛季宣、尤袤、朱熹、王應麟與劉辰翁等人，即使紛紛透過「疑經」學術觀念來檢視《山海經》所記神話，但仍然關注於該書博物性，整體而言，宋人依然肯定《山海經》於古史、地理及物類判定資訊上的存在價值。

宋元改易，漢人進入受蒙元政治集團支配的恐怖時代，在高壓社會控制的環境下，原有宋代以來高調理學思想，到了元代似乎也只能歸於平靜。《山海經》似乎也受到極大的影響，以目前所見傳本之況，僅有元代書法家曹善依郭璞注本所作之抄本，其餘未見於市。終至漢人取得政權建立明朝，《山海經》進入大眾生活的閱讀文化之中。

明代文人所理解的《山海經》神話情節，不再拘泥於它的真實與否，反

而以更自由解讀的方式，重新詮釋《山海經》的述異內容。王崇慶因堅守儒學道統的立場，使得其作《山海經釋義》將諸多神話情節詮釋成曉喻人世的警世寓言與道德勸說；楊慎的《山海經補注》，則因採取「信史」的立場，將志異情節解讀成合理的常民經驗。提出《山海經》為「古今語怪之祖」的胡應麟，除了為《山海經》的成書問題詳細考證以外，他也探究有關《山海經》神話的內容，提出他個人的理解與詮釋。並且，關注到「虛構」的文學意義，認為神話能帶給文人創作靈感與寄託的思考。《山海經》在明代所展現的姿態，更不受限於該時代的學術氛圍，皆憑個人的意志與文思，各自展現神話詮釋結果。

清代對《山海經》的研究，達到了前所未有的高峰。這段期間的考據學思潮也連帶影響非「經學」領域的其他古籍著作，他們將自己持有的學術特長，為《山海經》進行考辨、校讎、目錄、版本等等的解讀活動，將《山海經》神話剖析得更透徹，並從中闡發自己的詮釋結果。這時代的相關注本、隨筆、論著非常多，居歷代之冠。最初，由康熙朝學者吳任臣所作《山海經廣注》，成為清朝第一部《山海經》注述本，更被收入在《四庫全書》中，具有代表性意義。吳氏在該書中發現《山海經》具有「里程異述」的不同敘述語境，是造成該書具有虛妄神秘之感的原因。此外，亦針對名同而實異者，可從觀其共有之符號特徵作類屬之分類，頗具現代神話學研究方法的新視野；繼起的汪紱以《山海經存》為後人留下神話研究的另一佳作。書中剖析固定敘述語的架構，並重新結構神話情節之研究對策，使之神話歷史化，達到合情合理，甚至能符合道德寓意。對撥開隱藏於故事核心的人文思想與所呈現的文化意象，展現對《山海經》研究的企圖心；畢沅經過其考證認為《山海經》作者應為禹、益無誤（特指〈五藏山經〉），故《山海經》「言實非怪」，全書並未有光怪陸離之事，所以一律以合理化的詮釋視野來對待書中的神話情節。並且透過嚴謹的校勘方法，考訂各篇目，發現《山海經》各卷寫作的年代不一、目的也不同。進而破解《山海經》的多重敘述結構，區別出劉歆定本前的《山海經》（32篇）與「解釋《山海經》本」混合一書的現象，具有神話敘事「原型」與「再譯」的現代神話學研究的思維。

郝懿行的《山海經箋疏》，被視為是《山海經》注疏本集大成、評價極高的研究著作。雖是透過嚴謹的考證之下，卻仍盡力以客觀的態度來理解《山海經》的考據學者。因此，在《箋疏》之中，較少有抒發強烈個人主觀的詮釋或批判看法。他不同於長期以來受儒家道統所以影響的學者，郝懿行反而肯

定《山海經》神話中充斥神靈異物的變化萬千、虛幻色彩，他尊重神話原始的樣貌，並從這個原有的情節立場上，去解讀神話原來的本質意義。更重要的是，他更加發展畢沅認定的〈五藏山經〉以下各篇是作為「補述」前篇章的說法，郝懿行更進一步辨明了「詮釋」與「校訂」的解經差異，強化了《山海經》各卷之間的詮釋關係，為清代《山海經》學術研究立下空前的成就。

清代除了注疏本之外，亦有以隨筆、論述等方式來展開對《山海經》神話做綜述和詮釋的作品，依然是同樣的精彩。如活躍於道光年間的陳逢衡與俞樾，都曾對《山海經》進行深入的解讀。陳逢衡的《山海經彙說》有別於其他傳統注本的「依文而述」方式，是以「議題」做分目篇名，大量為該議題進行辯證與闡釋。其文引證據實，邏輯明確。並且，陳逢衡除了考辨《山海經》作者乃為「夷堅作」的成書問題之外，更常以古人「按圖所記而誤解」來解釋產生海外異族的異形姿態、天文宇宙神話中的多日、多月等詭譎原因。我們幾乎可以斷定陳逢衡將《山海經》視為一部寫實的歷史作品，而並非神話作品。所以，他的詮釋自然也朝向神話歷史化，以符合常民文化中「合理性」，甚至比畢沅更加強烈的認同《山海經》的古史價值，是《山海經彙說》最具個人特色的解釋原則；俞樾的〈讀山海經〉是一篇閱讀《山海經》過程中的隨筆之作，他善用辨通假、合古訓、順文意等方式，為《山海經》找尋最貼近原意的內容。此外，他考證〈五藏山經〉所記的山神問題，提出各座山岳間有著極為深化的階級制度，從祭祀方式、供品以及稱謂上，看到群山之間地位高低之分，這是非常卓越的看法。他更尊重神話的原始敘述，遇到無法重新解釋的神話情節，不作過多臆測或聯想的詮釋，這與郝懿行面對「語怪」時的態度，是相當一致的。

然而，到了晚清時期，清廷的國勢在內憂外患的紛擾中急速衰退。此外，在學術上，西學的大舉入侵，使得中學與西學從原先的排斥與矛盾，遂走向結合，並且，連動到宣統至民國前後文化視域的新扉頁。這個時候對《山海經》神話的理解，已不再是純粹的去探求原典原意，而是有其政治目的性的釋義。為了喚起當時長期受外侮欺壓的國人，能重新建立民族的尊嚴與自信，使得許多清末學者以救亡圖存，復興國族為己任，將「中國西來說」的觀念發揚至文壇各處，其中以蔣智由的〈中國人種攷〉和劉師培的〈《山海經》不可疑〉最具代表性。他們分別將《山海經》神話詮釋成具有標誌著「人類演化」的過程、「物競天擇」、「種族優劣」等等上世紀初瀰漫於西方學術界的神

話人類學思想，以作為中國能振興圖強的理由證據。即使蔣、劉二人分屬不同政治立場（「立憲派」與「革命派」），但卻有著共同的政治目的，即是如何拉起正處於徬徨中的人民自信心。我們可以說，《山海經》不但沒有消失在清末學術圈的舞臺，反而更顯現出它強大的影響力，於歷史，於自然科學以及人文社會中走出有別以往的詮釋世界。

通過上述的觀察，每一位為《山海經》神話釋義的學者文人群中，有些深受所處時代學術氛圍的影響，因此有著共同詮釋的基本原則；有些學者也許來自於相對開放自由的社會風氣，所以，即使同個朝代，彼此間所認定的《山海經》價值、詮釋的內容寓意卻大相徑庭。但不諱言的是，在歷史的誘因之下，每當面對著天崩地裂式的大變動，或進入新的語言環境，或有別於前朝的社會生活，甚至是思想、信仰的文化意識之衝擊，都代表著面對時代巨變的各個階層民眾，都不得不重組自己的思考系統（包含著面對生活現實和接受新潮流），以便因應到來的新世界。在這個謀求適應的過程，通常採取的就是重新詮釋古典，使之導向新格局的正統道路。以中國傳統學術而言，首當其衝的，當然是儒家經典。但卻讓雖非「六藝」地位的其他先秦古籍也跟著進入到時代與時代的過渡時空，並且在歷史洪流中再次翻新重鑄的詮釋視域。因此，從他們彼此之間力圖用自己的智慧與學識，試著去找出《山海經》敘事語境下真正的意義，可以說，在詮釋文本的歷時性軌跡裡，看似有著承先啟後的理念繼承或推翻，卻又帶有超越時空的限制，透過解讀神話與文本的對話之中，激盪出精彩又絢爛的《山海經》經典認識之歷程。

第二節　共時空間:《山海經》經典重釋的研究方法與其核心目標

大凡研究古籍的傳統中國學者，所聚焦的仍主要探究該書所保留下來的文獻之原意。在經過考證、分析、釋義的理解過程裡，儘管他們為後來的研究者提供了較為詳實可徵的資料，但大抵而言，這些學者在解經時依然未能盡情踏入個人批判與經驗的自由解讀活動中，這或許來自於根深蒂固對經學的禮遇和尊重之緣故。是以，當他們面對如《山海經》這類的詭譎及神秘不定時，如何在不違背個人所依循的「道統」之內，去追求神話敘事語言裡的真相，可以想見應是極具有挑戰性的。據此，對照本論文所分析的各家詮釋

特色與結果，觀察這些跨越兩千年時空的學者群們，在為《山海經》解經的過程裡，可以看到他們似乎不約而同地欲找出證據來論斷《山海經》內容的虛實；另一方面，又不得不朝向個人已然成形的視域下進行闡釋。筆者觀察他們對《山海經》的解讀過程中所進行的研究方法與其問題意識，當他們各自面對神話文本時，如何以自持的解經態度與其研究方法，跳脫以往傳統經學的研究視域，重新解讀神話？筆者為此整理諸家之說，歸納統整如下表：

表 8：民國以前學者對於《山海經》神話的研究視野比較表

作者	I. 研究方法與思路	II. 問題意識與發現	III. 問題導向與神話詮釋的結果
劉安	・圖政治宣說之目的，主以黃老思想切入，融合其他諸子思想。	×	・海外三十六國的記述方式、昆侖神話類的詮釋方式，都展現了以政治為目的之藍圖導向。
王充	・考之以心：符合心知的合理思考與判斷。 ・效之以事：客觀事物的驗證。	・歷史上除禹、益外，還有誰能寫得出《山海經》？	・以歷史史蹟的常理判斷下，《山海經》若非因禹治水所需，斷不可能另有他人撰成此書。
	・以「氣化生萬物」與「適偶」來解釋神話。 ・疾虛妄，求通博。 ・物類可察，上下可知：經驗法則與譬喻類比的方法論。	・認為《山海經》作者所述的「十日神話」是錯誤認知所造成的記述結果。 ・發現《山海經》中所記的魑魅神怪乃是具體的物類存在，並非無形虛像。	・稱《山海經》為古代博物之書，具有一定的真實性，然禹雖聖、益雖賢，卻仍是人類，故經中過於荒誕之事，乃親見時誤解所造成。 ・言「十日神話」乃由於「日光眩耀」讓禹、益產生視覺暫留，而誤以為有十個太陽的敘述結果。 ・王充將《山海經》神話情節，重新拉出了「作者—文本—閱讀者」的三方視角，發掘神話的「人為色彩」。
郭璞	・以「變」釋「化」。 ・以審美的個人判斷解讀神話的寓意。 ・校注釋義時，不但參考先秦古籍，更徵引新出土文獻，作為佐證。	・發現《山海經》具有「刑德」、「陰陽五行」、「災異兆徵」的警示與暗喻。	・以德政的文化感染力，來詮釋為何到處皆有眾帝之台、古代聖人聖王塚的原因。 ・以「美」作為特定神人形象的詮釋，如：美麗的女丑之尸、歌頌西王母與周穆王的愛情。 ・《山海經》神話經過郭璞的詮釋往往更增添神異性。

陶淵明	・以詩作歌詠《山海經》中異物神人的主題類型，藉以抒發情志、反思人性課題。 ・其問學秉持著「不求甚解」的態度，盡量不做過多的衍論和闡釋。	思考西王母與不死藥的生命議題。	・通過西王母神話，兼容《山海經》「不死」之說，連結人類本能的求生欲望，詮釋成生命與自然緣起緣滅的哲學人生觀。 ・改變原來《山海經》所述的神話人物之形象。例如：夸父從「不自量力」，詮釋成「功竟身後」的肯定與同情。 ・詠史和古的詮釋目的：藉《山海經》神話規勸上位者「知能善任」的重要。
歐陽修	・持有「疑古」、「疑經」學術思想的前見來觀察《山海經》。	從〈山海經圖〉發現撰寫《山海經》內容的作者可能是依據「禹鼎」而來。	・以「異種」、「萬態」、「殊稟」等詞彙，來解釋《山海經圖》所繪所記的萬物稟性各有千秋差異，不應以言「怪」一概而論之。 ・提出《山海經》的成因可能是依傳說中的「鑄鼎象物」典故而來。
薛季宣	・同歐陽修。秉持「疑古」、「疑經」學術思想的前見來觀察《山海經》神話與推論可能的成書背景。 ・從文獻學的研究目光審視《山海經》的版本流傳與聚散的問題（該考證還包含劉歆校定完成之年代為「新莽時期」）。	・所記內容非「夏遺書」。且身為先秦古籍的《山海經》為何流傳版本很少？ ・凡《山海經》裡有轉引「他說」時所提出的「有曰」、「一曰」、「或作」為郭璞舊注；若是「一作」、「圖作」的用法，就是自郭璞以下至薛季宣所處時代之間的人所添入之說。	・引《左傳》之記載，說明《山海經》乃是古人透過「鑄鼎象物」，再以文字記錄下來，是再次轉譯而成的文本，換言之，薛季宣認為《山海經》非一手原著資料，而是經「述圖而作」的再詮釋之作品。 ・認為《楚辭》的內容，以《山海經》為本而作，是珍貴的先秦典籍。該書縱然荒誕不經之言，但整體而言依然具有「窮神辨物」的功能，是考察博物必備之書，肯定《山海經》存在的價值。
尤袤	・同歐陽修、薛季宣。秉持「疑古」、「疑經」學術思想的前見來觀察《山海經》神話與推論可能的成書背景。 ・從文獻學的研究審視《山海經》的	發現《山海經》各版本編目問題（尤袤經過整理、比對，校訂18卷為定本，成今日通行本）。	・將《山海經》中所記述的人獸異態，詮釋為「手持足蹈以為人，戴角傅翼以為鳥獸」，動物擺出手足舞蹈的姿勢，被先民誤解為奇形怪狀的人類；而人類穿戴羽翼、獸角為飾品，就被視為怪獸，所以關於《山海經》中此類記載的神話，是無荒誕之處的。

	版本、目錄上的差異（該考證還包含劉歆校定完成時間是「漢哀帝初年」）。		
朱熹	・以「格物致知」、「即物窮理」的問學態度，仔細觀察事物。	・發現《山海經》中多言「東向」、「東首」、「南向」、「北向」的敘述語境，可能依畫本而來。 ・比對《山海經》、《淮南子》與〈天問〉，發現《山》、《淮》二書的內容是依據〈天問〉而來的。	・提出《山海經》猶如「述圖而作」，是以「圖說」的方式進行書中內容的敘述，屬於透過「轉譯」的理解過程。字句間反而經過多層轉譯的想像空間，因此，更添加了神異之感，即所謂「非實紀載此處有此物」。
王應麟	・從地理方面的考釋角度切入，來觀察《山海經》。	・為何《山海經》中所記述的地理山河景象會不同於今日所見地貌？	・人類發展的政權更迭、城市建設或戰爭破壞等，皆是造成地景地貌與古代大不相同的原因。
王崇慶	・以正統儒學之前見，一一審視山海經中不合乎「道統」的詭譎情節。	・為何《山海經》中常出現與「化」相關的神話情節？故「化」可分二： （1）化育：可教化。 （2）變化：不可教化（視儒學不興，佛教猖狂）	・從「聖人履常，所以神化」的因果關係，回溯《山海經》神話是來自於過度包裝史實而成的「神話」事件。不合常理、不合邏輯的情節內容（或可說無法回溯聖人事蹟的內容），斥為無稽之談；能符合常理者，縱為異獸玄怪，則釋為寓言，兼宣以教化。 ・以理學思潮下的「義理」作為評判標準與作為詮釋《山海經》神話的手段。
楊慎	・非常肯定《山海經》具有古代歷史與地理的真實性。 ・以「文化風俗」來解讀《山海經》神話的荒誕情節。 ・以「文學視域」詮釋《山海經》神話的合理性。	・發掘《山海經》成書與其流傳的脈絡：承襲「禹鼎」之說，認為〈禹貢〉與《山海經》來源都是來自於「鑄鼎象物」，後分為二流傳。後由夏桀史官終古攜古圖逃亡周	・將「生十日」、「生十二月」的神話，詮釋成表示時間的文化傳統「天干地支」之計時歲次。 ・以「風俗文化」作為詮釋《山海經》所記內容，可以將神話文本，有效轉換成博物文本，使之「合理化」。 ・遇《山海經》中直言「神」者，未糾結「神」的存在性，倒是利用文學立場的想像力去進行詮釋，藉

		室，使之得以保存至今。所以《山海經》乃描寫古代真實史地之書。	由此釋義產出的成效，往往讓「神話」具有文藝美感。如「天馬」，乃天馬行空之意。
胡應麟	· 以考據的問學態度，認定《山海經》是「古今語怪之祖」，即文學小說類，而非古代真實歷史地理之書。 · 以相異文本互相比對，觀察之間的差異，來釐清研究對象的細微之處。	· 懷疑《山海經》非原創性，以及與其他先秦古籍之間的關係、該內容是否有關連性？ · 「古人著書，幻設必有所本」認為《山海經》乃雜湊〈天問〉、《莊子》、《列子》、《穆天子傳》、〈離騷〉等等先秦古籍而來。	· 故《山海經》神話已非原型，而是經過《山海經》作者擷取其他先秦古籍而來的神話故事，詮釋而成的新的神話情節。 · 將《山海經》的「洞庭二女」神話，解釋成後人附會秦始皇遊歷與其掘九鼎之說。 · 唯有《山海經》所言的「西王母」形象與其他先秦書中描述的姿態差異甚大，故《山海經》為改造過的神話。 · 提出：《山海經》神話 ＝ 虛構性文學（故能賦予文人創作靈感與寄託）
吳任臣	· 考證山川地理：藉校勘原則，以「他校法」（例如〈禹貢〉）對比《山海經》方位敘述語的差異，並列舉歸納。	· 《山海經》內容描寫地理方位時的敘述語境有「詮次不倫」的矛盾差異。	· 《山海經》具有「里程異述」的不同敘述語境，而里程計算的方式不同，也表示目前通行版本疑後人竄入或簡冊錯淆而闕疑。此外，更以「地氣」詮釋里程的抽象敘述，皆是造成該書會有虛妄神秘之感的原因之一。
	· 考證物類：分形析象，用辨微芒。	· 《山海經》各卷中有大量字同音異、音同異物等等的詭譎難辨之況。	· 「字同音異」≠「兩物等同」。 · 但若遇到有名同而實異者，卻可從觀其共有之特徵、而作類屬之分類，則不需過於細究。
汪紱	· 析字、辨音、改字釋義：探求敘事的合理性。 · 引經據典，用以佐證自己的推論，探求深層的文化內涵。	· 《山海經》裡記載的神話情節悖於歷史的實情或常理。 · 《山海經》裡有不少敘述語句會呈現出固定的結構句型散於各卷之中。	· 詭譎怪誕情節≠無稽之談。認為年代已久的古籍字詞脫訛、讀音差異是必然的現象，透過合理的字詞改易、重新組織敘述語句，呈現古史原貌。 · 重構神話情節：將神話歷史化。 · 撥開隱藏於故事核心的人文思想與所呈現的文化意象。並且，也關注是否合乎常理或道德的規範。

畢沅	• 秉持嚴謹的校勘方法進行詳細考訂篇目的工作。 • 扣緊〈五藏山經〉乃為禹、益所作之原本，具有古史與博物的神聖性與重要性。據此，將以「本校法」與其後各卷互做比較之研究。	• 發現《山海經》各卷寫作的年代不一、目的也不同。 • 發現《山海經》具有多重敘述結構。	• 畢沅認為《山海經》「言實非怪」，所記之事未有光怪陸離，所以一律以合理化的詮釋視野來對待神話情節。 • 解讀書中各個混合的敘述角度，區別出《山海經》裡神話敘事的「原型」與「再譯」的情況，藉以抽離劉歆定本前的《山海經》（32篇）與「解釋《山海經》本」的區別，試圖還原神話最初歷史。
郝懿行	• 採嚴謹的考據方法，力求客觀的解讀。 • 從字義字音間切入來進行文字的釋義，故多用《廣雅》、《說文》、《爾雅》等小學類書目；面對古代史地議題時，則引用「五經」、「史傳」等類之書，彼此徵引互校而比對。 • 以「不涉荒怪，而惟求實」：不去處理《山海經》所記載的荒怪存在的問題。對神話情節採取「默認」的研究態度，並求「徵實」。	• 詮釋≠校訂：判定〈大荒經〉為「詮釋」活動下的產物。 • 如何面對《山海經》凡言「變化」、「幻化」等語詞的神話敘事？	• 針對《山海經》的任一「神化」事蹟，郝氏認同其「神靈之無所不化」的現象，因此其變化形制本就不受限制。如「精衛填海」本是神靈變形之故，非溺水死後而欲報復等等所幻化。 • 於《山海經》中的敘述語境出現單言「帝」者，即為天帝（三皇五帝），而非指人帝（黃帝）；稱「帝女」者，則為天帝之女。 • 通過「厲及五殘皆星名」的思考，將西王母詮釋成掌管昴宿、厲鬼（鬼界）與刑殺的神祇。
陳逢衡	• 「因疑而致慮」：將《山海經》朝向符合歷史與常民經驗的「合理化」詮釋。 • 按之情理，徵之往籍。 • 利用漢語詞類與	• 回到作者問題：引《列子・湯問》中的「親見」、「命名」與「聽聞」之說法，表現出三者的時間差，故判定《山海經》為「夷堅」所作。	• 陳逢衡雖以「述圖」來求得合理性，並且，在詮釋過程中卻帶著創意的想像。例如： （1）將《山海經》中某些神話，詮釋成具有警示或意象的構圖之說 （2）某些神話來自於古人按圖所記時將立體與平面混淆的

	多義字的特性使之合理化。	• 認為《山海經》詭譎玄怪的情節，皆因古人按圖所記而造成的誤解。	構圖在轉化文字時而誤解。 • 以古人觀測天象的行為來詮釋為何產生「十日」神話的原因。
俞樾	• 辨通假：古人常因通假字之不識而錯解原意。 • 合古訓：古籍之語必乘古人之思。 • 順文意：注書須合於文意，否則乃「不辭」之述也。 • 尊重神話的原始敘述。	• 在〈五藏山經〉中，記述了各山與山神還有祭祀的敘述，他們之間有何關係？ • 俞樾的「不辭」、「不經」之評判：發現《山海經》的神話情節在歷來各家解釋之下，更是造成難以理解的原因之一。	• 從古籍發現「神」應是「山川之守」屬地方管理者，本是諸侯類屬。古時政教活動合一，執掌該地者，也是主祭者。據此，古代「山神」神話系統乃具有「尊卑」概念。凡〈五藏山經〉中言某山「帝也」、某山「冢也」、某山「神也」，即是古代的山岳階級制度，並且該階級的依序為「帝」高於「冢」，「冢」高於「神」。為交高低的判定，除稱謂外，亦可從祭祀內容得知。 • 在一定的客觀條件之下，找出《山海經》隱藏於荒誕不經下的常民經驗與合理意義。例如：將「其風如颲」詮釋成山巒間似分似合的綿延山勢之狀；認為禹父所「化」，指「治理」。
蔣觀雲	• 「神話」可以代表一民族的性格。 • 以達爾文「進化論」視野觀察《山海經》。	• 中國神話中的「西方」寓意與「中國人種西來說」的關係。	• 《山海經》神話中人物變形的情節內容，事實上是記載著「人類演化」的過程。 • 指出《山海經》保存了華夏人種起源與入主中原前的史實紀錄。
劉師培	• 強調民族主義的思想。 • 從《山海經》中觀察具有「中國人種西來說」的證據。	• 在《山海經》神話情節裡含有「貴文明，賤野蠻」的觀念。	• 在《山海經》神話中人獸混合的身體異象與西方古文明相近。 • 詮釋《山海經》中描述神人群居的景象，表現了中、西方人種在古代共同生活在美索不達米亞平原。故得證漢人與西人並無二異，都是優秀的種族，藉以達到政治革命宣說的目的。

　　因此，我們能從上述表格內容中具體觀察出各家詮釋《山海經》的幾個面向：

（一）每行（橫向表格）具體表現了作者各自所詮釋《山海經》神話的研究脈絡，是一種個人邏輯視域的角度觀察

　　此乃聚焦在《山海經》神話詮釋者的個人理解過程，從這裡可以看到當他們遇到問題時，如何秉持著自己的學術研究前見，來進行神話的理解過程。例如：東漢學者王充，其「疾虛妄，求通博」的治學方式，採取「效驗」的辯證方法，以及秉持「氣化生萬物」的思想前見，使得他面對《山海經》神話的虛妄時，便發現經中所記述的魑魅魍魎、精怪神人都是具體的存在；甚至透過經驗判斷，發現「十日」神話乃禹、益錯看而產生的謬說，進而發掘《山海經》神話的「人為色彩」。如此，便可完整的展現王充詮釋《山海經》神話的研究脈絡，瞭解他對《山海經》神話看法的由來與成果。又如清代吳任臣的研究透過與〈禹貢〉的他本對校，因觀察到〈禹貢〉通篇的地理書寫敘述語境一致，而一般博物屬性的書籍應不至於有超過一個以上的書寫視角，藉此察覺《山海經》的里程計算的問題，而得出「地氣論」所造成無形虛象之語境，是《山海經》詭譎難辨之因。吳任臣先透過具體研究法，再找出問題所在，最後提出自我的詮解，更顯邏輯性的研究過程和詮釋神話的個人特色。

（二）每列（縱向表格）具體對比出作者彼此間的研究差異，是一種學術比較視域的觀察，這當中更包含了不同時代的學術風氣所帶來的詮釋效應和影響

　　上述表格的順序是依《山海經》詮釋者的時代來列舉，藉此可以窺探這裡所羅列的 20 位學者在面對《山海經》文本時的前見與思維差異。例如以清代汪紱和畢沅為例，當閱讀《山海經》文本時，汪紱注意到書中有固定的敘述語言結構模式，而畢沅則細究混合敘述角度內部的「原型」與「再譯」的情形。在汪、畢二人皆未曾看過對方著作的情況下，卻不約而同的都對書中「敘事」的語言模式表達高度的研究興趣，甚至同樣以重構神話情節為導向，試圖將神話作歷史化的解析，這是否表現了即使寫作時不知對方著作的存在，但曾共處同個時間帶上的兩人，也同樣接收來自那個時代的學術思潮（如考據訓詁學的研究態度，細微如語言文字的推演），所呈現相似的神話觀察視域；又如朱熹解讀《山海經》有不少語意怪異的敘述語出現，是因「述圖而作」所造成，顯然持這個論點的學者亦非僅有朱熹，如歐陽修的「禹鼎說」，也是與「述圖而作」同樣的邏輯道理。顯然，歐、朱二氏身處不同的時代，卻依然有

極微相近的邏輯觀察。當然，詮釋結果仍因人而異，但卻能思考他們對後人研究所產生的效應與影響，如楊慎、胡應麟、甚至是清代陳逢衡等等，他們承襲《山海經》神話底蘊下的「述圖」思考而再次延伸，這些學者理念的交錯影響，不啻是未來可再深入探討的研究課題。

甚至，我們更可以跳脫時間的限制，化繁為簡，歸納出這些為《山海經》進行詮釋的學者他們各自的思考導向與其核心目標之綜合觀察：

表9：《山海經》於神話詮釋的綜合視域與核心目標

核心目標＼切入視域	I.窮神變物	II.古史地理	III.文學文本	IV.道德宣說	V.政治目的	VI.神靈的存有
①生活經驗／常理判斷	王充	王充		王崇慶		郭璞 郝懿行
②審美與想像	郭璞	郭璞	陶淵明 楊慎	陶淵明	劉安（與其門下作者）	郭璞
③文化風俗	楊慎 汪紱	楊慎 汪紱		郭璞		
④疑經與考據	歐陽修 薛季宣 尤袤 吳任臣 汪紱 郝懿行 俞樾	王應麟 吳任臣 汪紱 畢沅 郝懿行 陳逢衡 俞樾 蔣觀雲 劉師培	朱熹 胡應麟 郝懿行		蔣智由 劉師培 俞樾	郝懿行

由上表所示可清楚觀察到一部作為先秦古籍的《山海經》文本研究，所呈現的個人學術視域於「切入視域」與「核心目標」之間議題是非常多元的。除了該書具有「博物」性質的內容以外，當然與它被視為保存了遙遠的歷史記憶有很大的關係，即使其內容虛實不定，《山海經》仍受到許多經學家的青睞。歸結上表，大致可以看到諸多面向：

（1）以「①生活經驗／常理判斷」作為研究《山海經》的切入點，充分展現了人生實際的生活態度。將該書放諸於尋求知識的答案來源、或衍申其中神話情節為具有教育（教化）民眾的道德規範和誡示，甚至是找出信仰的

本質元素，這些都著重於人生的生活經驗或個人的常理判斷之下，所能擴展
的詮釋視域。同樣的，「③文化風俗」也是具有與生活所見所聞的經驗判斷來
進行考察的研究屬性，因此在「I.窮神變物」與「II.古史地理」上自然成為所
考量的對象，並藉以延伸「IV.道德宣說」的教化寓意。

　　（2）比對「②審美與想像」與「④疑經與考據」於導入《山海經》的研
究前見，可以發現是完全截然不同背道而馳的研究視域。因此，分別列入所
持前見的兩派學者，幾乎是沒有重複的。使用審美的角度，或是依憑當時注
經時個人意識的自由想像，故它可以跨越任何領域，任意導向所追求的核心
目標，當然，這項的思考前見都是屬於感性的詮釋。相對地，以「疑經」的視
域，或是秉持考據學的審視研究，都是屬於理性的思考（並非取決於客觀與
否），幾分證據講幾分話。這也是為何持「④疑經與考據」的學者沒有闡釋出
「IV.道德宣說」的詮釋結果，不做過度的文意延伸，是其基本學術涵養。

　　（3）所謂「III.文學文本」，乃是指將《山海經》透過某些研究前見（切
入視域），最後將其導向作為文學文本的核心目標。不同前述（2）的思考角
度，我們從另一方向來觀察，也將有不同的發現。若從「III.文學文本」作為
縱向的觀察角度來看，可以發現它展現兩種對立面的切入視域——即感性的
「②審美與想像」與理性的「④疑經與考據」。這代表著雖然二者都是將《山
海經》視為文學文本的存在，但所詮釋得到的核心目標，在兩者相較之下仍
是有所差距的。在情感上進行詮釋的學者，他們著重於文學文本的內容寓意，
或是強調、指出《山海經》所帶給閱讀者的感受（可能是寄託、可能是想像），
有時也關注經中語彙所使用的修辭；至於以「④疑經與考據」作為研究前見
的學者，他們所關注的對象小至「文字」、「語境」，大至「篇目」等等的文本
結構問題。因此，在保持嚴謹而理智的心態下，從文學載體的根本去進行研
究，往往能獲得極為前瞻性及影響力的詮釋結果。

　　（4）事實上，所謂的「④疑經與考據」並不存在著「客觀與否」的問題，
甚至應該說每一種切入視域，都代表每位學者的主觀前見。是以，從「V.政治
目的」的縱向來觀察，只要能獲得最終的核心目標——為個人的政治理念背
書，尋找符合的對應切入視域即可。換言之，這種倒因為果的詮釋過程，讓
《山海經》神話成為最佳政治宣傳品的另類存在。

　　（5）另一值得注意的是關於「VI.神靈的存有」這個縱向的核心目標，當
然這項結果的取決原因，仍得牽扯到每位學者個人的信仰特質，因此不論是

以「①生活經驗／常理判斷」、「②審美與想像」或是「④疑經與考據」，都仍存在著解經者自我意識之下「有神論」與「無神論」的思考空間。然而有趣的是，並無以「③文化風俗」的研究視域來導向認同神靈的存在，若觀詳各家之說，可以發現其中關鍵原因在於以文化風俗來解釋神異，往往是最低限度將神話情節合理化的手段，故認同神靈之存有者，本就不需刻意去解釋；而否定神靈之存有者，透過文化論述，將其寫實化成某種人類活動，使之成為文化歷史的軌跡之一。

歸結而論，《山海經》作為一部綜合自然與人文地理的先秦古籍，雖長期受制於儒家思想的壓抑，然其與生俱來的神秘性，使得無法完全澆熄人們對它的好奇。在探討與辯論的解讀過程當下，一直存在著遊走於肯定與否定的矛盾之中。肯定《山海經》者，往往基於它不僅具有博物內容，更是珍貴的先秦古籍，將其視為「窮神辨物」和「古史地理」的古代文獻，有其非凡價值；否定《山海經》者，則一概認定其荒誕不經，甚至視為創作或剽竊其他古籍而成的文學作品。然而，無論如何，這些於文壇或學術上闡述其見的學者，都是經由他們對《山海經》的具體記述內容的觀察，特別是面對那些記載詭譎難辨的神話情節時，即便他們當下身為讀者而接受了《山海經》文本，但在他們提筆寫下的那一刻起，已經轉化為最佳的《山海經》神話重釋者。

第三節　建構《山海經》經典釋義的二元化系統

在開篇的首章〈緒論〉中，筆者曾提到本文旨趣的「語怪」與「紀實」於判別上的問題意識。在過去，由於古代「經典釋義」在各種學術領域裡是經常性的工作項目，特別是經、史之學，那種以還原本義，探求真理的治學態度，無非是千百年來不變的研究終旨。然而，《山海經》雖然也經歷過被作為「經典釋義」的對象，但因其固有的文本特性，使它雖身為先秦文獻之一，卻逐漸發展出《山海經》特有的「經典釋義」系統。顯然，經過本論文各項考察和研究後，更能明確建立起中國古代傳統學者研究《山海經》的面向、態度及立場。《山海經》的「語怪」部分，在現代學者的眼裡大凡多視為「神話」，古人秉持著各自的學術視域，面對充斥「語怪」的《山海經》內容時，不免俗的進入「該不該認同？」、「應不應相信？」或者更深刻的，可能陷入在「虛妄敘述是否有合理性？」抑或是「所求合理性是否過度闡釋？」等等帶有些許矛盾的認識境界中。筆者統整本論文所探討的 20 位作家作品對《山海經》「語

怪」與「紀實」的立場，跳脫時空的限制，單純就以個人對《山海經》定位的
判定歸結如下表 10：

表 10：民國以前學者面對《山海經》「語怪」敘事時的審視立場歸納表

釋義立場 對語 怪的認同	闡釋者	判定緣由
接受「語怪」	劉安《淮南子》	認同或接受「語怪」，並加強情節，展現於政治目的。
	王充《論衡》	認同或接受「語怪」，重釋原典之說，用於批判迷信與虛妄。
	郭璞《山海經傳》	認同或接受「語怪」，展現個人的神仙思想與美感經驗。
	陶淵明〈讀山海經〉詩	認同或接受「語怪」，表現詩人的情志與抒發。
	胡應麟《少室山房筆叢》	視為「語怪」，視《山海經》為虛構的文學創作。
	郝懿行《山海經箋疏》	接受「語怪」，不設荒怪而求實，並認同「神靈」幻化。
	朱熹〈記山海經〉	視為「語怪」，並非作者親身經歷，部分虛構，且援〈天問〉而來。
	王崇慶《山海經釋義》	不合邏輯者斥為無稽之談，符合常理者釋為寓言。
視為「紀實」	歐陽修〈讀山海經圖〉	《山海經》源於禹鼎，具窮神變物的紀實意義。
	薛季宣〈敘山海經〉	窮神變物，為古人「述圖所作」。
	尤袤〈山海經跋〉	戴角傅翼以為奇獸，故《山海經》並無荒誕。
	王應麟與其筆叢	不言語怪，《山海經》具有高度的地理資料價值。
	吳任臣《山海經廣注》	視為「紀實」，特別是《山海經》的地理、名物之敘述。
	汪紱《山海經存》	解構原典，以求其古史之原貌。
	畢沅《山海經新校正》	《山海經》未嘗有怪，而釋者怪焉。
	陳逢衡《山海經彙說》	將《山海經》作符合歷史與常民經驗的「合理化」重構。

	蔣觀雲〈中國人種攷〉	視《山海經》為古史，保存了華夏人種起源的史實記錄。
	劉師培〈山海經不可疑〉	視《山海經》為古史，保存了中西文明群居的史實記錄。
兼具「語怪」與「紀實」的混合立場	楊慎《山海經補注》	視為「紀實」，以「風俗文化」解構使「合理化」成博物學。 接受「語怪」，利用文學立場重釋「神靈」。
	俞樾〈讀山海經〉	視為「紀實」，經中多保留了古史資料。 接受「語怪」，尊重神話的原始敘述。

　　誠如上表所示，《山海經》於民國以前傳統學術上的釋經活動，看似多元發展，實際上歸納起來仍完全無法擺脫「信」與「不信」為基準的界線。這種打破時代的學術風氣，而展現的個人觀感，特別是在作者未詳、確切年代不知的《山海經》，其來歷成迷的情況下，他們紛紛都處於「語怪」及「紀實」二面向之間，尋找自我面對《山海經》的理解空間，或希望藉由《山海經》得到跳脫以往的思考或省思。據此，筆者透過「語怪」和「紀實」而劃分兩大區塊，統整歸納《山海經》於經典釋義的系統上，所呈現的二元化現象及其路徑，如下圖所示：

圖9：《山海經》經典釋義的二元化系統流程圖

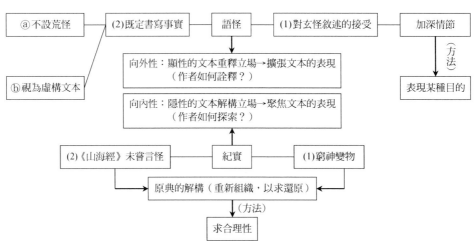

　　從圖9流程圖所展現的訊息中，能明顯看出民國以前傳統學術視域下文人學者對《山海經》的態度是有兩種面向的，即──當古人不約而同面對《山海經》荒誕不經的敘事時產生了內外不同的視線：其一是「向內性」，作者想知道《山海經》什麼？其二是「向外性」，則作者透過《山海經》看到了什麼？：

1. 向內性：隱性的文本解構立場（聚焦的表現）

　　此乃針對文本對象的向內探索，亦是從事經、史學研究時，常見的經典釋義之方式。想要知道這本書真正的隱藏意義，想要理解真正的《山海經》，以此為志的學者，便會聚焦於文本的表現，他們所秉持的就是認為《山海經》絕非純粹的虛妄語怪，而是帶有古史的真相，只是該書被「虛妄的敘述」層層包圍，使得今日的《山海經》充滿神秘的內容。因此，這些學者往往對經文作「解構」的動作，試圖將該書的隻字片語，透過拆解、重新組織的方式，找出合理性。藉以合理化經中所言的一切怪異，在「不言語怪」的前見下，所解構出來的真相必定會符合當代人間常理、社會意識的結果，並以此對應到中國古史的脈絡和文明的發展。

2. 向外性：顯性的文本重釋立場（擴張的表現）

　　至於，不忌諱「語怪」的古代文人學者們，大多保持著或認同，或接受「語怪」的說法。既然相信、理解經中所述之怪，則多會將其視為範本，不論是引用於各自的創作中，或是從事《山海經》的經典釋義，在他們接受其中更具神話特徵的案例時，往往不自覺地加深、擴展了原來的敘述，透過奔放的聯想，自由且不設限。據此，當他們保有「對玄怪敘述的接受」心態時，更具備了個人的主觀意識，將《山海經》的「語怪」作為依據，甚至利用加強情節的方法，來達成作者／闡釋者自身的某種目的。這是一場「向外性」的經典釋義模式，具備了「顯性的文本重釋立場」，這類作者／闡釋者於擴張《山海經》寓意的同時，其實也豐富表現了個人思想、文化環境的多元樣貌。然而，亦有少數人是直接視為「既定的書寫事實」，換言之，他們將《山海經》視為虛構性的文學創作，既然是虛構就不用去深究他的內容是否為「紀實」價值，只專研這些語怪的記述有著怎樣有趣的內容，成為純粹的文學文本的研究。因此，這類型的學者在閱讀過程中，同樣不設限，依然會進行若干的想像和詮釋，明代胡應麟便是最典型的例子。

　　最後，觀察整個《山海經》神話重釋的歷史脈絡，劉歆定本前的《山海經》，除了司馬遷曾談到閱覽過之外，至今日的文獻中便無任何紀錄，也就是說，劉歆定本（18篇）與未定本前的《山海經》二者於版本之間有多少差異，更是無從知悉。我們只能掌握住劉歆定本以後的發展狀況，從最原先的西漢劉歆定本之後，歷經數朝，不斷地被新的知識體系所影響。一個人在賦予《山海經》新的解讀的同時，對前一個人的神話思考也就跟著凝聚到了新的詮釋

視域之中。因應不同時代的學術視野與界定的改變,使得《山海經》性質的爭議,也就此被埋下伏筆。翻閱歷來的史籍、目錄學中所羅列的書目分類:《山海經》從一開始入數術略形法家、史部地理類、子部小說家類,甚至到後來直接併入史部古史類。從中我們可看到古老的原始資料如何被貼上「數術」的標籤而逐漸被唯我獨尊的儒學邊緣化;其博物的內容如何隨著詮釋者的視域游移於「玄怪世界」與「自然世界」的界線之間;作為國家地理的參考用書又如何透過神話提示,勾勒出華夏與蠻夷之間的關係;甚至是被傳統經學家不斷排斥的「荒誕不經」,最後卻成為普羅大眾喜見的閱讀或看戲的題材。《山海經》的性質一變再變,卻掩蓋不了它多元的記述內容,無論怎麼看它,怎麼分析它,怎麼解釋它,都可以完全釐清出不同的詮釋結果,此乃該書之所以稱「奇」是也!這不啻是《山海經》最難仍可貴之處。筆者希望透過「《山海經》神話詮釋史」的研究能跳脫單純的文化與文學研究的單一角度,重新把握歷來傳統學者對《山海經》的研究樣貌,也正因為有他們不斷地從事「釋經」工作,讓《山海經》文本意義存在更為多元且開放,特別是對後世文學想像以及文化傳播產生深遠作用與影響,例如文化母題的闡釋、觀念、意象或象徵等等的連結關係。

　　百餘年來,《山海經》相關議題的研究仍是處於方興未艾的熱潮中。誠如本章緒論所言,辛亥革命後自魯迅、聞一多、呂子方、茅盾、袁珂等諸位學人,延續推動《山海經》神話解讀的研究熱度,除了參考歷來注家之見以外,他們更直接連結了西方神話學的研究系統。今日我們以西方現象學、敘事學、詮釋學等等的學術角度來觀察,那麼民國以前的學者畢盡心力為經典文獻作注的同時,同時也整理了歷來解讀神話的過程。或許也可以透過審視近代中國與歐陸這變動的三百年間,縱使兩個文化圈的歷史與學術的背景不同,但許多重要的文藝思潮不但不謀而合,甚至彼此呼應,進而產生共鳴。莞爾之餘,也提示了中國傳統學術於神話解讀過程裡並非刻意去輕放忽視,事實上他們早已運用類似近現代西方文藝研究的思維,開展出屬於國人自己的神話詮釋視野,其規模可稱全面而宏觀。

　　筆者整理分析了民國以前歷來對《山海經》神話進行詮釋的學者,其目的也是希望除了一般以「神話學」、「學術史」、「比較學」、「民俗學」等框架去試圖概括它之外,《山海經》文本與閱讀者、世界的關係,如此牽連甚廣的「解經行為」,更是不應忽視的議題。袁珂以「神話學」的角度重新校注《山海經》

的文本分析；陳連山以「學術史」來考察歷來的《山海經》學術研究的風氣與
特色；日籍學者松田稔則以「比較文學」方式來尋找《山海經》與其他古籍文
本的異同與神話的演變途徑。從歷來學者對該書進行研究的釋義結果，便能
看出《山海經》同時混合著多樣性與不定性，從不同的面向切入，會得出截
然不同的答案。據此，筆者在此僅以中國傳統學術視域下針對「《山海經》的
認識與理解」這條研究脈絡去進行深入的研究，希冀能對《山海經》神話史
料、注本研究等相關議題的建立能略盡棉薄之力。最後，本論文於「民國以
前學者對《山海經》的解構與重釋」的研究上，仍然力有未逮之處，但相信隨
著《山海經》已蔚然成為顯學的今日，期待有更多相關的精彩大論，能更加
擴展《山海經》研究的新里程碑。

參考資料

本文參考資料之編排方式為：一、《山海經》主要研究書目以著作時間先後排序；二、傳統文獻類按「經史子集」四部分類；三、近人論著則以姓名筆畫排列。

一、《山海經》主要研究書目

1. 《足本山海經圖讚》：晉‧郭璞，張宗祥校錄，上海：古典文學出版社，1958 年。

2. 《山海經傳》：南宋‧尤袤，北京：中華書局，1983 年，據北京圖書館藏南宋淳熙七年跋刊本。

3. 《山海經釋義》：明‧王崇慶，萬曆二十五年堯山堂刻本。

4. 《山海經補注》：明‧楊慎，明嘉靖三十三年周爽刊本。

5. 《增補繪像山海經廣注》：清‧吳任臣，清乾隆五十一年金閶書業堂刻本。

6. 《山海經存》：清‧汪紱，光緒二十一年據汪紱立雪齋原鈔本石印。

7. 《山海經新校正》：清‧畢沅，臺北：新興書局，1962 年。

8. 《山海經箋疏》：清‧郝懿行撰，《四庫備要》，臺北：臺灣中華書局，據郝氏遺書本校刊，1971 年。

9. 《欽定郝注山海經》：清‧郝懿行撰，光緒十七年上海五彩公司石印據郝氏遺書本校刊。

10. 《山海經彙說》：清‧陳逢衡，道光二十五年（1845）刊本，維揚磚街青蓮巷內柏華陞刊。

11.〈讀山海經〉：清·俞樾,《俞樓襍纂》,《春在堂全書》第 3 冊,南京：
鳳凰出版社,2010 年,頁 542～550。

二、傳統文獻

(一)經部

1.《尚書正義》：舊題漢·孔安國傳,唐·孔穎達疏,臺北：藝文印書館,
1981 年。

2.《今文尚書考證》：清·皮錫瑞撰,北京：中華書局,1989 年。

3.《周禮正義》：清·孫詒讓撰,北京：中華書局,1987 年。

4.《儀禮正義》：清·胡培翬,臺北：臺灣中華書局,據《四部備要》原刻
本校刊,1966 年。

5.《大戴禮記解詁》：清·王聘珍,北京：中華書局,1983 年。

6.《禮記集解》：清·孫希旦,臺北：文史哲出版社,1900 年。

7.《春秋左傳注》：楊伯峻,北京：中華書局,1990 年。

8.《春秋集傳纂例》：唐·陸淳,京都：中文出版社,《古經解彙函》據嘉
興錢氏經苑本影印,1998 年。

9.《春秋繁露義證》,西漢·董仲舒著,清·蘇輿義證,北京：中華書局,
1992 年。

10.《論語注疏》：東漢·何晏集解,北宋·邢昺疏,北京：北京大學出版社,
2000 年。

11.《四書章句集注》：南宋·朱熹,北京：中華書局,1983 年。

12.《爾雅注疏》：晉·郭璞注,宋·邢昺疏,上海：上海古籍出版社,2010
年。

13.《說文解字經》：東漢·許慎撰,清·段玉裁注,臺北：藝文印書館,
2007 年。

14.《經學歷史》：清·皮錫瑞,臺北：藝文印書館,1959 年。

15.《經學通論》：清·皮錫瑞,北京：中華書局,2008 年。

(二)史部

1.《國語集解》：徐元誥,北京：中華書局,2002 年 6 月。

2.《史記》：西漢·司馬遷,北京：中華書局,1959 年。

3. 《史記會注考證》：西漢‧司馬遷，〔日本〕瀧川龜太郎考證，臺北：大安出版社，2013 年

4. 《漢書》：西漢‧班固撰，唐‧顏師古注，北京：中華書局，1962 年。

5. 《後漢書》：南朝宋‧范曄，北京：中華書局，1965 年。

6. 《三國志》：晉‧陳壽撰，南朝宋‧裴松之注，北京：中華書局，1959 年。

7. 《晉書》：唐‧房玄齡等著，北京：中華書局，1974 年。

8. 《宋書》：南朝梁‧沈約，北京：中華書局，1974 年。

9. 《隋書》：唐‧魏徵等著，北京：中華書局，1973 年。

10. 《宋史》：元‧脫脫等著，北京：中華書局，1977 年。

11. 《元史》：明‧宋濂等撰，北京：中華書局，1976 年。

12. 《明史》：清‧張廷玉等撰，北京：中華書局，2007 年。

13. 《清史稿》：趙爾巽等撰，北京：中華書局，1998 年。

14. 《吳越春秋校注》：東漢‧趙曄，張覺校注，湖南：岳麓書社，2006 年。

15. 《宋元學案》：明‧黃宗羲，北京：中華書局：1986 年。

16. 《宋史翼》：陸心源，北京：中華書局，1991 年。

17. 《通典》：唐‧杜佑，北京：中華書局，1988 年。

18. 《通鑑地理通釋》，《叢書集成新編》：南宋‧王應麟，北京：中華書局，1985 年。

19. 《光緒江都縣續志》：清‧劉壽增纂、清‧劉汝賢等修，《中國方志叢書》第 26 號，臺北：成文出版社，1970 年，據清光緒 9 年刊本影印。

20. 《四庫全書總目》：清‧永瑢等編纂，臺北：藝文印書館，2004 年。

21. 《書目問答》：清‧張之洞，上海：商務印書館，1933 年。

22. 《廿二史箚記》：清‧趙翼，北京：中國書店，據世界書局 1939 年版影印，1987 年。

23. 《二十二史考異》：清‧錢大昕，上海：上海古籍出版社，2004 年。

24. 《史通新校注》：唐‧劉知幾，趙呂甫校注，重慶：重慶出版社，1990 年。

25. 《考信錄提要》：清‧崔述，北京：中華書局，1985 年，《叢書集成初編》據畿輔叢書本排印初編。

（三）子部

1. 《荀子集解》：清・王先謙集解，北京：中華書局，1988 年。

2. 《莊子注疏》：晉・郭象注，唐・成玄英疏，北京：中華書局，2011 年。

3. 《列子集釋》：楊伯俊，北京：中華書局，1979 年。

4. 《韓非子新校注》：陳奇猷校注，上海：上海古籍出版社，2000 年。

5. 《歷代名畫記》：唐・張彥遠，《景印文淵閣四庫全書》，臺北：臺灣商務印書館，1986 年。

6. 《欽定石渠寶笈》：清・張照等編，《景印文淵閣四庫全書》第 824 冊，臺北：臺灣商務印書館，1986 年。

7. 《淮南鴻烈集解》：西漢・劉安等撰，劉文典集解，北京：中華書局，1989 年。

8. 《淮南子校釋》：西漢・劉安等撰，張雙棣校釋，北京：北京大學出版社，2013 年。

9. 《新編淮南子》：西漢・劉安等撰，陳麗桂編，臺北：國立編譯館，2002 年。

10. 《論衡校釋》：東漢・王充撰，黃暉校釋，北京：中華書局，2009 年。

11. 《尸子》：戰國・尸佼著，清・汪繼培輯，上海：上海古籍出版社，與《商君書》合編成一冊，1989 年。

12. 《顏氏家訓集解》：北齊・顏之推著，王利器集解，北京：中華書局，1993 年。

13. 《少室山房筆叢》：明・胡應麟，北京：中華書局，1958 年。

14. 《博物志》：晉・張華，上海：上海古籍出版社，2012 年。

15. 《博物志校證》：晉・張華，范寧校證，北京：中華書局，1980 年。

16. 《古今諺》，明・楊慎，《叢書集成新編》，臺北：新文豐出版公司，1985 年。

（四）集部

1. 《楚辭集註》：東漢・王逸章句，南宋・朱熹集註，《叢書集成初編》，北京：中華書局，據古逸叢書本排印初編，1985 年。

2. 《楚辭辯證》：南宋・朱熹，《楚辭集註辯證後語（及其他兩種）》，北京：中華書局，據古印叢書本排印初編，1991 年。

3.《陶淵明集校箋》：龔斌校箋，上海：上海古籍出版社，1996 年。

4.《陶淵明集箋注》：袁行霈，北京：中華書局，2003 年。

5.《增訂文心雕龍校注》：南朝梁・劉勰，清・黃叔琳注，清・李詳補注，北京：中華書局，2000 年。

6.《文選》：南朝梁・蕭統，唐・李善注，上海：上海古籍出版社，1940 年。

7.《詩品集注》：南朝梁・鍾嶸，曹旭集注，上海：上海古籍出版社，1994 年。

8.《藝文類聚》：唐・歐陽詢等編，上海：上海古籍出版社，1982 年。

9.《全唐詩》：清・曹寅奉敕編纂，北京：中華書局，1999 年。

10.《李遐叔文集》：唐・李華，臺北：臺灣商務印書館，1987 年。

11.《全宋詩》：北京大學古典文獻研究所編，北京：北京大學出版社，1992 年。

12.《全宋文》：四川大學古籍研究所編纂，上海：上海辭書出版社，2006 年。

13.《太平廣記》：宋・李昉，北京：中華書局，1961 年。

14.《困學紀聞》：南宋・王應麟，四部叢刊三編景元本。

15.《朱子全書》：南宋・朱熹，上海：上海古籍出版社，2002 年。

16.《直齋書錄解題》：南宋・陳振孫，清刻武英殿聚珍版叢書本。

17.《南村輟耕錄》：元・陶宗儀撰，四部叢刊三編景元本。

18.《松窗夢語》：明・張瀚，清光緒武林往哲遺著本。

19.《明文衡》：明・程敏政編選，臺北：世界書局，1962 年。

20.《宋元明清書目題跋叢刊》：中華書局編輯部，北京：中華書局，2006 年。

21.《訄書》：清・章炳麟著，徐復注，上海：上海古籍出版社，2000 年。

22.《嵇康集校注》：戴明揚編著，臺北：河洛圖書出版社，1978 年。

23.《榕村語錄・榕村續語錄》：清・李光地著，陳祖武校，北京：中華書局，1995 年。

24.《三魚堂文集》：清・陸隴其，《景印文淵閣四庫全書》，臺北：臺灣商務書館，1983 年。

25.《亭林詩文集》：清・顧炎武，臺北：臺灣中華書局，據《四部備要》原

刻本校刊，1966 年。

26. 《劉孟塗集》，清・劉開，清道光六年姚氏檗山草堂刻本。

27. 《甘泉鄉人稿》，清・錢泰吉，清同治十一年刻光緒十一年增修本。

28. 《章學誠遺書》：清・章學誠，北京：文物出版社，1985 年。

29. 《揅經室集》：清・阮元，北京：中華書局，1993 年。

30. 《汪中集》：清・汪中，臺北：中央研究院文哲研究所籌備處，2000 年。

31. 《黃梨洲文集》：清・黃宗羲，北京：中華書局，1959 年。

32. 《潛研堂文集》：錢大昕，《嘉定錢大昕全集》，南京：江蘇古籍出版社，
    1997 年。

33. 《養素堂文集》：清・張澍，清道光刻本。

三、近人專著

1. 丁謙，《中國人種從來考》，浙江圖書館，1915 年校刊本。

2. 王國良：《海內十州記研究》，臺北：文史哲出版社，1993 年。

3. 王耘：《唐代美學範疇研究》，上海：學林出版社，2005 年。

4. 卞孝宣、唐文權：《章乃羹・蔣觀雲先生傳》，北京：團結出版社，1995
   年。

5. 申丹撰：《敘事學理論探賾》，臺北：秀威資訊科技，2014 年。

6. 吳楓：《中國古典文獻學》，臺北：木鐸出版社，1983 年。

7. 李豐楙：《神話的故鄉：山海經》，臺北：時報文化出版，1981 年。

8. 李玉安、陳傳藝：《中國藏書家辭典》，湖北：湖北教育出版社，1989 年。

9. 李澤厚：《美的歷程》，臺北：三民書局，1996 年。

10. 李醒塵：《西方美學史教程》，臺北：淑馨出版，1996 年。

11. 李秀華：《淮南子許高二注研究》，北京：學苑出版社，2011 年。

12. 冷德熙：《超越神話——緯書政治神話研究》，北京：東方出版社，1996
    年。

13. 林慶彰：《明代考據學研究》，臺北：臺灣學生書局，1986 年。

14. 邵東方：《崔述學術考論》，桂林：廣西師範大學出版社，2009 年。

15. 余嘉錫：《四庫提要辨證》，北京：中華書局，2015 年。

16. 呂思勉：《中國民族史》，長春：吉林人民出版社，2012 年。

17. 呂微：《神話信仰——敘事實踐的內容與形式》，北京：中國社會科學院文學研究所，2013 年 3 月。

18. 計文德：《從四庫全書探究明清間輸入之西學》，臺北：漢美圖書有限公司，1991 年。

19. 茅盾：《中國神話研究初探》，上海：上海古籍出版社，2011 年。

20. 馬昌儀：《全像山海經圖比較》，北京：學苑出版社，2003 年。

21. 袁珂：《山海經校注》，臺北：里仁書局，1982 年。

22. 袁珂：《山海經校譯》，上海：上海古籍出版社，1985 年。

23. 袁珂：《中國神話史》，臺北：時報文化出版，1991 年。

24. 徐復觀：《兩漢思想史》，臺北：學生書局，1976 年。

25. 徐旭生：《中國古史的傳說時代》，臺北：里仁書局，1999 年。

26. 張岩：《山海經與古代社會》，北京：文化藝術出版社，1999 年。

27. 張寶璽：《武威西夏木版畫》，甘肅：甘肅人民美術出版社，2001 年。

28. 張慧劍：《明清江蘇文人年表》，上海：上海古籍出版社，1986 年。

29. 郭康松：《清代考據學研究》，武漢：崇文書局，2001 年。

30. 梁啟超：《梁啟超學術論叢》，臺北：南嶽出版社，1978 年。

31. 陳垣：《通鑑胡注表微·考證篇第六》，北京：中華書局，1962 年。

32. 陳連山：《山海經學術史考論》，北京：北京大學出版社，2012 年。

33. 陳榮華：《高達美詮釋學：真理與方法導讀》，臺北：三民書局，2011 年。

34. 馮友蘭：《中國哲學史》，臺北：臺灣商務印書館，1996 年。

35. 黃悅：《神話敘事與集體記憶：《淮南子》的文化闡釋》，廣州：南方日報出版社，2010 年。

36. 黃震雲、孫娟：《漢代神話史》，長春：長春出版社，2010 年。

37. 萬仕國編著，《劉師培年譜》（揚州：廣陵書社，2003 年 8 月），頁 21。

38. 葛兆光：《中國思想史》，上海：復旦大學出版社，2016 年。

39. 楊立誠、金步瀛：《中國藏書家考略》，上海：上海古籍出版社，1987 年。

40. 楊新勛：《宋代疑經研究》，北京：中華書局，2007 年。

41. 趙沛霖：《先秦神話思想史論》，臺北：五南圖書出版，1998 年。

42. 葉舒憲：《中國神話哲學》，西安：陝西人民出版社，2005 年。

43. 葉舒憲、蕭兵、鄭在書:《山海經的文化尋蹤:「想像地理學」與東西文化碰觸》,湖北:湖北人民出版社,2004 年。

44. 劉師培:《劉師培全集》,北京:中共中央黨校,據寧武南氏《劉申叔遺書》影印,1996 年。

45. 劉宗迪:《失落的天書:山海經與古代華夏世界觀》,北京:商務印書館,2006 年。

46. 黎千駒:《現代訓詁學導論》,武漢:華中師範大學出版社,2008 年。

47. 魯迅:《且介亭雜文二集》,《魯迅全集》,上海:人民文學出版社,1973 年。

48. 謝平:《生命的起源:進化理論之揚棄與革新》,北京:科學出版社,2014 年。

49. 鍾宗憲:《中國神話的基礎研究》,臺北:洪業文化事業,2006 年。

50. 應裕康、王忠林、方俊吉:《訓詁學》,高雄:高雄文化出版社,1993 年。

51. 蘇雪林:《昆侖之謎》,臺北:中央文物供應社,1956 年。

52. 顧頡剛:《漢代學術史略》,北京:東方出版社,1996 年。

53. 龔鵬程:《漢代思潮》,北京:商務印書館,2005 年。

四、專書‧期刊論文

1. 王若海:〈關於蔣智由〉,《破與立》,山東:山東曲阜師範大學,1977 年,第 5 期,頁 88。

2. 王國維:〈殷卜辭中所見先公先王考〉,《觀堂集林(外二種)》,石家莊:河北教育出版社,2001 年,頁 259～277。

3. 王明欽:〈王家台秦墓竹簡概述〉,收入於艾蘭、邢文編,《新出簡帛研究》,北京:文物出版社,2004 年,頁 26～49。

4. 李欣復:〈試論郭璞的神話學思想〉,《學術月刊》,上海:上海市社會科學界聯合會出版,1994 年,第 8 期,頁 72～78。

5. 吳郁芳:〈元曹善《山海經》手抄本簡介〉,《古籍整理研究學刊》,長春:「古籍整理研究學刊」編輯部出版,1997 年,第 1 期,頁 9～11。

6. 胡適:〈王充的論衡〉,《論衡校釋》,北京:中華書局,2009 年,頁 1267～1294。

7. 胡適:〈清代學者的治學方法〉,《清代學問的門徑》,北京:中華書局,2009 年,頁 306～333。

8. 姜哲:〈中國「經學詮釋學」:怪獸抑或「事實」?——中西方詮釋學的匯通性研究〉,《比較文學與世界文學輯刊》第 1 輯,臺北:秀威資訊科技,2014 年,頁 10～47。

9. 馬昌儀:〈人類學派與中國近代神話學〉,《民間文藝集刊》,上海:上海文藝出版社,1981 年,第 1 集,頁 1～16。

10. 馬昌儀:〈中國神話學發展的一個輪廓〉,《中國神話學文論選萃·編者序言》,北京:中國廣播電視出版社,1994 年,頁 7～17。

11. 容肇祖:〈《山海經》研究的進展〉,《中山大學民俗週刊》第 18 冊,臺北:東方文化書局,本刊原為廣東中山大學出版,於 1918 年至 1923 年間共出版 123 期,1970 年,第 116～118 期,頁 12～26。

12. 容肇祖:〈《山海經》中所說的神〉,《中山大學民俗週刊》第 18 冊,臺北:東方文化書局,本刊原為廣東中山大學出版,於 1918 年至 1923 年間共出版 123 期,1970 年,第 116～118 期,頁 27～38。

13. 袁珂:〈《山海經》寫作的時地及篇目考〉,《山海經校注》,臺北:里仁書局,1982 年,頁 497～521。

14. 袁行霈:〈《山海經》初探〉,《中華文史論叢》第 3 輯,北京:中華書局,1999 年,頁 7～35。

15. 陸侃如:〈論《山海經》的著作時代〉,《新月雜誌》,臺北:東方文化書局重印(1988 年),景印本,1928 年,第 1 卷第 5 期,頁 1～3。

16. 張步天:〈20 世紀《山海經》研究回顧〉,《青海師專學報》,西寧:青海師專學報編輯部出版,1998 年,第 3 期,頁 56～59。

17. 張凱:〈論淨影慧遠的佛身思想〉,《佛教學研究》,成都:四川大學道教與宗教文化研究所,2015 年,第 4 期,頁 120～125。

18. 梁啟超:《論中國學術思想變遷之大勢》,《新民叢報》,橫濱:新民叢報社,1904 年,第 54 號,頁 60。

19. 章太炎:〈儒術真論·菌說〉,《清議報:中國近代期刊彙刊》,北京:中華書局,1991 年,據光緒二十五年歲次己亥《清議報》第 30 冊影印,第 2 冊。

20. 國立北平故宮博物院編：《故宮周刊》第 6 冊，上海：上海書店影印，據 1929～1936 年《故宮周刊》原版影印，1988 年，第 435～440 期、第 443 ～455 期。

21. 蒙文通：〈略論《山海經》的寫作時代及其產生地域〉，載於《中華文史 論叢》第 1 輯，北京：中華書局，1962 年，頁 56～62。

22. 趙宗福：〈清代研究《山海經》重要成果的新發現（上）〉，《大陸雜誌》， 臺北：大陸雜誌社，2001 年，第 102 卷第 1 期，頁 47～48。

23. 趙宗福：〈清代研究《山海經》重要成果的新發現（下）〉，《大陸雜誌》， 臺北：大陸雜誌社，2001 年，第 102 卷第 2 期，頁 27～32。

24. 鄭德坤：〈《山海經》及其神話〉，《中國歷史地理論文集》，臺北：聯經出 版，1981 年，頁 1～43。

25. 鄭德坤：〈《山海經》及騶衍〉，《中國歷史地理論文集》，臺北：聯經出版， 1981 年，頁 45～50。

26. 鄭芷芸：〈從「歲星」到「太歲」：論漢代太歲信仰思維建構的意義〉，《古 典文獻與民俗藝術集刊》第 2 期，臺北：國立臺北大學古典文獻與民俗 藝術研究所，2013 年，頁 373～399。

27. 衛聚賢：〈《山海經》的研究〉，《古史研究》第 2 冊，上海：商務印書館， 1934 年，頁 1～313。

28. 劉師培：〈思祖國篇〉，《警鐘日報》，臺北：中國國民黨黨史史料編纂委 員會，據原報影印，1968 年，第 3 冊，1904 年 7 月 16 號，報紙第 2 板。

29. 蔡根祥：〈歐陽「修」？抑或歐陽「脩」？〉，《中國學術年刊》，臺北： 國立臺灣師範大學國文學系，2007 年，第 29 期，頁 43～84。

30. 蔣智由：〈神話歷史養成之人物〉，《新民叢報》，橫濱：新民叢報社，1903 年，第 36 號，頁 87～89。

31. 蔣智由：〈中國人種攷〉，《新民叢報》，橫濱：新民叢報社，1903～1904 年，第 35 號、第 53 號、第 54 號，第 60 號。

32. 龍文玲：〈陶淵明《讀山海經》的幽憤與娛情〉，《廣西師院學報》，1995 年，第 3 期，頁 41～47。

33. 鍾敬文：〈山海經神話研究的討論及其他〉，《中山大學民俗週刊》第 13 冊，臺北：東方文化書局，1993 年，第 92 期，頁 49～51。

34. 鍾敬文、楊利慧合著：〈中國古代神話研究史上的合理主義〉，《中國神話傳說學術研討會論文集》，臺北：漢學研究中心，1996 年 3 月，頁 33～59。

35. 鍾敬文：〈山海經是一部什麼書〉，《鍾敬文民間文學論集》下冊，上海：上海文藝出版社，1985 年，頁 329～341。

36. 顏崑陽：〈論先秦儒家美學的中心觀念與衍生意義〉，《文學與美學》第 3 集（臺北：文史哲出版社），頁 407。

37. 譚其驤：〈論《五藏山經》的地域範圍〉，收入於《長水粹編》，石家莊：河北教育出版，2000 年 12 月，頁 340～345。

38. 顧頡剛：〈五藏山經試探〉，載於《史學論叢》，收入《中國期刊彙編》第 31 種，臺北：成文出版社，1985 年 3 月，頁 27～46。

五、學位論文

1. 王巧巧：《畢沅山海經新校正研究》，蘭州：西北師範大學文學院，2016 年。

2. 衣淑艷：《郭璞山海經注研究》，長春：東北師範大學文學院博士論文，2013 年。

3. 孫建偉：《山海經箋疏研究》，廣州：暨南大學文學院碩士論文，2011 年。

4. 潘清芳：《王充研究》，臺北：國立臺灣師範大學國文研究所碩士論文，1977 年。

5. 劉捷：《山海經接受史研究》，濟南：山東大學儒學高等研究院博士論文，2015 年。

6. 謝秀卉：《山海經郭璞注研究》，臺北：政治大學中國文學研究所博士論文，2008 年。

六、外文論著（含譯本）

1. 〔日本〕小川琢治：〈《山海經》考〉，《先秦經籍考》，臺北：河洛圖書出版，1975 年，頁 70～84。

2. 〔日本〕大野圭介：〈『山海経』五蔵山経と『管子』〉，《富山大學人文學部紀要》，富山：富山大學人文學部出版，2008 年，第 49 號，頁 340～313。

3. 〔日本〕中島長文編,《中國小說史略考證著錄篇小說目 3》,颱風の会電子資料:2013 年。

4. 〔日本〕石母田正,《神話と文学》,東京:岩波書店,2000 年。

5. 〔日本〕伊藤清司著,劉曄原譯:《山海經中的鬼神世界》,北京:中國民間文藝出版社,1989 年。

6. 〔日本〕松田稔:《『山海經』の基礎的研究》,東京:笠間書院,1994 年。

7. 〔日本〕松田稔:《『山海經』の比較的研究》,東京:笠間書院,2006 年。

8. 〔日本〕松浦史子,《漢魏六朝における『山海經』の受容とその展開—神話の時空と文学・図像—3》,東京:汲古書院,2012 年。

9. 〔日本〕藤原佐世,《影舊鈔本日本國見在書目》,《古逸叢書之十九》,光緒十年甲申遵義黎氏刊于日本東京使署。

10. 〔法國〕克勞德・列維・斯特勞斯(Claude Lévi-Strauss):《結構人類學:巫術・宗教・藝術・神話》,北京:文化藝術出版社,1989 年。

11. 〔法國〕拉克伯里(Terrien de Lacouperie)著,*Western origin of the early Chinese civilisation from 2,300 B.C. to 200 A.D., or, Chapters on the elements derived from the old civilisations of west Asia in the formation of the ancient Chinese culture.*(中國古文明西元論)(London: Asher & Co. 1894)

12. 〔義大利〕喬巴蒂斯達・維柯(Giambattista Vico)著,朱光潛譯,《新科學》,北京:人民文學出版社,1986 年。

13. 〔法國〕羅蘭・巴特撰(Roland Barthes),張寅德譯,《敘事作品結構分析導論》,載於《張寅德編選》敘述學研究,北京:中國社會科學出版社,1989 年。

14. 〔法國〕羅蘭・巴特(Roland Barthes)撰,屠友祥、溫晉儀譯,《神話修辭術・批評與真實》,上海:人民出版社,2009 年。

七、電子資源

1. 「故宮書畫數位典藏資料檢索」:

https://painting.npm.gov.tw/Painting_Page.aspx?dep=P&PaintingId=638

附錄一：《日本國見在書目》所著錄 《山海經》書影

附錄二：劉辰翁（劉會孟）《評山海經》輯佚彙整表

條　目	劉會孟評解
赤鱬	劉會孟曰：磁州亦有孩兒魚，四足，長尾，聲如嬰兒啼，其膏然之不滅。据劉所說乃鯑魚也。
羽山	劉會孟曰：淮安贛榆縣有羽山，經所紀未詳是非。
浮玉之山	劉會孟曰：浮玉之山有二。在歸安者為小浮玉；在孝豐者為大浮玉。苕水出其陰。然經云：北望具區，則山在具區南，非金山明矣。
成山	劉會孟曰：成山今在文登縣，古不夜城，計其道里，殊為懸絕。
會稽之山四方	劉會孟云：古防山有陽明洞。
雞山	劉會孟云：雲南雞山，乃八寶所出，其瀾滄江即黑水。
肥𧕫食之已癘	劉會孟曰：太華山蛇明肥𧕫，見則大旱；英山鳥名肥遺，食之巳厲，美惡不嫌，同名。
木蟲居之	劉會孟云：桂蠹在木之中，其味甚美，尉佗所貢。
可以禦火	劉會孟曰：鳥可禦火者多，漢宮殿多以鳥名事物。
其中多磬石	劉會孟云：陝西耀州石可為磬，故名磬玉山，非泗濱浮磬也。
鳧徯其名自叫也見則有兵	劉會孟曰：鳥人面者，非大美則大惡。其美者頻伽，大惡者鳧徯。
見則有大兵鼓亦化為鵕鳥	劉會孟曰：褒君化龍，牛哀化虎，黃母化黿，徐伯化魚，何但欽䲹與鼓。
其狀如蛇而四足是食魚	劉會孟曰：龍蟠山潭中亦產魚，四足而有角。

軒轅之丘	劉會孟曰：今新鄭縣古有熊氏之國。
洱水出焉	劉會孟云：洱水，葉榆河也。中有三島、四洲、九曲之勝。
其狀人面獸身一足一手其音如欽。郭曰欽	劉會孟云：深山魑魅多一足。故《詩》曰：山鬼獨一足。
北嶽之山	劉會孟曰：恒山渾源即北嶽，相傳飛至曲陽縣，歷代怯升者就祠于曲陽。
管涔之山	劉會孟云：管涔山今屬靜樂縣。
王屋之山	劉會孟曰：在今山西澤州。
東南流注于河肥水出焉	劉會孟曰：昔黃帝誅百魅，膏流成泉，故有肥泉之水。
謁戾之山	劉會孟云：今在澤州高平縣。
沮洳之山	劉會孟曰：今山西太原叔虞封此。
發鳩之山	劉會孟云：今屬山西。
液女之水出于其陽，南流注于沁水	劉會孟曰：竇憲奪公主田處。
多嬰石	劉會孟云：今此石出保定。滿城縣語云：魚目混珠，燕石亂玉。
泰山	劉會孟云：山屬山東泰安州，又名天孫，高四十餘里凡十八盤。
絜鉤，見則其國多疫	劉會孟曰：海鳧毛見則天下大亂，斯鳥亦海鳧。
霍山	劉會孟云：山西霍州霍山，今為中鎮，固〈禹貢〉之岳陽也。
青要之山	劉會孟云：在河南府新安縣西北二十里。
西南流注于洛其中多鳴石	劉會孟曰：歸德有鼓山，鼓鳴則起兵。
橐山	劉會孟曰：構木可以酢羹，蔞葉可以作醬。
桃林	劉會孟云：今閿鄉下有桃林，武王放牛桃林之野即此。
少室之山	劉會孟曰：少室在河南懷慶府登封縣，嵩山乃中嶽也。東曰泰室，西曰少室，有三華。
服之不夭	劉會孟曰：柳州有不死草，如茅食之，令人多壽，即猨類也。
女几之山	劉會孟云：神女上升遺几處也。
岷山江水出焉	劉會孟云：岷山今四川茂州，即隴山之南。
崍山江水出焉	劉會孟云：崍山、崍山今屬四川眉州彭山縣。

首陽之山	劉會孟曰：首陽山有二，一屬山西蒲州，一屬河南偃師。
朝歌之山	劉會孟云：今之衛輝也。
帝臺之漿也	劉會孟云：帝臺之漿所謂神瀵也。亦泰山醴泉、虞淵甜水之屬。
洞庭之山	劉會孟曰：今屬湖廣德安府應山縣中有一穴，深不可測，或云洞庭山浮于水上也。
畢方鳥在其東青水西其為鳥人面一腳	劉會孟曰：佛國鳥頻伽亦人面，羽山之北有善鳴之禽，亦人面鳥喙一足，名曰青鶴，其聲似鐘磬笙竽，又鵁鳥、鳶鳥、槖𩿪、鳬徯皆人面禽也。
為人相隨	劉會孟云：猶陸渾之族，遷于伊州尚曰陸渾。
一曰在不死民東。崑崙墟在其東墟四方	劉會孟云：在烏思藏山。
離朱	劉會孟曰：視肉，猶南方無損獸。
形天與帝至此爭神帝斷其首葬之常羊之山乃以乳為目以臍為口操干戚以舞	劉會孟曰：律陀有天眼，形天有天口。
務隅之山帝顓頊葬于陽	劉會孟曰：此招魂葬衣冠之所，非濮陽帝邱也。
甘果所生在東海兩山夾邱上有樹木一曰嗟邱一曰百果所在在堯葬東大人國在其北為人大坐而削船	劉會孟云：穆滿升巨人之臺，古有此國。
東方匈芒鳥身人面乘兩龍	劉會孟云：東方青龍也，故人乘兩龍。然西南之神皆乘兩龍，不獨東方也。
甌居海中	劉會孟云：甌，今溫州府城北東至磐石村，會于海洋，是曰甌海。
蒼梧之山	劉會孟曰：蒼梧，今屬湖廣永州府寧遠縣，其山九磎相似。
危與貳負殺窫窳。帝乃梏之疏屬之山	劉會孟曰：疏屬山，今陝西延安府綏德縣。
中有山，在后稷葬西	劉會孟云：太昊初國于此。

有人曰大行伯，把戈。其東有犬封國。	劉會孟云：今長沙武陵蠻是瓠犬之後。
鬼國在貳負之尸北，為物人面而一目，一曰貳負神，在其東，為物人面蛇身。	劉會孟曰：羅施鬼國，今貴州然貴竹地，屬西南。
乘之日行千里	劉會孟曰：五色爛然為婆羅花，五色畢具為騶虞獸，皆稟五行之精者。
朝鮮在列陽東，海北山南，列陽屬燕	劉會孟云：朝鮮地分八道，又名三韓。
月支之國	劉會孟云：此博望所通，所謂城郭諸國。
入洞庭下	劉會孟曰：南潯之國有洞穴，陰源其下通地脉。
東南西澤漢水出鮒魚之山	劉會孟云：今嘉定州犍為縣，漢成帝得石磬十六枚于水濱，乃此也。
緱氏	劉會孟云：今河南登封縣禹避陽城，即此也。
汝水出天息山，在梁勉鄉西南，入淮極西北	劉會孟云：今出河南汝寧府，由上蔡西平汝陽入淮。
北入渭戲北	劉會孟云：涇水今陝西西安府涇陽縣。
入越章武北	劉會孟云：水自真定府城南來，自鴈門經靈壽平山，晉州衛水武邑。
有尾山有翠山	劉會孟云：周時有國獻青鳥，疑是此鳥。
有不死之國，阿姓，甘木是食。	劉會孟云：祖州海島產不死草一株，可活一人。
弇茲	劉會孟云：海外國神多，以蛇為珥踐，又有蛇洲。
有肅慎氏之國	劉會孟云：肅慎在漢曰挹婁；魏曰勿吉；唐曰靺鞨。
爰有膏菽膏稻膏黍膏稷	劉會孟云：嘉穀之米炊之，皆有膏。

附錄三：胡應麟《四部正譌‧山海經》

　　《山海經》古今語怪之祖。劉歆謂「夏后伯翳撰」，無論其事，即其文與〈典謨〉、〈禹貢〉迥不類也。余嘗疑戰國好奇之士，本《穆天子傳》之文與事，而侈大博極之，雜傳以《汲塚紀年》之異聞，《周書‧王會》之詭物，〈離騷〉、〈天問〉之遐旨，《南華》、《鄭圃》之寓言，以成此書，而其敘述高簡，詞義淳質，名號倬詭絕自成家，故雖本會萃諸書而讀之，反若諸書之取，證乎此者，而實弗然也。《穆天子傳》至晉始出，而此書漢世獨完，緣是前代文人率未能定其先後，余首發之於此，俟大雅君子商焉。

　　《山海經》本書不言禹、益撰，劉歆校定，以為禹任土作貢，而益等類物善惡，著《山海經》。蓋憶度疑似之言。趙曄《吳越春秋》，因禹登會稽，遂撰為金簡玉字之說。曄東漢人，在劉歆後，其偽無疑。讀者但以禹益治水，不當至海外，而怪誕之詞。聖人所不道以破之，而不據其本書。案《經》稱夏后啟事者三，又言殷王子亥，又言文王墓，凡商周之事，不一而足。晁氏但疑長沙、桂陵、數郡名，及鯀湮息壤等文，夫鯀事固禹益所覩，商周曷從知之哉？

　　始余讀《山海經》，而疑其本《穆天子傳》，雜錄〈離騷〉、《莊》、《列》，傅會以成者。然以出於先秦，未敢自信。載讀《楚辭辨證》云：「古今說〈天問〉者，皆本《山海經》、《淮南子》。今以文意考之，疑此二書皆緣〈天問〉而作。」則紫陽已先得矣！然《經》所紀山川神鬼，凡〈離騷〉、〈九歌〉、〈遠遊〉、〈二招〉中稍涉奇怪者，悉為說以實之，不獨〈天問〉也。而其文體特類《穆天子傳》。故余斷以為戰國好奇之士，取《穆王傳》，雜錄《莊》、《列》、〈離騷〉、《周書》、《晉乘》以成者。自非熟讀諸書，及此《經》本末，不易信

也。後世必有以余為知言者。

　　《經》載叔均方耕、讙兜方捕魚、長臂人兩手各操一魚、豎亥右手把算、羿執弓矢、鑿齒執盾，此類皆與紀事之詞大異，近世坊間戲取《山海經》怪物為圖，意古先有斯圖，撰者因而紀之，故其文義應爾。及讀王伯厚《王會補傳》引朱子曰：「《山海經》記諸異物飛走之類，多云東向，或云東首，疑本依圖畫而述之。古有此學，如〈九歌〉、〈天問〉皆其類。」余意頓爾釋然。甚矣！紫陽之善讀書也。即此文義之間，古今博雅所未究，而獨能察之，況平生精力萃於經傳者，可淺窺乎。

　　古人著書，即幻設必有所本。《山海經》之稱禹也，名山大川遐方絕域，固本治水作貢之文。至異禽詭獸，鬼蜮之狀，充斥簡編，雖戰國浮誇之習，乃〈禹貢〉則亡一焉，而胡以傅合也。偶讀《左傳》，王孫滿之對楚子曰：「昔夏之方有德也，遠方圖物，貢金九牧，鑄鼎象物，百物而為之備，使民知神姦。故民入川澤山林，魑魅魍魎，莫能逢之。」不覺灑然擊節曰：「此《山海經》所由作乎！蓋是書也。其用意一根於怪，所載人物靈祇非一，而其形則若魑魅魍魎之屬也。考王孫之對，雖一時辨給之談，若其所稱圖象百物之說，必有所本，至於周末〈離騷〉、《莊》、《列》輩，其流遂不可底極，而一時能文之士，因假《穆天子傳》之體，縱橫附會，勒成此書，以傅於圖象百物之說，意將以禹益欺天下後世，而適以誣之也。自此書之行，古今學士，但謂非出大禹而已，而未有辯其本於穆滿之文者，尤未有察其本於王孫之對者，區區名義之末，誠非大體所關。然亦可見古今事理，第殫精索之。即千載以上，無弗可窮也。作者有靈，其將為余絕倒於九京也哉。